ro
ro
ro

«Guggenheims Bericht liest sich gut, als anschauliches, deftiges Panorama des holländischen Goldenen Zeitalters, als spannender Kunstkrimi und ergreifende Lovestory.» *(Generalanzeiger)*

Alexandra Guggenheim ist promovierte Kunsthistorikerin. Sie arbeitet als freie Autorin und Herausgeberin. Seit zehn Jahren lebt sie mit ihrer Familie in der Nähe von Hamburg. «Der Gehilfe des Malers» ist ihr erster Roman. Er wurde in mehrere Sprachen übersetzt.

ALEXANDRA GUGGENHEIM

Der Gehilfe des Malers

EIN REMBRANDT-ROMAN

Rowohlt Taschenbuch Verlag

Veröffentlicht im Rowohlt Taschenbuch Verlag,
Reinbek bei Hamburg, Oktober 2007

Seite 6 und 7: Karte von Amsterdam, 1689,
© Coll. Vereeniging Nederlandsch Historisch
Scheepvaart Museum, Amsterdem
Umschlaggestaltung any.way,
Barbara Hanke/Cordula Schmidt
(Umschlagabbildung: Rembrandt Harmensz. van Rijn,
Wallace Collection, London, UK/Bridgeman Berlin)
Druck und Bindung Clausen & Bosse, Leck
Printed in Germany
ISBN 978 3 499 24161 1

Für Andreas und Pauline

AMSTELODAMI CELEBERRI
Notularum Explicatio

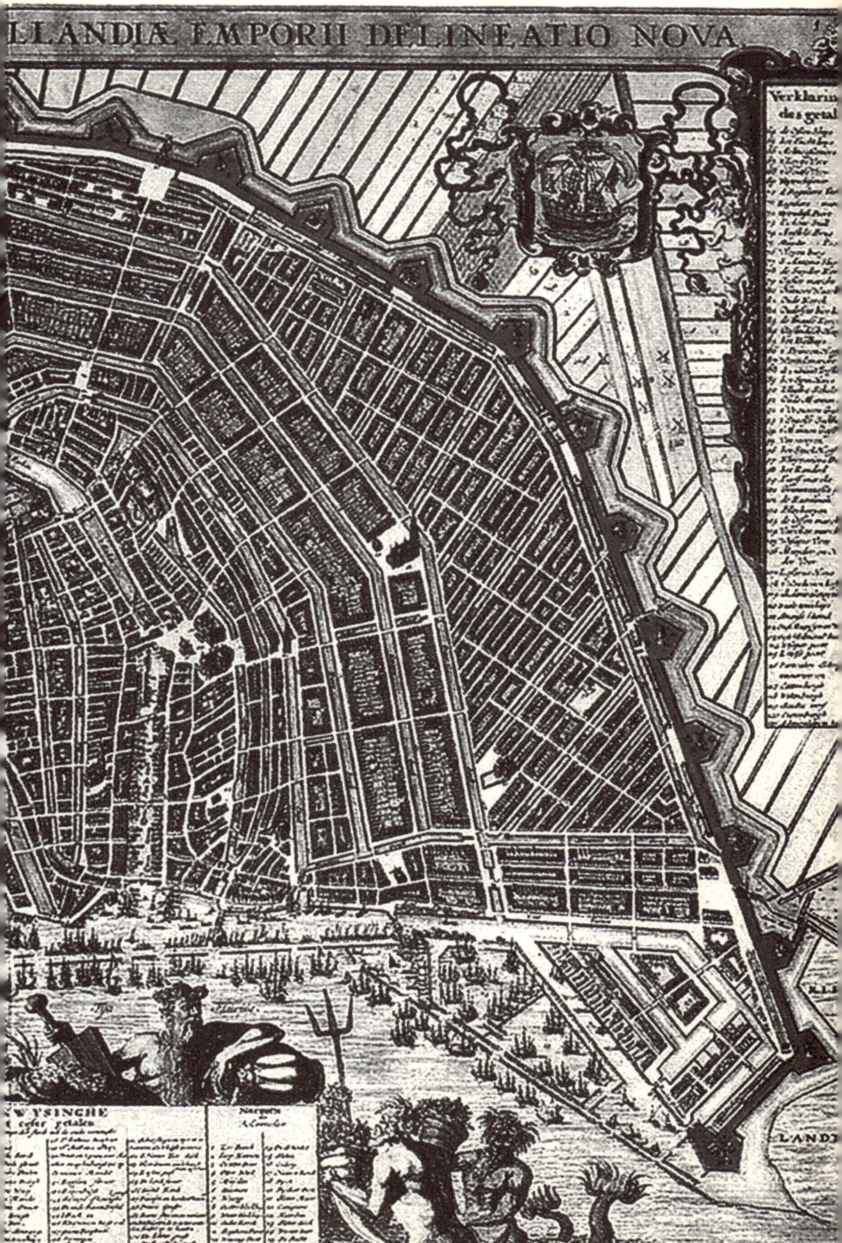

LLANDIÆ EMPORII DELINEATIO NOVA
Verklaring
des getal
LANDT

Vorwort

DER ANRUF erreichte mich an einem Freitag, abends um acht Uhr. Ich packte gerade meine Koffer aus. Erst vor einer Stunde war ich von einem Kunsthistoriker-Kongress zum Thema der niederländischen Barockmalerei nach Hause gekommen.

Wann ich wieder einmal bei ihm vorbeischauen würde, fragte mich Heer Hoogewerff, er habe nämlich heute eine interessante Lieferung erhalten. Bei meinem Anrufer handelte es sich um einen Antiquar aus Amsterdam. Er scheut die Öffentlichkeit, deshalb hat er mir zur Auflage gemacht, seinen richtigen Namen nicht zu nennen. Hoogewerff jedenfalls riet mir, schnell zu kommen.

Meine Neugierde war geweckt. Noch am selben Abend buchte ich im Internet ein Flugticket und war drei Tage später in Amsterdam. Erwartungsvoll betrat ich den Laden und wurde von dem vertrauten Bimmeln der Türklingel begrüßt.

Heer Hoogewerff, ein kleiner, zierlicher Herr mittleren Alters mit kurzem Grauhaar und Halbbrille, hatte in seinem Büro schon Tee und Botterkoekjes für mich bereitgestellt. Auf seinem Schreibtisch lag braun und abgegriffen ein lederner Koffer. Er schlug den Deckel auf, und ich bestaunte ein Durcheinander von Büchern, Fotoalben, Silberbesteck, Goldketten sowie sorgsam beschrifteten bräunlichen Briefumschlägen.

«Das alles stammt aus dem Nachlass einer guten Kundin von mir», erklärte der Antiquar. «Einer ihrer Vorfahren war Stillleben-Maler. Die Dame ist vor ein paar Wochen gestorben, im gesegneten Alter von dreiundneunzig Jahren. Eine Nichte aus Australien ist ihre einzige Verwandte. Sie brachte mir diesen Koffer, außerdem ein paar Gemälde und Porzellanfiguren.»

Unter den Büchern waren, das erkannte ich auf einen Blick, bibliophile Raritäten, beispielsweise eine niederländische Bibel aus dem Jahr 1688 sowie die Erstausgabe von Joachim von Sandrarts «Teutsche Academie der Edlen Bau-, Bild- und Mahlerey-Künste» aus dem Jahr 1679.

Meine Hand wurde jedoch magisch von drei unscheinbaren Heften angezogen, deren Einbände am unteren Rand die eingestanzten Buchstaben S und B aufwiesen. Das einseitig beschriebene Papier war nur wenig vergilbt, die Tinte klar und unverblasst. Mir war sofort bewusst, dass die Hefte alt sein mussten. Sie ließen weder Brand-, Wasser- noch Nagerschäden oder irgendwelche Gebrauchsspuren erkennen. Als wären sie eines Tages geschlossen und seither nie wieder aufgeschlagen worden.

Heer Hoogewerff bot mir an, in seinem Büro alles in Ruhe zu prüfen. Dann ging er aus dem Raum und schloss leise die Tür hinter sich. Ich setzte mich in den bordeauxroten Chippendale-Sessel in der Ecke und schlug eins der Hefte auf. In einer zierlichen, arabesken Handschrift war auf diesen Seiten etwas festgehalten, das mir den Atem verschlug. Ich las und las. Viele Stunden verbrachte ich über den Heften, ohne etwas von dem Tee und dem Gebäck anzurühren. Heer Hoogewerff wird dafür Verständnis gehabt haben.

Als ich am Abend wieder nach Hause flog, befanden sich in meinem Gepäck drei in niederländischer Sprache verfasste Tagebücher mit einem letzten Eintrag aus dem

Jahr 1723. Sie waren entweder eine exzellente Fälschung oder aber eine Sensation. Sollten sie sich als echt herausstellen, würden sie das letzte Jahr im Leben des größten Malers der Niederlande in einem völlig neuen Licht erscheinen lassen. Die Rede ist von Rembrandt van Rijn.

Ich ließ die Hefte von den Experten der Bundesanstalt für Materialprüfung in Berlin begutachten. Sechs Wochen später lagen die Ergebnisse vor. Die Graphologen waren überzeugt, dass die Schrift von einer einzigen Person stammte. Die Labor-Analyse hatte ergeben, dass in dem Papier keine Holzfasern enthalten waren, sondern ausschließlich Hadern. Diese zerkleinerten Lumpenreste fanden seit dem Mittelalter in der Papierherstellung Verwendung, Holz war dagegen erst seit der Mitte des 19. Jahrhunderts in Gebrauch.

Die Beschichtung aus tierischem Knochenleim und Alaun entsprach der Methode, mit der in früheren Jahrhunderten Papier schreibfest gemacht wurde. Die Bögen waren von Hand geglättet und nicht mit einer mechanischen Satinierwalze, wie sie erst seit dem 18. Jahrhundert zur Verfügung stand. Bei der chemisch-physikalischen Untersuchung wurde die Tinte mit der einer niederländischen Urkunde aus dem Jahr 1721 verglichen. Die Mischung war dieselbe: Galläpfel, Gummi Arabicum, Aloe, Salz und Wein, auch die jeweiligen Anteile stimmten überein.

Damit stand fest, dass die Tagebücher tatsächlich aus dem ersten Drittel des 18. Jahrhunderts stammten. Etwas schwieriger gestaltete sich das Entziffern der Schrift und noch schwieriger – die Übersetzung. Meine Niederländisch-Kenntnisse reichen allenfalls für den alltäglichen Sprachgebrauch des einundzwanzigsten Jahrhunderts aus.

Mir fiel sofort ein alter Freund ein, der Historiker ist

und viele Jahre in den Niederlanden gelebt hat. Er sagte mir spontan seine Hilfe bei der Übertragung der Hefte ins Deutsche zu. Also machte ich mich daran, den Text zu bearbeiten. Dabei bestand die größte Herausforderung darin, die Stimme des Chronisten in ihrer Eigenart zu bewahren, sie aber gleichzeitig unserem heutigen Sprachgebrauch behutsam anzunähern.

Und so lege ich hiermit die Erinnerungen des Samuel Bol vor, wie er sie vor fast dreihundert Jahren aufgezeichnet hat.

Alexandra Guggenheim
Hamburg, im Januar 2006

ERSTES HEFT

Vorbemerkung des Verfassers

DAS ERSTE Mal habe ich sie vor einem Monat gespürt, diese Enge in meiner Brust. Als ob eine eiserne Hand sich fest um mein Herz legte. Danach jeden Tag. So also kündigt sich das Ende an. Das Ende eines Menschen, dem es vergönnt war, ein Leben lang von Pest, Hungersnot und anderem Unheil verschont zu bleiben, wofür ich dem Allmächtigen aus tiefstem Herzen danke.

Im vergangenen Winter habe ich meinen einundsiebzigsten Geburtstag gefeiert. Nur wenigen Menschen wird ein solch hohes Alter gewährt. Ich sollte daher nicht mit meinem Schicksal hadern. Meine Lena ist vor fünf Jahren von mir gegangen. Seither lebe ich im Haus meines Ältesten und freue mich an seinen Kindern.

Fünfundzwanzig Jahre waren wir zusammen, meine Frau und ich, und haben drei Kinder großgezogen. Die Jungen haben achtbare Berufe erlernt, und auch sie sorgen für ihre Familien so, wie ich es ihnen vorgelebt habe. Die Gebote des Herrn habe ich geachtet. Mein Bestreben war stets, gegen jedermann gerecht zu sein und frei von Eitelkeit und Heuchelei. «Da kommt Samuel Bol», haben die Leute auf der Straße gesagt, «er ist ein Ehrenmann.»

Doch da ist etwas, das auf meiner Seele lastet und mich nicht zur Ruhe kommen lässt. Die Bilder der Vergangenheit haben mich eingeholt, und mir ist, als sei alles erst gestern geschehen. Mit keiner Menschenseele habe ich jemals darüber gesprochen.

Es ist an der Zeit, Rechenschaft abzulegen über mein Leben. Deshalb will ich alles niederschreiben, so, wie es sich in Wahrheit ereignet hat, und nichts auslassen oder beschönigen, damit ich reinen Gewissens vor das Angesicht unseres Herrn treten kann. Ich möchte mit der Stimme des halbwüchsigen Jungen von damals er-

zählen, die Welt wieder mit seinen Augen sehen. Alsdann beginne ich mit jenem Tag im Herbst des Jahres 1668, als ich all meine Habe in einen Korb packte und mein Heimatdorf am südlichen Ufer der Zuiderzee verließ.

Oktober 1668

MEIN HERZ klopfte vor Aufregung, als am Horizont die Silhouette von Amsterdam auftauchte. Der Fuhrmann, der uns im Morgengrauen mitgenommen hatte, zog die Zügel straff und ließ seinen alten, klapprigen Gaul anhalten. Wir stiegen aus, unsere Wege sollten sich an diesem schmalen Feldweg trennen.

In der Ferne sahen wir die Türme der Kirchen, die hoch über das Häusermeer hinausragten. Bald schon konnten wir riesige Windmühlenflügel erkennen und die Masten der großen Handelsschiffe, die im Hafen lagen. Wir blieben einen Augenblick stehen.

«Dort drüben wirst du also die nächsten Jahre deines Lebens verbringen.» Mein Vater blickte besorgt zu mir herüber. «Du musst wachsam sein, Samuel. Amsterdam ist eine Stadt voller Verlockungen und Gefahren. Schließlich warst du noch nie von zu Hause fort.»

«Aber Vater», entgegnete ich etwas zu hastig, «ich werde bald siebzehn Jahre alt und möchte endlich den Beruf erlernen, der meiner Natur entspricht. In unserem Dorf gibt es niemanden, der mich unterrichten könnte. Da ist es für uns alle doch ein großes Glück, dass Pastor Goltzius mir eine Anstellung in Amsterdam vermittelt hat.»

In Wahrheit wollte ich nicht nur meinem Vater, sondern auch mir selbst Mut machen. Denn natürlich war mir ein wenig bang vor dem neuen Leben weit weg von meinen Eltern und Geschwistern. Bisher kannte ich nur Muiderkamp, mein Heimatdorf, und seine Bewohner.

Wir waren sechs Geschwister, vier weitere Kinder waren kurz nach der Geburt gestorben. Mein Vater züchtete Blumen und handelte damit. Ab und zu verdiente meine Mutter als Leichenwäscherin etwas hinzu. Doch das Geld war für acht hungrige Mäuler immer knapp. Fleisch kam nur selten auf den Tisch, wir Kinder teilten uns zu dritt ein Bett, und unsere Schuhe hatten Löcher. Trotzdem haderten wir nicht mit unserem Schicksal. Es wurde viel gelacht und gesungen in unserem Haus. Jeden Abend dankten wir beim gemeinsamen Nachtgebet unserem Herrn, dass er uns Gesundheit und ein Dach über dem Kopf geschenkt hatte.

Das Leben in Muiderkamp verlief meist ruhig und gleichförmig. Manchmal kamen Fremde in Kutschen mit vergoldeten Wappen und Beschlägen. Sie nächtigten in der Herberge «Het Gouden Anker» gegenüber der Kirche. Alle Kinder aus dem Dorf standen dann gaffend am Straßenrand und staunten die riesigen schwarzen Hüte der Reisenden an, ihre blank geputzten Schuhe und eleganten Mäntel mit großen, weißen Spitzenkragen. Bei uns in Muiderkamp trug niemand derartige Kleider.

Wir hörten, dass diese Männer Kaufleute aus Amsterdam waren, die im ganzen Land umherreisten, um Geschäfte zu machen. Während die Fremden im Wirtshaus aßen und tranken, schlichen wir uns in den Stall zu den Pferden. Wir streichelten ihr glattes, seidiges Fell, das sich so anders anfühlte als das unserer Pferde. Diese waren struppig, denn sie zogen im Frühling und Herbst den Pflug auf den Feldern und brachten im Sommer das Heu auf schweren Karren in die Scheunen.

Als meine Schulzeit zu Ende war, wurde ich zu meinem Onkel Albert Flinck in die Lehre gegeben, einem Kleider-

und Strumpfmacher. Er wohnte nur zwei Straßen weiter. Ein ganzes Jahr lang war ich von morgens bis nachmittags damit beschäftigt, die Werkstatt sauber zu halten, dem Onkel Nadel und Faden bereitzuhalten und Hemden zu plätten. Danach durfte ich auch Beinlinge zuschneiden und gewöhnliche Filzkappen nähen.

Die Leute auf dem Land brauchten nicht mehr als ein paar derbe Kleidungsstücke: Hemd, Beinkleider, Wams, Kopfbedeckung und einen Bauernrock. Für den Kirchgang am Sonntag zogen die Männer einen Oberrock an, im Sommer aus Leinen, im Winter aus Wolle. Die Frauen trugen über ihrem Hemd Rock und Mieder, außerdem Kopftücher und am Kirchtag Hauben. Bei grimmiger Kälte zogen sie einfach mehrere Kleidungsstücke übereinander an.

Die Arbeit in der Werkstatt war eintönig und machte mir keine rechte Freude. Meine Fingerkuppen waren wund und zerstochen von den spitzen Nadeln. Doch den Lohn, den ich nach dem zweiten Lehrjahr verdiente, konnte die Familie gut gebrauchen. Auch wenn es nicht viel war.

Zu Jahresbeginn kam ein neuer Pastor mit Namen Jan Goltzius in unsere Gemeinde. Er war ein kleiner, untersetzter Mann mit Spitzbart und wachsamen Augen. Eines Nachmittags brachte ich ihm einen neuen Kragen, den er bei meinem Onkel bestellt hatte. Der Pastor fragte mich, ob ich ihm wohl dabei helfen könne, ein paar Bilder und Bücher von einem Karren zu entladen und in sein Haus zu tragen.

Zum Dank schenkte er mir ein Blatt Papier, auf dem eine Muschel mit einem Muster gezeichnet war, das an feinste Spitzenklöppelei erinnerte. Ich legte die Zeichnung zu Hause in meine Bibel und hütete sie wie einen Schatz.

Pastor Goltzius war ein großer Kunstkenner und liebte Bilder über alles. Kurz vor Ostern ließ er bei meinem Onkel für einen seidenen Schoßrock Maß nehmen. Dabei lud er mich ein, ihn einmal zu besuchen und mir seine Sammlung anzuschauen. Etwas so Erstaunliches und Herrliches hatte ich noch nie zuvor gesehen. Das Haus war voll von Gemälden mit Bildnissen bedeutender Personen und fremdartiger Landschaften. In kostbar geschnitzten Truhen lagerten unzählige Folianten. Sie waren in Leder gebunden und enthielten Bilder von Geschichten aus der Bibel sowie aus der Vergangenheit Hollands und den niederländischen Provinzen. Vor meinen Augen tat sich eine wunderbare, geheimnisvolle Welt auf. Der Pastor erlaubte mir, jederzeit wiederzukommen. Von da an besuchte ich Jan Goltzius jeden Tag.

Während ich in der Werkstatt meines Onkels Hemdärmel ausbesserte, kamen mir immer wieder die Bilder des Pastors in den Sinn. Vornehme Bürger, die an ihren Kleidern elegante Spitzenmanschetten trugen und kreisrunde, gefältelte Kragen. Diese erinnerten an Mühlsteine und gaben den Personen ein hoheitsvolles Aussehen. Stärkte ich eine Haube, so sah ich Frauen in schimmernden Seidengewändern mit Ketten und Ringen aus Gold und Edelsteinen vor mir.

«Samuel, was ist denn in letzter Zeit mir dir los? Wo bist du nur mit deinen Gedanken?», mahnte mein Onkel mich dann und trug mir das Doppelte an Arbeit auf.

Häufig kamen Kunsthändler mit neuer Ware ins Pastorenhaus und manchmal auch Maler, die sich auf Reisen befanden. Es hatte sich nämlich schnell in der Gegend herumgesprochen, dass Jan Goltzius ein leidenschaftlicher Kunstsammler war.

Für manche Gemälde zahlte der Pastor einen halben oder auch einen ganzen Jahreslohn. Andere dagegen kosteten nicht mehr als drei Tagelöhne eines Schuhmachers oder Bäckers. Ich nahm an, der Preis müsse etwas mit der Größe der Leinwand zu tun haben. Doch Pastor Goltzius erklärte mir, dass der Wert eines Bildes davon abhing, wie berühmt sein Maler war.

Weil ich eine schöne Handschrift hatte und recht geschickt schrieb, durfte ich ihm helfen, eine Liste seiner Bilder und Bücher zusammenzustellen. So lernte ich nach und nach die Namen von Künstlern kennen. Viele kamen aus Holland oder den Niederlanden wie Frans Hals, Jan Vermeer, Willem van de Velde, Pieter Paul Rubens oder Salomon van Ruysdael. Aber es waren auch Italiener dabei, die meist nur einen Vornamen trugen: Raffael, Michelangelo, Tizian.

Ich stellte fest, dass es ganz unterschiedliche Arten von Bildern gab. Landschaften, See- und Blumenstücke, Bilder, die von einem wichtigen Ereignis erzählten, und solche, auf denen nur Menschen dargestellt waren. Weil ich wusste, dass der Pastor nie müde wurde, über Kunst zu reden, fragte ich ihn, welche von diesen verschiedenen Bildersorten die bedeutendste sei.

«Es freut mich, dass du so viel Interesse zeigst, Samuel. Das wichtigste Thema in der Malerei ist die Historie, insbesondere die biblische, weil in ihr die Güte und Allmacht unseres Herrn im Bilde sichtbar werden. Aber manche Bürger geben auch Bildnisse von sich selbst in Auftrag, wenn sie zu Wohlstand gekommen sind. Und die lassen sie sich einiges kosten. Für die meisten Künstler lohnt es heutzutage mehr, einen reichen Bankier zu malen als die Geschichte von der Flucht nach Ägypten. Oder das Wunder der Hochzeit zu Kanaa, in der unser Herr Wasser in Wein verwandelte.»

Je mehr Pastor Goltzius mir über Malerei sagte, desto neugieriger wurde ich, und desto großartiger erschien mir die Welt der Bilder. Wie eintönig und reizlos kam mir im Vergleich dazu die Beschäftigung mit grob gewirkten Stoffen in immer gleichen Zuschnitten vor.

Einmal, als ich den Umriss für ein Wams kopieren sollte, zeichnete ich ganz in Gedanken auf das Vorderteil des Papierbogens einen Mann mit Pluderhose, Schoßrock und pelzbesetztem Mantel. Und auf einen anderen Bogen eine junge Frau in einer bestickten Robe, mit Blüten im Haar und in den Händen.

«Samuel, so etwas nennst du ein ordentliches Schnittmuster? Soll ich jetzt vielleicht vornehme Städterkleidung nähen, damit unsere Bauern in Gewändern aus Seide auf den Feldern ernten? Und ihre Frauen mit Blumenkränzen auf dem Kopf am Herd stehen und einen Bohneneintopf kochen? Ich habe nur deswegen Nachsicht mit dir, weil du der Sohn meiner Schwester bist. Wenn du so weitermachst, weiß ich nicht, was noch aus dir werden soll», rügte mich mein Onkel.

Eine ganze Woche lang zögerte ich, bis ich die beiden Zeichnungen mit zu Jan Goltzius nahm und sie ihm zeigte. Der blickte mich verwundert an.

«Wirklich erstaunlich, in der Tat. Du hast Talent, mein Junge. Vielleicht sogar mehr für einen Bildermaler als für einen Schneider.»

Meine Wangen glühten. Das war es, wovon ich träumte. Ich wollte Maler werden. Und zwar am liebsten einer von denen, die nur vornehme Leute darstellten. Etwa solche wie die fremden Händler, die gelegentlich in unserem Dorfgasthaus übernachteten. Oder die so gebildet waren wie Pastor Goltzius und in einem großen Haus mit wertvollen Möbeln wohnten. Von diesem Wunsch hätte ich allerdings niemals jemandem zu erzählen gewagt.

Der Pastor geleitete mich in sein Studierzimmer.

«Hier, Samuel, ich möchte dir ein Album zeigen, das ich heute aus Amsterdam erhalten habe. Die Bilder darin hat ein bedeutender Künstler geschaffen. Sein Name ist Rembrandt van Rijn», sagte er in einem Ton, aus dem ich tiefe Bewunderung heraushörte.

«Er ist zwar schon ein alter Mann. Aber viele halten ihn immer noch für den größten Maler Hollands. Leider habe ich noch nie eins seiner Gemälde kaufen können, Meister Rembrandt verlangt viel für seine Werke. Aber ich besitze einige Zeichnungen von seiner Hand, die ich günstig erstehen konnte. Das Blatt mit der Muschel, das ich dir einmal geschenkt habe, stammt übrigens auch von ihm.»

Das Album enthielt eine Reihe von Radierungen, die die Passion unseres Herrn Jesus Christus zeigten. Alle Personen waren mit solcher Kraft und Wahrhaftigkeit dargestellt, dass es mir wie ein Wunder vorkam. Ich sah das schmerzverzerrte Gesicht Jesu, während er das Kreuz trägt, die hämischen Mienen der Schergen und Maria Magdalena, die demutsvoll die Hände zum Himmel hebt. Als ob diese Menschen tatsächlich lebten und litten.

In diesem Augenblick stand für mich fest: Genauso großartig und wahrhaftig wollte ich auch einmal malen können. So wie dieser Rembrandt van Rijn.

In den folgenden Wochen sammelte ich alle Reste von Papier, die ich in der Schneiderei finden konnte, und fertigte darauf Skizzen an. Es geschah wie von selbst, ohne dass ich selbst so recht wusste, was ich tat. Ich zeichnete die Werkstatt, meine Eltern und Geschwister, die Menschen und Tiere auf den Feldern und den Pastor auf der Kanzel bei einer flammenden Predigt, in der er gegen Eitelkeit, Völlerei und Trunksucht wettert.

Dem Onkel missfielen meine Zeichenübungen, er meinte, ich sei ein Träumer und vernachlässige meine Arbeit. Womit er wahrscheinlich nicht ganz Unrecht hatte. Irgendwann nahm ich meinen ganzen Mut zusammen und vertraute Jan Goltzius an, dass ich Maler werden wollte.

«Das überrascht mich keineswegs, Samuel», sagte der bedächtig und nickte verständnisvoll. «Ich habe gesehen, dass du begabt und gewissenhaft bist, deswegen will ich dir helfen. Mein Vetter Frans arbeitet in Amsterdam als Apotheker. Er hat mir erzählt, dass Rembrandt schon seit vielen Jahren sein Kunde ist und Farben bei ihm einkauft. Ich werde meinen Vetter bitten, den Meister beim nächsten Mal zu fragen, ob er vielleicht einen Schüler brauchen kann.»

In meine anfängliche Freude mischten sich Zweifel. Würde ein so bedeutender Maler einen einfachen Jungen wie mich überhaupt bei sich aufnehmen? Und vor allem, was würden meine Eltern dazu sagen, dass ich kein Schneider mehr werden wollte? Der Pastor schien meine Gedanken erraten zu haben. Er legte mir die Hand auf die Schulter.

«Mach dir wegen deiner Eltern keine Gedanken, Samuel. Ich will Meister Rembrandt einen Brief schreiben und ihm darin deine Fähigkeiten schildern. Danach werde ich mit deinem Vater reden und ihm darlegen, dass ich an dein Talent und deinen Fleiß glaube. Ich bin sicher, ich werde ihn überzeugen können.»

Und so hatte es ein gütiges Schicksal gefügt, dass ich an diesem sonnigen, klaren Herbsttag auf dem Weg nach

Amsterdam war, um eine Malerlehre in der Werkstatt des Rembrandt van Rijn zu beginnen. Mein Onkel hatte mich leichten Herzens ziehen lassen. Er würde sicher bald einen neuen, besseren Gesellen finden.

Doch nur zögernd hatte mein Vater sich von Pastor Goltzius überreden lassen. Viel lieber hätte er nämlich einen Sohn gehabt, der Lohn mit nach Hause brachte, als einen, für den er Lehrgeld zahlen musste. Kurzfristig hatte mein Vater sich dann entschlossen, mich nach Amsterdam zu begleiten. Ihm war in diesem Jahr die Züchtung einer neuen Tulpensorte geglückt. Sie hatte eine rosafarbene Blüte mit dunkelvioletten, senkrechten Streifen und trug den Namen «Meisje van Muiderkamp». Er kannte einen Versteigerer in Amsterdam und hoffte nun, die Zwiebeln in der großen Stadt zu einem besseren Preis zu verkaufen als bei uns auf dem Land.

Wir durchquerten das große Stadttor im Osten und kamen in den Hafen. Ein strenger Geruch lag in der Luft, es stank nach Brackwasser, Teer und verfaulendem Fisch. Die Giebel der hohen Lagerhäuser aus rotem Backstein leuchteten in der hoch stehenden Mittagssonne.

Viele Männer waren damit beschäftigt, Schiffe voller Holz und Kisten zu entladen oder mit Säcken neu zu beladen. Fischer scheuerten die Planken ihrer Boote oder flickten die Netze. Frauen mit offenem Haar und gänzlich ohne Kopfbedeckung schlenderten mit wiegenden Hüften an den Seeleuten vorbei, die laut und gellend pfiffen und sie an der Schulter zu packen versuchten. Ich sah ihnen zu und lachte über ihre Späße, doch mein Vater packte mich am Ärmel und zog mich schnell fort.

Wir gingen in westlicher Richtung weiter zur Innenstadt. Der Weg führte an Häusern und Kanälen vorbei und über zahlreiche Brücken. In den engen Straßen waren viele Menschen unterwegs, es mussten viel mehr sein, als in Muiderkamp und allen umliegenden Dörfern zusammen wohnten. Da waren Wasserträger mit schweren Eimern, Frauen und Dienstmädchen, die vom Markt kamen und ihre Einkäufe in Körben nach Hause trugen. Kinder, die auf Stelzen um die Wette liefen, deren Kreisel zwischen die Füße der Passanten geriet und einen alten Mann beinahe zu Fall gebracht hätte.

Auf den Grachten fuhren voll beladene Schuten, deren Rümpfe in Blau, Rot, Grün und Schwarz gestrichen waren. Von allen Seiten hörten wir Pferdegetrappel und Peitschenknallen.

«Aus dem Weg! Rattenpack!», brüllte ein Kutscher und lenkte seine Pferde dicht an einem Hinkenden vorbei, der vor Schreck zusammenfuhr und sich angstvoll gegen eine Hauswand drückte.

«Der Teufel soll dich holen!», brüllte der Lahme hinter ihm her und schwenkte wütend seinen Stock.

Immer wieder mussten wir Fuhrwerken ausweichen, die über die gepflasterten Straßen holperten. Händler mit ihren Handkarren zogen an uns vorbei. Die ganze Stadt schien erfüllt von Arbeit, Anstrengung und Fleiß.

Mehrmals blieb ich stehen und staunte über so viel Geschäftigkeit, doch mein Vater mahnte mich zur Eile. Wir zwängten uns durch die Menschenmenge und gelangten zu einem Marktplatz. Die Verkaufsstände waren voll mit Waren, von denen ich die meisten überhaupt nicht kannte. Gemüse und Früchte, Fische mit Stacheln und silbrig glänzenden Schuppen, Schalentiere, Fleisch und Geflügel, golddurchwirkte Stoffe, exotische Kleidung, ja sogar Gemälde lagen aus. Gewürze aus fernen Ländern verströmten fremdartige Gerüche.

Ein Mann in einem langen, grauen Mantel mit einem

hohen, spitzen Hut stand breitbeinig auf einer Bühne und mühte sich, die Rufe der Händler noch zu übertönen. Er pries Pulver und Salben gegen Runzeln, Warzen und Männerschwäche an, wobei er Daumen und Zeigefinger in der Luft miteinander verschränkte und seltsame Handzeichen machte. Einige jüngere Frauen, die sich um das Podest herum versammelt hatten, gackerten wie die Hühner, die der Fuchs aufgescheucht hat.

Der Redner wandte sich einem alten Mann zu, der neben ihm auf einem Stuhl saß und sich mit schmerzverzerrtem Gesicht die Backe hielt. Der Heilkünstler, wie der Graue sich nannte, nahm eine Zange, riss dem Alten mit der einen Hand den Mund auf, stieß mit der anderen Hand die Zange hinein und hielt sie wenig später mit einer triumphierenden Geste hoch. Die Zuschauer johlten und applaudierten. Der Mann auf dem Stuhl reckte beide Arme in die Luft und fluchte laut.

«Au! Aah! Fahr doch zur Hölle, elender Lügner! Hätte ich nur auf meine Frau gehört und regelmäßig mit ihrem Kräuteraufguss gegurgelt!»

«Habt ihr das gehört?», rief der Mann mit dem Spitzhut in die Menge. «Er glaubt einem Weib mehr als einem anerkannten Heilkünstler wie mir, der schon im ganzen Land unzählige Wunderdinge getan hat.»

«He, Alter, was bist du so zimperlich! Ein fauler Zahn muss raus, sonst fault irgendwann der ganze Mann!», plärrte eine Frau mit pockennarbigem Gesicht und schimpfte hinter ein paar Kindern her, die einer Katze eine Glocke an den Schwanz gebunden hatten. Laut fauchend verschwand das Tier unter einem der Fischstände, während die Umstehenden laut lachten.

Eine Horde stinkender Bettler schlich um die Marktstände. An ihren ausgemergelten Körpern hing die schmutzige, zerrissene Kleidung schlaff herunter. Ihre Gesichter waren bleich und hohl. Einige waren ohne Fuß oder Bein und bewegten sich nur schwerfällig an Krücken.

«Erbarmen, ihr guten Leute, wir haben Hunger. Gebt uns doch ein wenig Brot.»

Obwohl sie mir Angst machten, hatte ich Mitleid mit diesen Menschen. Ich nahm ein Stück Schwarzbrot, das ich vor der Abreise eingesteckt hatte, aus meinem Proviantbeutel und gab es dem Jüngsten von ihnen. Er mochte kaum älter sein als ich, hatte feuerrote Haare und schleifte ein Bein hinter sich her. Seine ganze Erscheinung drückte Hoffnungslosigkeit aus. Kaum hatte er das Brot mit gierigen Fingern an sich genommen, stürzten die anderen sich auf ihn, schlugen ihn mit ihren Krücken und versuchten, einen Brocken davon zu ergattern.

Schließlich erreichten wir die Westerkerk. Die mächtige Kirche lag direkt an der Prinsengracht. Jenseits des Kanals begann das Jordaan-Viertel. In dieser Gegend wohnten hauptsächlich Gerber, Färber und Bäcker, wie die bunten Ladenschilder verkündeten. Ein Rattenfänger zog von Tür zu Tür und verkaufte Fallen und Arsenkuchen. Einige seiner Opfer hatte er an eine Schnur geknotet und sich über die Schulter gehängt.

Wir gingen die Rozengracht hinunter. Die dicht nebeneinander stehenden Häuser waren schmal und nicht sehr hoch, die meisten besaßen nur ein einziges Obergeschoss. Ein paar streunende Hunde schnupperten die engen Spalten zwischen den Häusern entlang und suchten nach etwas Essbarem. Als wir fast am Ende der Straße angekommen waren, blieb mein Vater vor einem Haus mit grünen Fensterläden stehen und zeigte auf eine Tafel neben der Haustür. Mit klopfendem Herzen und brüchiger Stimme las ich vor: «Handelskompanie in Gemälden, Papierkunst, Kupfer- und Holzschnitten und Raritäten.»

«Hier muss es sein. Man hat mir erzählt, dass Meister Rembrandts Sohn Kunsthändler war und vor wenigen Wochen gestorben ist.» Mein Vater griff nach dem rostigen eisernen Türklopfer.

Es dauerte eine Weile, bis wir von innen Schritte hörten. Eine alte Frau mit gebeugtem Rücken und runzeliger Haut öffnete uns. Sie trug eine weiße Schürze und eine Haube, die schon lange aus der Mode gekommen war, mit seitlich herunterhängenden, zu Wülsten gerollten Zipfeln. Über der Stirn kräuselten sich ein paar graubraune Haare.

«Was wollt Ihr?», fragte sie mürrisch und musterte uns mit einem abschätzigen Blick von Kopf bis Fuß.

«Ich bin Willem Bol, und das ist mein Sohn Samuel. Er soll bei Meister Rembrandt van Rijn in die Lehre gehen.»

«Hä? Wer seid Ihr?»

«Willem Bol, Blumenhändler aus Muiderkamp mit seinem Sohn, wie ich bereits sagte.»

Die Alte zuckte ungerührt mit den Schultern und bewegte sich nicht von der Stelle. Mein Vater trat ungeduldig von einem Fuß auf den anderen.

«Hört zu, gute Frau. Mein Sohn will das Malerhandwerk erlernen, und Meister Rembrandt soll ihn unterrichten. Er wohnt doch in diesem Haus?»

Die Frau presste die Lippen zusammen und sah meinen Vater argwöhnisch an. «Woher soll ich wissen, dass Ihr der seid, für den Ihr Euch ausgebt?»

Mein Vater griff in seine Gürteltasche, holte einen Brief hervor und hielt ihn der Alten dicht unter die Nase.

«Der Meister selbst hat diesen Brief an Pastor Jan Goltzius in Muiderkamp geschrieben. Darin teilt er mit, er wolle meinen Sohn Samuel Bol als Schüler bei sich aufnehmen und ihn zum Maler ausbilden.»

Die Frau kniff die Augen zusammen und warf einen flüchtigen Blick auf das Schriftstück. Mein Herz klopfte, meine Hände wurden feucht. Was, wenn die Alte überhaupt nicht lesen konnte?

Endlich machte sie einen Schritt zur Seite und ließ uns eintreten. Wir gelangten in eine Diele, in deren hinterster Ecke ein Regal mit Zinnkrügen stand. Daneben lagerten ein paar Teppiche aufgerollt vor einer Wand. Der Raum wirkte kahl und ungenutzt.

«Da geht's hinauf, der Meister ist in seiner Werkstatt», sagte die Frau barsch und deutete mit dem Kinn in Richtung einer Holztreppe, die steil und gewunden in das obere Stockwerk führte.

Mein Vater ging voraus. Als ich die vorletzte Stufe erreicht hatte, stolperte ich und fiel der Länge nach hin, direkt ins Atelier.

Meister Rembrandt arbeitete gerade an der Staffelei. Als er uns sah, legte er Pinsel und Palette ab und kam uns entgegen. Schnell rappelte ich mich wieder hoch und klopfte mir den Staub aus den Kleidern.

«Ihr müsst Mijnheer Bol sein, und das ist Euer Sohn Samuel. Hast du es immer so eilig, mein Junge?», fragte er mit leisem Tadel und reichte uns die Hand.

Ich ärgerte mich über meine Ungeschicklichkeit und zitterte vor Aufregung. Vor mir stand also der bedeutendste Maler Hollands, der Mann, dessen Namen man im ganzen Land rühmte. Zaghaft drückte ich seine Hand und brachte kein einziges Wort heraus.

Der Meister war nur wenig größer als ich und besaß eine kräftige Statur. Er trug einen dunkelbraunen Malerkittel und eine weiße Haube. Seine Kleidung war übersät mit winzigen Farbsprenkeln. Die fülligen, grauen Locken reichten ihm bis über die Ohren. Das breite Gesicht mit der großen, kräftigen Nase war faltig, die Haut trocken und blass. Doch seine dunklen Augen blickten wachsam und klar.

«Man hat mir berichtet, dass du Talent hast und die Malerei liebst. Ich habe schon viele Jahre keinen Schüler mehr gehabt. Eigentlich wollte ich auch keinen mehr bei mir aufnehmen, das Unterrichten kostet mich viel Zeit und Kraft. Aber in letzter Zeit ist es mit meiner Gesundheit nicht zum Besten gestellt. Deswegen brauche ich jemanden, der zupacken kann und mir tatkräftig zur Hand geht.»

Der Meister hatte eine tiefe, volltönende Stimme. Prüfend sah er mich von oben bis unten an, und ich senkte rasch den Kopf.

«Samuel ist ein braver Junge, Ihr werdet keine Schwierigkeiten mit ihm haben. Er soll recht viel lernen, damit aus ihm ein ordentlicher Bildermaler wird. Schließlich wird er irgendwann eine Familie ernähren müssen. Wo er doch am Schneiderhandwerk keinen Gefallen finden konnte», fügte mein Vater mit einem unüberhörbaren Seufzen hinzu.

«Somit wären wir uns also einig, Mijnheer Bol. Euer Sohn und ich werden uns schon aneinander gewöhnen. Was meinst du, Samuel?»

Ich nickte stumm und drehte verlegen die Kappe in meinen Händen.

«Bitte entschuldigt mich, Meister Rembrandt», sagte mein Vater, «aber meine Zeit ist knapp. Ich muss noch einige dringende Geschäfte in der Stadt erledigen, bevor ich wieder nach Hause zurückkehre.»

Er zog den schäbigen Leinenbeutel hervor, den er am Gürtel trug, und zahlte dem Meister das Lehrgeld für zwölf Monate im Voraus, gerade so viel, wie er hatte zusammentragen können. Ich spürte eine tiefe Dankbarkeit, denn ich wusste, mit wie viel Fleiß mein Vater dieses Geld erarbeitet hatte.

«Auch ich muss wieder an meine Arbeit. Lebt wohl, Mijnheer Bol. Ihr wollt Euch sicherlich noch von Eurem Sohn verabschieden. Nun also, ich wünsche Euch ein gutes Geschäft und eine ebensolche Reise.»

Mit diesen Worten drehte der Meister sich um und wandte sich wieder der Staffelei zu.

Als wir vor die Tür traten, spürte ich, wie meine Knie weich und mein Hals eng wurden. Vater nahm meine Hand und blickte mich eindringlich an.

«Hör gut zu, mein Junge, beherzige das, was der Meister dich lehrt, sei fleißig und strebsam. Halte dich fern von den Verlockungen der großen Stadt. Und vergiss nicht das Abendgebet und den Kirchgang am Sonntag.»

Einen Moment stand er unschlüssig herum. Dann tat er etwas, was er noch nie zuvor getan hatte. Er umarmte mich. Mehrere Male musste ich schlucken.

«Vater, ich verspreche dir, dass ich unserer Familie keine Schande bereiten werde. Ich will hart arbeiten und jeden Tag für euch beten. Sag Mutter lieber nichts von den Bettlern und den seltsamen Menschen, die uns vorhin in der Stadt begegnet sind. Sie soll sich nicht unnötig ängstigen.»

Mein Vater zog einen Stofflappen aus der Jacke und wischte sich die Augen. Mit einem Ruck wandte er sich von mir ab und trat hinaus auf die Straße. In diesem Augenblick hörte ich in der Ferne die große Glocke der

Westerkerk dreimal schlagen. Ich ahnte, dass von nun an nichts mehr in meinem Leben so sein würde, wie es zuvor gewesen war.

Am nächsten Morgen führte mich der Meister durch das Haus. Es war viel kleiner, als ich mir das Haus eines berühmten Malers vorgestellt hatte, und auch überhaupt nicht prunkvoll. Die Möbel waren alt und von einfacher Ausführung, aber überall herrschten Reinlichkeit und Ordnung.

Von der Diele aus führte ein Gang in den hinteren Teil des Hauses. Linker Hand lag die Stube, in der gegessen wurde und der Meister seine Schlafstätte hatte. Das Bett stand erhöht auf einem Podest. Ringsherum bauschten sich grüne, schon verblichene Samtvorhänge, die an einem Baldachin befestigt waren. Geradeaus, am Ende des Flurs, war die Küche, hinter der sich ein kleiner, mit Liebe und Sorgfalt angelegter Garten ausbreitete.

«Hier schläft meine Tochter.»

Der Meister deutete auf einen Bettkasten mit dunkelblauen Vorhängen. Genau solche Schlafschränke hatten wir zu Hause in Muiderkamp auch.

«Cornelia ist für ein paar Tage bei meiner Schwiegertochter. Magdalena ist guter Hoffnung, aber sie fühlt sich nicht wohl, und meine Tochter will ihr ein wenig bei der Hausarbeit helfen.»

Für einen kleinen Moment schloss der Meister die Augen und seufzte leise. Er schien besorgt.

Unterhalb der Treppe ging es zu einer Kammer, in der Rebekka, die alte Magd, wohnte. Im oberen Stockwerk lag die Werkstatt, die ich bei meinem Kommen vor Aufregung gar nicht genau in Augenschein genommen hatte. Sie hatte zwei Fenster, von denen aus man auf die Rozengracht sehen konnte. Gleich davor war eine Staffelei derart aufgestellt, dass das Tageslicht seitlich von links auf die Leinwand fallen konnte. Ich sah auf ein noch unfertiges Porträt, es stellte den Meister persönlich dar. Daneben befand sich ein Tischchen mit allerlei Farben, Pinseln und Tiegeln.

An der Seite ragte ein Regal bis dicht unter die Decke. Es war gefüllt mit dunklen Flaschen und Gefäßen in unterschiedlicher Größe. An den Wänden hingen neben- und übereinander Schilde, Pfeile, Bogen und Speere, Wandteppiche und unzählige Gemälde. Der Meister schob die abgenutzten Vorhänge zur Seite, die die Bilder vor Staub schützten. Eines war von Jan Lievens, sagte er mir stolz, mit dem er als junger Maler in einer Werkstatt zusammengearbeitet hatte. Weitere Gemälde stammten von Hercules Seghers und Pieter Lastmann, bei dem der Meister als Schüler gelernt hatte. Einige andere waren Werke seiner früheren Schüler.

Doch am großartigsten schienen mir diejenigen Bilder, die von der Hand des Meisters selbst stammten. Männer in orientalischen Kostümen, Gelehrte in ihren Studierstuben, Szenen aus dem Alten und Neuen Testament sowie Porträts vornehmer Männer und Frauen: alle so lebendig und wahrhaftig, dass man meinte, sie würden gleich aus dem Rahmen steigen.

Auf einem wackeligen Tisch neben dem Regal stapelten sich Marmorbüsten römischer Kaiser und griechischer Philosophen, von denen ich das erste Mal hörte. Daneben bemerkte ich vier seltsame Wachsstücke, die wie die abgetrennten Arme und Beine eines Menschen aussahen.

«Das sind Nachbildungen anatomischer Studien, die ein berühmter Chirurg durchgeführt hat. Er hieß Vesalius und lebte vor hundert Jahren in Italien.» Der Meister sah mich belustigt an. Offensichtlich war ihm mein erschrockener Blick nicht entgangen.

In einer Truhe, ähnlich der, wie Pastor Goltzius in Muiderkamp sie hatte, lag ein schwarzes, ledernes Album mit Zeichnungen des Meisters. Ein anderes, wesentlich dickeres, enthielt alle seine Radierungen. Von sämtlichen Themen, die er in den vielen Jahren dargestellt hatte, hatte der Meister ein Blatt für sich behalten.

Im hinteren Teil der Werkstatt führte eine Tür in eine Abstellkammer, in der Leinwände, Bilderrahmen, Staffeleien und Paletten lagerten und in der sich auch mein Bett befand. Ein winzig kleines Fenster zeigte auf den Garten. Von der Kammer aus ging es über eine steile Stiege nach oben auf den Dachboden. Durch eine Luke im Dach fiel schwaches Licht in den niedrigen Raum. Der Meister atmete schwer, als wir oben ankamen. Das Treppensteigen hatte ihn merklich angestrengt.

«Hier hat früher mein Sohn Titus gewohnt.»

Er deutete mit der Hand auf ein Bildnis an der Wand, das einen nachdenklichen, etwa vierzehn Jahre alten Jungen mit dunklen schulterlangen Locken an einem Schreibpult zeigte.[1] Die Stimme des Meisters zitterte, ich spürte, dass es ihm schwer fiel, weiter zu sprechen.

«Vor sechs Wochen haben wir ihn beerdigt. Der Schwarze Tod hat ihn geholt. Er war erst ein halbes Jahr verheiratet. In ein paar Wochen wird meine Schwiegertochter ein Kind gebären, das seinen Vater niemals kennen lernen wird.»

Sogar in Muiderkamp hatten wir von der letzten Pest in Amsterdam gehört. Uns hatte sie dieses Mal verschont und nur in den großen Städten gewütet.

«Er ruhe in Frieden», erwiderte ich und war unsicher, welche Worte des Trostes ich obendrein sagen sollte.

Aber der Meister schien ohnehin ganz in seine Gedanken versunken. Er blickte mich an, ohne mich wirklich zu sehen, und ging dann an mir vorbei zu einem Schrank, der weitere Kostbarkeiten enthielt: Medaillen, Mineralien, Flöten, Gläser, Muschelgehäuse und altmodische Kleider. Er zeigte mir einen Folianten und blätterte durch die Seiten, die Kupferstiche und Radierungen nach berühmten Gemälden enthielten.

«Das ist eine Landschaft von Tizian und dies hier ein Porträt von Leonardo!», rief ich aufgeregt aus, denn ich kannte die Bilder aus den Büchern von Pastor Goltzius.

«Für einen angehenden Schüler sind deine Kenntnisse über italienische Malerei ganz beachtlich, Samuel.»

Er klopfte mir sachte auf die Schulter. Ich errötete, denn ich war an solches Lob nicht gewöhnt.

«Ihr besitzt eine großartige Sammlung, Meister Rembrandt. Die Schätze, die Ihr gesammelt habt, müssen sehr wertvoll sein.»

Zu meiner Verwunderung schüttelte der Meister nur den Kopf und kniff die Lippen zusammen. «So etwas nennst du großartig? Früher, da hatte ich eine stattliche Sammlung, als meine Frau noch lebte. Sie ist viel zu früh von mir gegangen. Nach ihrem Tod brachen schwere Zeiten für meinen Sohn und mich an. Ich musste mein Haus und meine ganze Sammlung verkaufen. Was du hier siehst, habe ich in den vergangenen Jahren mit großer Anstrengung wieder zusammengetragen», setzte er bekümmert hinzu und wandte sich abrupt von mir ab.

Ich folgte ihm die Treppe hinunter in die Werkstatt, und der Meister begann mit dem Unterricht. Er holte eine zweite Staffelei und einen Spannrahmen mit Leinwand aus der Kammer und stellte sie neben das Fenster.

«Als Erstes erkläre ich dir die Grundlagen der Maltechnik. Jeder Schüler muss wissen, wie eine Leinwand so grundiert wird, dass alle Fadenzwischenräume ausgefüllt sind und die Farbe auf eine glatte Fläche aufgetragen werden kann. Danach wirst du lernen, Farben zu mahlen und zu mischen. Die Malgeräte musst du jeden Tag gründlich auswaschen, da erwarte ich größte Sorgfalt von dir. Ein guter Pinsel aus Marder- oder Dachshaaren kostet eine Menge Geld.»

Der Meister holte eine Palette, auf der nur eine einzige, gelblich weiße Paste zu sehen war, einen Spachtel und einen breiten Pinsel.

«Das hier ist eine Mischung aus Bleiweiß, Kalk, dünnem Leim und ein wenig Ocker. Damit werden die Knoten und Kettenfäden des Leinengewebes ausgefüllt. Die Grundierung soll die ganze Leinwand gleichmäßig bedecken. Nirgendwo darf mehr eine freie Stelle sein», erklärte er und trug in der linken oberen Ecke mit ein paar raschen und sicheren Pinselstrichen die Paste auf. Dann reichte er mir das Werkzeug. «Hier, Samuel, und streng dich an. Oft zeigt sich schon in den ersten Unterrichtsstunden, ob ein Schüler sich tatsächlich für den Malerberuf eignet.»

Meine Hand war unsicher, als ich mit meiner Arbeit begann, und mein Arm schwer. Doch je mehr Grundierung ich auftrug, desto leichter wurde es, und desto sicherer glitt auch der Pinsel über das Bild. Am Abend war die Leinwand eine ebenmäßige, ockerfarbene Fläche, und ich hatte das Gefühl, meinem großen Ziel schon ein Stück näher gekommen zu sein.

Gleich nach dem Nachtmahl ging ich in meine Kammer, kroch unter die dicken Kissen und schlief sofort ein. Ich träumte von einem großen Haus in Muiderkamp, in dem ich mit meinen Eltern und Geschwistern lebte und wo jeder von uns ein eigenes Bett hatte.

Seite an Seite arbeiteten wir in den nächsten Tagen in der Werkstatt, ich an der Grundierung einer Leinwand und der Meister an seinem Selbstbildnis. Häufig benutzte er beim Malen einen Holzstock, dessen gepolstertes Ende er auf die Rahmenkante oder an den äußeren Rand des Bildes stützte. Die Rechte, die den Pinsel hielt, legte er über den Stab. Auf diese Weise konnte die aufgestützte Hand den Pinsel viel ruhiger und sicherer führen.

Links neben der Staffelei hatte der Meister einen Spiegel angebracht, in den er während des Malens hin und wieder schaute. Manchmal schnitt er Grimassen oder rollte mit den Augen wie ein Hanswurst auf der Bühne. Wenn der Meister eine Pause machte, setzte er sich in einen Armlehnstuhl, der mit braunem Leder bezogen und schon etwas abgenutzt war. Er stellte die Füße auf ein Holzbänkchen, zündete sich eine Pfeife an und betrachtete still und nachdenklich sein Werk.

Eines Morgens hörte ich Lachen und kurze Schritte auf der Treppe zum Atelier. Ein Mädchen mit rotblonden Haaren, vielleicht ein wenig jünger als ich, lief auf den Meister zu und warf sich an seine Brust.

«Cornelia!», rief dieser und schloss das Mädchen in seine Arme. «Endlich, da bist du ja wieder. Lass dich anschauen, ob du in den Tagen noch hübscher geworden bist. Ich habe dich vermisst. Wie geht es Magdalena, kommt sie nun allein zurecht?»

«Ja, Vater, es geht ihr wieder besser. Sie hat mir Äpfel, Eier und Nüsse mitgegeben. Rebekka soll am Sonntag einen Kuchen für uns backen.»

Das Mädchen schmiegte sich an den Meister und blickte über seine Schulter. Dabei bemerkte sie mich.

Sie tat ein paar Schritte auf mich zu und streckte mir die Hand entgegen. «Du bist sicher Samuel, Vaters neuer Schüler.» Ihre Berührung war sanft und warm.

Die Tochter des Meisters hatte ungefähr meine Größe, trug einen purpurroten Rock und ein blaues Leibchen, darüber eine weiße Schürze. Sie hatte leuchtend grüne Katzenaugen und ein wunderbares Lächeln. Ich konnte mich nicht daran erinnern, jemals ein schöneres Mädchen gesehen zu haben.

Voll Eifer probierte ich in den folgenden Tagen die Grundiertechnik. Diese Arbeit gelang mir recht gut, und schon bald konnte ich es kaum erwarten, mit der nächsten Übung anzufangen. Doch der Meister ließ mich zunächst nichts anderes tun und schien meine Ungeduld überhaupt nicht zu bemerken.

Endlich, nach drei Wochen, die mir wie eine Ewigkeit vorkamen, begann er mit einer neuen Lektion, der Herstellung von Farben. Im hinteren Teil des Ateliers, neben der Truhe mit den Almanachen, stand ein steinerner Tisch mit einer kreisrunden Vertiefung. Er war mir schon am Tag meiner Ankunft aufgefallen. In der Mulde lag ein Stein, der an einen umgedrehten Becher erinnerte. Ich hatte den Meister einige Male dabei beobachtet, wie er damit Farben zerrieb.

«Die Wirkung, die eine Farbe auf der Leinwand erzeugt, ergibt sich aus ihrer Beschaffenheit», erklärte er mir und legte einen blauen Stein auf den Reibeblock.

«Schau her, Samuel», er zog mich näher heran. «Das ist Lapislazuli. Je feiner du ihn mahlst, desto klarer und strahlender wird das Blau im Bild erscheinen. Hier, versuch es einmal selbst.»

Meine ganze Kraft musste ich einsetzen, um den Stein zu zerstoßen. Ich hatte nicht geahnt, dass das Farbenmahlen so viel Kraft kosten würde. Der Meister verfolgte mein Tun mit aufmerksamem Blick.

«Den Stein, mit dem wir reiben, nennen wir ‹Läufer›. Du musst ihn immer kreisförmig und im gleichen Tempo drehen, siehst du, so geht es. Allerdings braucht man dazu eine Menge Ausdauer.»

Er zeigte mir, wie er den Stein fest zwischen den Fingern hielt und dabei gleichzeitig das Handgelenk locker und gleichförmig bewegte.

«Mein letzter Schüler, Arent de Gelder, war einer meiner besten. Keiner konnte die Farben feiner mahlen als er. Du wirst dich mächtig anstrengen müssen, wenn du ihm nacheifern willst, Samuel.»

Mahnend hob der Meister die Brauen. Ich schwitzte vor Anstrengung, doch ich rieb so lange weiter, bis der Lapislazuli-Stein zu feinem Pulver geworden war.

«Kommen wir jetzt zur Farbe Schwarz. Dafür braucht man verkohlte Tierknochen oder Elfenbein und etwas Lampenruß», fuhr der Meister fort und öffnete die Deckel zweier irdener Töpfchen. «Und hier siehst du Krapp. Das ist eine exotische Pflanze, deren Wurzeln vermahlen werden. Aus ihnen lässt sich rotes Pulver herstellen. Für Ocker verreibst du Eisenerz, das mit Ton vermischt ist. Es wird eine Weile dauern, bis du die richtige Technik herausgefunden hast. Wie lange, hängt ganz von deinem Eifer ab.»

Nunmehr holte der Meister eine braune Flasche aus dem Regal, hielt sie mir unter die Nase und gab ein paar

Tropfen einer gelblichen Flüssigkeit zu dem geriebenen Lapislazuli.

«An den Geruch von Leinöl wirst du dich gewöhnen müssen, Samuel. Damit verrührst du die Farbpigmente zu einer Paste. Je nachdem, wie viel Bindemittel du verwendest, wird die Farbe so dünn wie Wasser oder so dick wie Suppe sein.»

«Warum ist es eigentlich nötig, unterschiedlich dicke Farben zu mischen?» Erschrocken hielt ich inne, denn ich wollte nicht, dass der Meister mich für dumm oder gar vorlaut hielt.

«Du hast es wieder einmal sehr eilig, junger Freund. Diese Frage werde ich dir beantworten, wenn wir zu der Lektion über den Farbauftrag kommen. Üblicherweise hören die Schüler in ihrem zweiten oder dritten Lehrjahr davon. Du bist aber erst seit einem Monat bei mir.»

Der Meister schüttelte missbilligend den Kopf, doch dann mischte sich Nachsicht in seinen strengen Blick, und er nickte schwach. «Aber grundsätzlich muss man anerkennen, wenn ein junger Mensch ehrgeizig ist und etwas lernen will.»

Er füllte das angerührte Lapislazuli-Pulver in eine kleine irdene Schale und deckte sie mit Pergament ab. Ich wunderte mich über dieses Vorgehen, unterdrückte aber eine weitere Frage, die mir schon auf der Zunge lag.

«Die Farben dürfen nicht austrocknen, deswegen müssen sie immer gut verschlossen werden», kam auch schon die Erklärung des Meisters. Er wusch sich die Hände in einer Schüssel mit Wasser, die auf dem Werkzeugtisch zwischen den beiden Fenstern bereitstand, und fuhr mit der Arbeit an seinem Selbstbildnis fort. Während ich weiterhin Farben zerrieb, dachte ich daran, wie gut es das Schicksal mit mir gemeint hatte, dass ich bei einem so großartigen Maler mein Handwerk erlernen durfte.

Wenn der Meister an der Staffelei stand, malte er kraftvoll und konzentriert. So glatt und gleichmäßig er die Grundierung verlangte, so unregelmäßig und unterschiedlich dick setzte er die Farben auf die Leinwand: mal mit dem Pinsel oder dem Palettenmesser, manchmal auch mit den Fingern. An einigen Stellen waren die Farbschichten mehr als einen Zentimeter dick, sodass sie das natürliche Licht spiegelten und wie tatsächliche Gegenstände Schatten warfen.

Manchmal tropfte etwas Farbe von der Leinwand, was der Meister aber nicht einmal korrigierte. Ich nahm an, dass er solche Nachlässigkeiten sogar mit Absicht einkalkulierte. Denn wenn man das Bild anschließend aus einiger Entfernung betrachtete, war der Eindruck von einer solchen Vollkommenheit, dass man meinte, das Dargestellte müsse leben.

Das Porträt, das der Meister von sich selbst anfertigte, war ganz in warmen, erdigen Tönen gehalten. Es zeigte ihn in einem rotbraunen Mantel mit Malerhaube, die Hände hielt er vor dem Körper wie zum Gebet gefaltet. Für den Kragen und die Haube benötigte er eine Menge Bleiweiß.

Zur Herstellung dieses Pigments goss ich auf Anweisung des Meisters so viel Essig in einen Tontopf, dass der Boden ganz bedeckt war, gab einige Bleirollen hinein und verschloss das Gefäß mit Pergament. Danach stellte ich den Topf in einen größeren, der mit Pferdemist gefüllt war. Durch die Wärme des Pferdedungs verdampfte der Essig, das Blei zersetzte sich und zerfiel zu Pulver. Der beißend scharfe Geruch lag tagelang wie eine Wolke über dem Atelier.

Als ich eines Morgens in die Werkstatt kam, bemerkte ich, dass der Meister an dem Bild etwas verändert hatte. Der weiße Kragen war nunmehr zinnoberrot, und anstelle der hellen Malerhaube trug er eine Kappe in der Farbe des Kragens.

Jetzt gefiel mir das Bild noch besser. Das Augenmerk des Betrachters konzentrierte sich ganz auf das Gesicht, das hell aus einer dunklen Umgebung hervorstach. Die Darstellung war nicht geschönt. Sie zeigte den Meister so, wie er in Wirklichkeit aussah, mit schwammigen Wangen, fleckiger, großporiger Haut und Haaren, die wie unter einer feinen Staubschicht lagen. Doch die müden Gesichtszüge standen im Gegensatz zu seinem aufmerksamen Blick, der Ruhe ausstrahlte und Entschlossenheit zugleich.

«Auch wenn das Gemälde noch nicht fertig ist, so ist doch jetzt schon zu sehen, dass Ihr ein großartiges Werk schaffen werdet!», rief ich begeistert. «Ganz sicher wird man Euch eine hohe Summe dafür zahlen.»

Mir war wieder eingefallen, was Pastor Goltzius über berühmte Künstler erzählt hatte. Dass nämlich viele Käufer sich Porträts einiges kosten ließen.

Der Meister erstarrte kurz. Dann drehte er mit einer abrupten Bewegung den Pinsel um und setzte da, wo sich die Haare unterhalb der Kappe kräuselten, mit dem Stielende ein paar halbkreisförmige Schraffuren in die noch feuchte Farbe.

«Was redest du da von ‹großartigem Werk›? Ein Maler ist ein Handwerker, genauso wie ein Bäcker, Zimmermann oder Fleischer. Ich male seit über vier Jahrzehnten, nach einer solch langen Zeit sollte ich mein Metier wohl verstehen. Im Übrigen werde ich dieses Bild niemals verkaufen. Ich male es ganz allein für mich.»

Verlegen senkte ich den Kopf. Hoffentlich sah mir der Meister nach, dass ich so vorschnell und unüberlegt gesprochen hatte.

«Seit meiner Jugend habe ich mich immer wieder selbst porträtiert. Ich wollte prüfen, wie die Jahre mich verändern. Wenn ich heute auf die Leinwand schaue, dann sehe ich einen alten, müden Mann vor mir, der einmal der gefragteste Maler in ganz Amsterdam war. Seine Zeit ist vorüber. Vielleicht wird er bald schon von dieser irdischen Bühne abtreten.»

Der Meister trat einen Schritt zurück, blieb eine Weile reglos vor der Leinwand stehen und machte mit einer übertriebenen Geste eine Verbeugung vor seinem Konterfei. Dabei lachte er leise; es klang höhnisch.

Mir fiel in diesem Augenblick keine passende Antwort ein. Ich scheute den Gedanken an Tod und Vergänglichkeit, obwohl ich bei uns im Dorf schon viele Beerdigungen erlebt hatte. In unserer Familie waren bereits meine Großeltern und vier meiner Geschwister gestorben, ebenso zwei Onkel und eine Tante. Außerdem wollte ich von dem Meister noch so viel wie möglich über Malerei erfahren.

Eine Weile stand er ganz still und starrte nur aus dem Fenster. Als er schließlich weitersprach, war es so, als redete er mit sich selbst. «Allerdings kommt ein Maler heutzutage mit handwerklicher Geschicklichkeit allein nicht weit. Was er braucht, ist vor allem Geschäftssinn. Meine Frau war in diesen Dingen viel tüchtiger als ich. Und als dann dieser unselige Krieg gegen England kam ... Hätte ich damals Saskia nur um Rat fragen können. Dann hätte ich nicht auf die falschen Stimmen gehört. Und dabei mein ganzes Vermögen verloren.»

Er legte Pinsel und Palette zur Seite und fuhr sich mit

der Hand über das Gesicht. «Ach, was rede ich da. Rebekka meint, dass ich immer gleich melancholisch werde, wenn ich an meine Frau denke, und sie hat Recht. Alles wird anders, wenn demnächst wieder ein großer Auftrag kommt. Dann werde ich diesen Beutelschneidern von Gläubigern jeden Stuiver, den ich ihnen noch schulde, einzeln zurückzahlen. Sie können mich nicht zugrunde richten, nicht, solange ich malen kann.»

Es hätte Pastor Goltzius sicherlich befremdet, wenn er vernommen hätte, dass der größte und berühmteste Maler des Landes in finanzieller Not war und sich um Aufträge sorgte. Ich überlegte, wie dem Meister geholfen werden könnte. Noch war der Zeitpunkt nicht gekommen. Aber wenn ich erst einmal ein angesehener Maler wäre, würde ich meinem Lehrer nach Kräften beistehen.

November 1668

EINES TAGES saßen Cornelia, Rebekka und ich in der Stube beim Nachtmahl. Der Meister war noch unterwegs, weil er etwas Geschäftliches in der Stadt zu erledigen hatte. Die Magd hatte Feuer im Kamin gemacht. Nun wetzte sie das Messer, holte Teller und Humpen aus dem Regal und tischte Brot, Käse und Bier auf. Cornelia lockte ihre Katze zu sich und gab ihr heimlich von dem Käse, damit Rebekka nichts bemerkte. Sie zwinkerte mir verschwörerisch zu, spitzte den Mund und legte den Finger auf die Lippen.

Plötzlich hörten wir ein Poltern an der Tür. Der Meister war zurückgekehrt, und er wirkte gelöst und zufrieden. So aufgeräumt hatte ich ihn bisher nur erlebt, wenn er am Sonntagabend mit seiner Tochter Karten spielte und die beiden ihre Scherze machten.

«Hast du mir etwas mitgebracht, Vater?» Erwartungsvoll sprang Cornelia von ihrem Stuhl hoch. Blitzschnell griff sie in den Korb, den der Meister mitten auf den Tisch stellte.

«Nein, wieder nichts für mich. Immer kaufst du nur Sachen für deine Sammlung!», rief sie enttäuscht und zog einen silbernen Helm heraus, der über und über mit Ornamenten verziert war. Der Schlitz für die Augen war so schmal, dass nicht einmal ein Schwert dazwischen gepasst hätte. «Du hattest mir aber doch einen Ring versprochen, wenn ich vierzehn werde. Und mein Geburtstag ist schon länger als einen Monat her.»

Cornelia biss sich auf die Lippen und zog schniefend die Nase hoch. Der Meister griff lächelnd in seine Gürteltasche und hielt ihr seine geschlossene Hand entgegen. Aufgeregt bog Cornelia die Finger auseinander.

«Dann hast du also doch daran gedacht? Lass mich sehen. Oh, der ist aber schön.»

Blitzschnell steckte sie sich den goldenen Ring mit dem herzförmigen blauen Stein an den Finger, drehte ihre Hand im Lichtschein des Feuers und umarmte den Meister.

«Danke, Vater. Es tut mir Leid, dass ich so ungeduldig war. Und was ist mit dem Helm? Vielleicht sollte ich den auch einmal probieren.»

Übermütig stülpte sie sich den Helm über den Kopf. Er war viel zu groß und rutschte ihr bis zum Kinn hinunter. Lachend nahm sie ihn wieder ab und kam auf mich zu. Ich machte eine abwehrende Handbewegung, doch Cornelia war schneller.

«Was meinst du, Vater, möchtest du Samuel nicht einmal so malen? Als furchtlosen Ritter?»

Die alte Magd hatte dem Treiben bisher wortlos zugesehen, doch jetzt schüttelte sie entschieden den Kopf.

«Mijnheer, was habt Ihr da nur wieder gekauft? Bestimmt habt Ihr ein Vermögen für dieses rostige Stück ausgegeben. Als ob Ihr nicht schon genug überflüssiges Zeug hättet. Wovon sollen wir denn jetzt die Miete für das Haus zahlen? Der Fleischer hat seit einem halben Jahr kein Geld mehr bekommen. Ich mag schon gar nicht mehr bei ihm anschreiben lassen. Selbst an Sonntagen reicht es bei uns nur für einen Gemüseeintopf oder gebratene Eier.»

Verärgert musterte der Meister die Magd von oben herab und verzog das Gesicht. Dann ballte sich seine Hand zur Faust und fuhr mit solcher Kraft auf die Tischplatte nieder, dass das Bier aus den Bechern schwappte.

«Schluss damit, Rebekka!», donnerte er. «Ich kann

dieses Gejammer nicht länger ertragen. Du verstehst eine Menge von Haushaltsführung, und niemals habe ich mich da eingemischt. Aber was weißt du überhaupt von Dingen, die ein Maler für seine Arbeit braucht? Seit langem schon suche ich einen Helm, der so sorgfältig ziseliert und obendrein günstig zu haben ist. Außerdem habe ich das sichere Gefühl, dass bald wieder ein großer Auftrag kommen wird. Dann kannst du demnächst jeden Tag Fleisch kaufen!»

Rebekka zeigte sich unbeeindruckt von den Worten des Meisters und zuckte resigniert die Schultern. Sie steckte sich ein Tuch vor die Brust, nahm den Laib Brot und schnitt ihm eine Scheibe ab.

«Nur gut, dass die selige meesteres das hier nicht mit ansehen muss. Sie würde sich im Grab umdrehen», murmelte die Magd und schlurfte missmutig zum Kamin, um noch einige Torfziegel nachzulegen.

Schweigend aß der Meister sein Brot und trank einen Humpen Bier. Danach holte er die Bibel aus dem kleinen Wandschrank neben dem Bett und las, wie nach jedem Essen, aus der Heiligen Schrift vor.

Diesmal hörte ich nicht sehr aufmerksam zu, meine Gedanken schweiften ab. Warum hatte Rebekka mit so harschen Worten zu ihrem Herrn gesprochen? Zwar fand auch ich es verwunderlich, dass der Meister einen alten Helm kaufte, wo er doch kaum genügend Geld für neue Farben und Leinwand hatte. Dennoch war ich mir sicher, dass derartig seltene und kuriose Dinge für den Meister unentbehrlich waren, weil er durch sie Anregung für seine Kunst fand.

Einige Tage später ging ich frühmorgens aus meiner Schlafkammer hinunter in die Stube. Noch im Flur hörte ich, wie Cornelia nach dem Meister rief. In ihrer Stimme lag Angst.

«Was ist mit dir, Vater, geht es dir nicht gut? Sag doch etwas. Kann ich dir helfen?»

Der Meister saß noch im Schlafrock auf seinem Bett und hatte Mühe, sich zu erheben. Ich trat neben Cornelia, sodass wir ihn von beiden Seiten stützen und zum Tisch geleiten konnten.

«Es ist nichts, mein Kind. Mir ist ein wenig schwindelig. Vielleicht sollte ich etwas trinken.»

Cornelia holte einen Becher Buttermilch aus der Küche. Als der Meister danach greifen wollte, fiel der Becher um, die Milch lief über den Tisch und tropfte auf die Holzdielen.

«Meine Hand», sagte der Meister gequält», «ich kann meine Hand nicht mehr richtig bewegen. Sie fühlt sich taub an, ich glaube, der ganze Arm ist taub.»

Cornelia setzte sich neben ihren Vater und rieb seine Finger. Sie sah ihn mit großen, erwartungsvollen Augen an.

«Wird es schon besser?»

Der Meister schüttelte traurig den Kopf. «Holt Rebekka, vielleicht weiß sie, was man gegen steife Gelenke tun kann.»

Ich lief zu der Kammer unter der Treppe und rief nach der Magd. Eilig kam sie in die Stube gehumpelt und sah gleich die Pfütze auf dem Boden.

«Herrje, die gute Milch, und dann auch noch ein ganzer Humpen!»

Sie holte einen Scheuerlappen aus der Küche und trocknete keuchend Tisch und Boden ab.

«Aber Rebekka, das ist doch jetzt nicht wichtig. Vater kann seine Hand nicht mehr richtig bewegen, und den Arm auch nicht. Kennst du ein Mittel, das ihm helfen könnte?», fragte Cornelia, während sie die Hand des Meisters rieb und in den Falten ihrer Schürze wärmte.

Rebekka erhob sich umständlich vom Boden und stützte sich ächzend auf den Tisch. Sie griff nach der Hand des Meisters, die steif und blass war.

«Ganz kalt», stellte sie fest. «Ich sag's ja immer, Mijnheer, Ihr solltet nicht so viel Pfeife rauchen. Dieses Teufelskraut schadet Eurer Gesundheit. Es zieht die Wärme aus dem Körper.»

Der Meister schüttelte den Kopf. Trotz seines Unwohlseins verzog er das Gesicht zu einem gequälten Lächeln. «Ist ja gut, Rebekka. Ich weiß, der Geruch stört dich, auch wenn ich nur in der Werkstatt rauche. Aber selbst der Doktor hat mir letztens gesagt, dass eine Pfeife pro Tag gut für die Verdauung ist.»

«Unsinn. Das sagt der Doktor nur, weil er selbst raucht. Das weiß ich von seinem Gehilfen. Den habe ich nämlich vor ein paar Tagen auf dem Markt getroffen, da hat er es mir erzählt. Und deswegen kann der Doktor auch seinen Patienten das Pfeiferauchen nicht verbieten. Ich mache Euch gleich einen Kräuteraufguss, den müsst Ihr so heiß wie möglich trinken. Eine Salbe habe ich auch noch. Mit der reiben die Kutscher bei uns im Dorf ihren Pferden die Beine ein, wenn sie lahmen.»

Rebekka grummelte noch etwas vor sich hin und verschwand in der Küche. Cornelia streichelte die Hand ihres Vaters und gab ihm einen Kuss auf die Wange.

«Du wirst sehen, es geht dir sicher schon bald besser.»

Zwei Tage später machten Rebekka und ich uns auf den Weg zum Arzt. Der Meister hatte das Bett seit seinem

Schwächeanfall nicht mehr verlassen. Er aß und trank kaum noch und saß nur teilnahmslos da.

Ein eisiger Wind wehte durch die Straßen, der Winterhimmel war grau und trüb. Die Gracht vor dem Haus war schon seit Tagen zugefroren. Jeden Morgen kam der Brandmeister und prüfte, ob die Löcher im Eis offen waren, damit jederzeit Löschwasser aus dem Kanal geholt werden konnte. Die Angst vor einem Feuer war allgegenwärtig.

Ich selbst hatte vor drei Jahren einen Brand in Muiderkamp erlebt, bei dem fast die Hälfte unseres Dorfes zerstört worden war. Zum Glück hatte das Feuer die Straße, in der unser Haus stand, verschont. In Amsterdam waren die meisten Häuser aus Stein, aber bei uns auf dem Land wurde mit Holz gebaut.

Wir überquerten die Prinsengracht und gelangten rechter Hand zur Reestraat. Der frostige Boden knirschte unter unseren hölzernen Überschuhen. Rebekka hielt sich an meinem Arm fest, um nicht auszurutschen. Sie wickelte ihr dickes braunes Wolltuch, das einige Flickstellen hatte, enger um die Schultern. Ihre Nase war rot vor Kälte.

«Was soll nur aus uns werden?», jammerte sie. «Wenn der Meister noch länger krank ist und nicht malen kann, dann wird bald überhaupt kein Geld mehr ins Haus kommen. Jetzt, wo Titus von uns gegangen ist und sich niemand mehr um das Geschäft kümmert.»

Ein paar dunkle, dick vermummte Gestalten huschten an uns vorbei. Bei diesem Wetter hielt sich niemand gerne länger als nötig im Freien auf. Eine Katze streckte zaghaft ihre Vorderpfoten aus einer Tür, um gleich darauf wieder im Haus zu verschwinden.

«Der Meister muss seine Frau sehr geliebt haben. Ist sie eigentlich schon lange tot?», wollte ich wissen.

«Die selige meesteres Saskia van Uylenburgh ist vor sechsundzwanzig Jahren gestorben. Titus war damals noch nicht einmal ein Jahr alt. Saskia war eine wunderbare Frau, klug, fröhlich. Und sie verstand etwas von Geschäften. Nach ihrem Tod hat sie dem Meister ein Vermögen hinterlassen. Doch er hat innerhalb kürzester Zeit das ganze Geld verschleudert. Durch leichtsinnige Anleihen und vor allem durch seine unheilvolle Kaufsucht.»

«Aber wie kann sie denn schon so lange tot sein? Cornelia ist doch erst vierzehn Jahre alt.»

«Das weißt du nicht? Nun, wer soll es dir auch erzählt haben. Cornelia ist die Tochter … die Tochter von Hendrickje Stoffels. Ihr Bildnis hängt neben der alten Rüstung im Atelier.»

Nun begriff ich auch, warum mir das Porträt der jungen Frau in dem roten Kleid immer so vertraut vorgekommen war. Es hatte große Ähnlichkeit mit Cornelia.[2]

Rebekka räusperte sich, dann fuhr sie fort. «Hendrickje war nicht wirklich die Hausfrau des Meisters, sie war … seine Haushälterin. Aber ich will nicht darüber richten. Jedenfalls war der Meister in großer Geldnot, er hat sogar das Grab von Saskia in der Oude Kerk verkauft. Irgendwann musste er Konkurs anmelden, sein ganzer Besitz wurde versteigert, für einen Spottpreis. Möglich, dass das ein abgekartetes Spiel seiner Gläubiger war … Jedenfalls hat Hendrickje zusammen mit Titus einen Kunsthandel eröffnet und den Meister im Geschäft als Mitarbeiter angestellt. Durch diesen Trick hat sie ihn vor dem Schuldgefängnis bewahrt. Außerdem war sie Cornelia eine gute Mutter.»

«Wo ist sie heute?», fragte ich zaghaft. «Ist sie auch … tot?»

«Hendrickje, die treue Seele, weilt seit mehr als fünf

Jahren nicht mehr unter uns. Zu ihren Lebzeiten hat der Meister ihre Gutmütigkeit weidlich ausgenutzt. Hat sich nach dem Konkurs auf ihre Kosten gleich wieder eine neue Kunstsammlung zugelegt. Von da an waren auch diejenigen schlecht auf ihn zu sprechen, die bis zuletzt noch zu ihm gehalten hatten. Falls du es noch nicht bemerkt hast, der Meister hat dich vor allem deswegen eingestellt, weil er das Lehrgeld so bitter nötig hat.»

Rebekka hatte es mit einem Mal eilig und schritt so schnell aus, wie es ihr unsicherer Tritt erlaubte.

«Beeil dich, Samuel, diese Kälte ist einfach unerträglich. Da vorne wohnt Doktor de Witte.»

Sie marschierte auf ein Haus zu, vor dem ein Schild hing, das eine Flasche zeigte. Niemals zuvor hatte ich das Haus eines Arztes betreten, es gab keinen bei uns im Dorf. Nur manchmal zogen Wanderärzte vorbei, die ihre Dienste auf dem Marktplatz anboten: Knochen richteten, Geschwüre schnitten, Zähne brachen oder Hühneraugen ausstachen.

Die Tür des Hauses öffnete sich, und eine junge Frau mit einem Säugling auf dem Arm kam uns entgegen. Das Kind war in mehrere Decken eingewickelt und schrie aus Leibeskräften. Die Frau sah blass und übernächtigt aus, ihre Augen waren gerötet.

In der Diele saßen mindestens ein Dutzend Leute wartend auf Holzbänken. Einige spielten Karten, andere starrten teilnahmslos in die Luft oder rauchten schweigend ihre Pfeife. Meine Augen tränten, die Luft in dem Raum roch nach einer Mischung aus Eiter, Tabak und verbranntem Torf.

Der Doktor war gerade im Gespräch mit einer zahnlosen Alten, die ihm eine Flasche mit einer gelblich trüben Flüssigkeit reichte. Er nahm die Flasche, schüttelte sie und hielt sie gegen das Licht. Anschließend holte er verschiedene irdene Gefäße aus einem Regal und füllte aus jedem etwas, das wie Kräuter oder getrocknete Blüten aussah, in ein Leinensäckchen ab.

«Daraus müsst Ihr einen Sud machen und dreimal täglich eine Tasse davon trinken. Und esst keine scharf gewürzten Speisen. Wenn es nicht besser wird, kommt in einer Woche wieder.»

Die Alte murmelte ein paar Worte des Dankes und holte unter ihrem Umhang ein totes Huhn hervor. Umständlich griff sie nach ihrem Stock und humpelte hinaus.

Der Arzt begrüßte uns mit einem Kopfnicken.

«Guten Tag, Rebekka Willems, wo drückt denn der Schuh? Ist es wieder der Rücken, oder fehlt dem Jungen etwas?»

«Das ist Samuel, unser neuer Schüler, der ist kerngesund, Mijnheer Medicus. Und ich komme auch nicht meinetwegen. Es geht um den Meister. Seit zwei Tagen liegt er im Bett, starrt immer nur vor sich hin und mag auch nicht aufstehen. Sein rechter Arm ist ganz taub. Ich möchte Euch bitten, einmal in die Rozengracht zu kommen, um Euch selbst ein Bild zu machen.»

«Sagt Eurem Herrn, dass ich heute Nachmittag nach meiner Sprechstunde nach dem Rechten sehe. Der Meister soll bis dahin viel trinken. Wickelt ihm ein Tuch um den Arm, das Ihr zuvor in Essig getränkt habt.»

Der Doktor verabschiedete uns und wandte sich dem nächsten Patienten zu, einem kleinen Jungen, der einen blutigen Verband um den Kopf trug und leise vor sich hin wimmerte. Der Junge erinnerte mich an meinen jüngsten Bruder Johannes, den ich manchmal, wenn ich abends allein in meiner Kammer war, vermisste.

Doch immer, wenn ich Heimweh verspürte, versuchte ich, derartige Gedanken zu verscheuchen und mir stattdessen vorzustellen, wie es sein würde, wenn ich einmal ein berühmter Maler wäre, bekannt und geachtet in ganz Holland. Es waren wundervolle Bilder, die in meiner Phantasie entstanden. Sie gaben mir Trost, und ich schöpfte neuen Mut.

Doktor de Witte kam erst am Abend. Er fühlte dem Meister den Puls, betastete den tauben Arm und untersuchte Augen und Zunge.

«Ihr habt eine böse Entzündung im Arm. Ich werde einen Aderlass vornehmen, damit die Giftstoffe aus dem Körper herausgezogen werden. Außerdem schlägt Euer Herz zu langsam, deswegen fühlt Ihr Euch so schwach. In einem solchen Fall hilft nur Ruhe. Ihr müsst jede Anstrengung vermeiden und dürft auch nicht arbeiten. Das Stehen an der Staffelei könnte in Eurem Zustand Schwindel erzeugen. Und esst kein grünes Gemüse, um die Galle nicht zusätzlich zu reizen.»

Der Arzt ließ Rebekka eine Schüssel aus der Küche holen. Er klappte seinen ledernen Koffer auf und entnahm ihm ein zylinderförmiges Instrument mit einer langen, spitzen Nadel. Diese stach er dem Meister in den Hals. Bald war die ganze Schale mit Blut gefüllt. Während der Behandlung blieb Cornelia neben dem Bett stehen und streichelte ihrem Vater die Hand. Gleichzeitig aber wandte sie den Kopf und schaute in eine andere Richtung.

Dezember 1668

JEDEN NACHMITTAG kam der Doktor zur Rozengracht und sah nach seinem Patienten. Der Zustand des Meisters besserte sich ein wenig. Hin und wieder konnte er für eine Weile aufstehen und im Zimmer umhergehen oder zum Essen an den Tisch kommen. Doch der Arm blieb auch weiterhin ohne Gefühl.

Als der Meister einmal wie gewöhnlich nach der Abendmahlzeit aus dem Evangelium vorlas, nestelte Rebekka nervös an ihrer Haube und strich sich verlegen die Schürze glatt.

«Mijnheer, ich kann es Euch nicht länger verschweigen. Der Doktor wird bald sein Geld einfordern. Aber wovon sollen wir ihn bezahlen? Seit dem Tod Eures Sohnes hat das Geschäft keinen Stuiver mehr eingebracht.»

Der Meister saß in einem alten Fassstuhl, den Rebekka für ihn mit Kissen ausgepolstert hatte. Er schüttelte den Kopf so heftig, dass seine Haube ins Rutschen geriet, und ballte die gesunde Hand zur Faust, die er zornig in der Luft schwenkte.

«Geld, immer nur geht es ums Geld. Ich habe keins. Soll der Doktor doch ein Bild als Honorar erhalten. Mir fällt gerade ein, dass Titus im Sommer für eine meiner Radierungen fünfzehn Gulden erzielt hat. Diese Summe müsste ein angemessenes Honorar für seine Behandlung sein.»

Cornelia sah bekümmert zu ihrem Vater, während die Katze ihr schnurrend um die Beine strich und einen Buckel machte. Sie beugte sich zu dem Tier hinunter und kraulte sein Fell, als wolle sie sich mit dieser zärtlichen Berührung von ihren trüben Gedanken ablenken.

«Samuel, komm einmal her», rief der Meister und winkte mich mit der gesunden Hand zu sich.

«Geh nach oben auf den Boden. In der Truhe unter dem Dachfenster liegt ein braunes Lederalbum. Ungefähr in der Mitte findest du ein Blatt mit einer Szene, wie Christus mit erhobenen Händen zu den Menschen predigt. Ich glaube, diese Darstellung könnte dem Doktor gefallen.»[3]

Ich nickte, denn das Bild war mir bereits am ersten Tag aufgefallen und wegen seines kraftvollen Ausdrucks in Erinnerung geblieben. Ich tat, wie der Meister mir aufgetragen hatte, und brachte die Radierung zu Doktor de Witte. Andächtig nahm der Arzt das Blatt in die Hand.

«Richte Meister Rembrandt meinen Dank aus, Samuel. Es ist eine Darstellung, die von hoher Kunstfertigkeit und großer Wahrheitsliebe zeugt. Ich will das Bild jedoch lieber behalten und es keinesfalls verkaufen. Dein Meister soll weiterhin allzu große Anstrengung vermeiden. Wenn es dem Allmächtigen gefällt, so wird er bald wieder genesen.»

Am Morgen des folgenden Tages kam Rebekka aufgeregt in die Stube und schwenkte einen Brief über ihrem Kopf.

«Mijnheer, soeben brachte ein Bote diese Nachricht. Wir haben schon lange keine Post mehr erhalten. Wer könnte Euch wohl schreiben?»

«Bestimmt wieder einer von diesen Wucherern, die Geld von mir haben wollen. Als ob ich nicht schon genug zu erdulden hätte.»

Nur widerwillig ließ der Meister sich den Brief öffnen und begann mit zusammengekniffenem Mund zu lesen. Ganz allmählich entspannten sich seine Züge.

«Stell dir vor, Rebekka, es handelt sich um einen Auftrag! Von Thomas Anslo, dem Salzhändler aus der Warmoestraat. Er hat mich kurz vor Titus' Tod aufgesucht. Ich habe damals ein paar Skizzen von ihm gemacht. Nun möchte er, dass ich sein Porträt in Öl fertige, weil er mit seiner Familie nach Brasilien auswandern wird. In vier Wochen soll das Bild fertig sein.»

Doch die anfängliche Freude des Meisters war schnell wieder vorüber. Wütend zerknüllte er mit der linken Hand den Brief und warf ihn Richtung Kamin, wo er sogleich in den Flammen verglühte.

«Ich werde dem Salzhändler die Nachricht zukommen lassen, dass ich krank bin und den Auftrag nicht annehmen kann. Er soll zu einem anderen Maler gehen.»

Rebekka schlug die Hände über dem Kopf zusammen und verschwand eilig in der Küche.

Der Meister drehte sich zu mir um. Sein Gesicht war aufgedunsen und fahl, er sah erschöpft aus.

«Ich muss mit dir reden, Samuel. Du siehst ja selbst, wie es um mich bestellt ist. Ein Maler, der nicht mehr malen kann, ist wie eine Windmühle ohne Flügel. Ich bin zu nichts mehr nutze. So vieles habe ich in meinem Leben schon verloren. Zwei Frauen, vier Kinder, meinen ganzen Besitz. Die Fähigkeit zu malen war das Einzige, das mir noch geblieben ist.»

Mein Herz wurde schwer, als ich den Meister so reden hörte. Cornelias Katze strich ihm um die Beine und rieb ihr Kinn an der Spitze seines Pantoffels. Als hätte das Tier die Worte verstanden und wollte ihm mit seiner Berührung Trost spenden.

«Wenn meine Hand den Pinsel nicht mehr halten kann», fuhr der Meister verbittert fort, «was soll ich da noch mit einem Schüler? Ich brauche dich nicht mehr, Samuel. Such dir so schnell wie möglich einen anderen Meister. Einen, der gesund und kräftig ist. Der wird dir alles zeigen, was man in diesem Handwerk lernen muss.»

Ich erschrak. Den Meister, den ich so sehr bewunderte, verlassen? Keine Farben mehr für ihn rühren, nie mehr in seinem Atelier die Fensterläden öffnen, damit das Tageslicht auf die Staffelei fällt und sein Werk erhellt? Ihm nicht mehr bei der Arbeit zuschauen, wie er mit wenigen Pinselstrichen alle Gedanken und Gefühle eines Menschen auf die Leinwand bannte und dessen Inneres sichtbar machte? Und noch etwas konnte ich mir gar nicht vorstellen. Sollte Cornelia auf einmal aus meinem Leben verschwinden, die mir doch inzwischen so selbstverständlich und vertraut geworden war?

Ich warf ihr einen verzweifelten Blick zu. Doch sie hob mit einem raschen Griff die Katze auf ihren Schoß und vergrub das Gesicht in dem seidigen, grau-schwarz gestreiften Fell.

«Nein, Meister Rembrandt. Das könnt Ihr nicht von mir verlangen. Schickt mich nicht fort. Ich will zu keinem anderen Lehrmeister gehen. Seit ich hier bin, habe ich schon eine Menge von Euch gelernt. Aber ich will noch viel mehr über Malerei erfahren und über das Wesen der Dinge. Niemand sonst könnte mir die Zusammenhänge besser erklären.»

Verächtlich verzog der Meister den Mund. «Ich bin ein alter, kranker Mann, und ich will meine Ruhe haben. Warum soll ich denn noch immerzu reden, erklären, antworten? Geh, Samuel, es wird das Beste sein. Für uns beide.»

Ich war verzweifelt. So bitter hatte ich den Meister noch nie reden hören. Hastig und eindringlich sprach ich weiter, immer in der Sorge, der Meister könne mich unterbrechen.

«Warum kann ich Euch nicht die kranke Hand ersetzen, Meister Rembrandt? Auf der Stelle will ich alles tun, was Ihr mir auftragt. Die Leinwand vorbereiten, Farben anrühren und mischen und den Pinsel genauso führen, wie Ihr es sagt. Von morgens bis abends will ich schaffen und dafür sorgen, dass der Salzhändler sein Bild rechtzeitig erhält.»

Der Meister gab keine Antwort. Ich war mir nicht einmal sicher, ob er überhaupt zugehört hatte. Vieles ging mir gleichzeitig durch den Kopf, sodass mir fast schwindelig wurde. Taumelnd hielt ich mich an einem Stuhl fest und atmete tief ein und wieder aus. Jetzt blieb mir nur noch ein einziger, letzter Versuch, und ich betete, dass meine Worte diesmal an das Herz des Meisters rühren würden.

«Der Salzhändler ist ein reicher Mann, Meister Rembrandt. Er wird Euch bestimmt großzügig entlohnen und auch seinen Freunden weiterempfehlen. Denkt nur daran, wie viele schöne neue Stücke Ihr dadurch bald für Eure Kunstsammlung kaufen könntet.»

Fast ungläubig sah der Meister mich an und spitzte den Mund. Erst hörte ich einen leisen Pfiff, dann ein Lachen, das immer lauter wurde.

«Alle Achtung, Samuel. Du bist wirklich ein scharfsinniger Bursche. Vielleicht hast du sogar Recht. Lass uns gleich morgen damit beginnen. Wir können es schaffen. Mit der Hilfe des Allmächtigen, mit meinen Augen und mit deinem Ehrgeiz.»

In der Nacht hatte es geschneit. Ich lief zur Gracht vor dem Haus, um Wasser für die Reinigung der Pinsel zu holen, als mich ein Schneeball am Kopf traf. Ein paar Jungen lachten frech und rannten davon, jedoch nicht ohne zuvor einem jungen Mädchen, das auf dem Weg zum Einkaufen war, eine Hand voll Schnee in den Korb zu werfen.

Ich musste an meine Geschwister denken. Was sie wohl in diesem Moment machten? Bestimmt würde meine Schwester den jüngeren Bruder mit dem Schlitten zur Schule ziehen. Die Kleinsten würden sich laut jauchzend im Schnee wälzen und eine wilde Schneeballschlacht veranstalten. Und Mutter hätte ihre Mühe, die vielen nassen Kleidungsstücke vor dem Kamin in der engen Stube zu trocknen. Am Nachmittag würden alle mit ihren Freunden zum Schlittschuhlaufen gehen auf dem kleinen Kanal am Rand unseres Dorfes.

«Samuel, was stehst du da so herum und träumst?», wurde ich aus meinen Gedanken gerissen. «Hast du die Fußspuren vor der Tür gesehen? Paulintje war bestimmt wieder bei dem Fischhändler nebenan und hat um Fischstücke gebettelt. Seine Frau hebt immer extra welche für sie auf.»

Cornelia kam vor die Tür und rieb sich Gesicht und Hände mit Schnee ein.

«Das musst du auch einmal machen. Wenn man danach in die Stube kommt, ist einem ganz warm.»

«Warum nennst du sie eigentlich Paulintje?», fragte ich. «Das ist doch kein Name für eine Katze.»

«Was verstehst du denn davon? Natürlich ist es ein Name für eine Katze, jedenfalls für meine. Sie hört auch darauf, wenn ich sie rufe. Außerdem ist sie viel klüger als du.»

Mit einem Mal wurde ihr Mund schmal, ihr Blick ernst. Sie presste den Schnee in ihren Händen so fest zusammen, dass die Knöchel unter der geröteten Haut weiß wurden.

«Meine Freundin hieß Paulintje, wir sind zusammen zur Schule gegangen. Sie ist vor einem Jahr gestorben. Zu

Weihnachten bekam sie hohes Fieber, eine Woche später war sie tot. Früher bin ich oft bei ihr und ihrer Familie gewesen. Nachdem ich meine Mutter verloren hatte.»

Ich biss mir auf die Lippen und ärgerte mich über mich selbst. Jetzt hatte ich Cornelia traurig gemacht. Dabei wünschte ich mir so sehr, sie immer nur ausgelassen und fröhlich zu sehen.

«Lass uns reingehen. Vater ist schon ganz ungeduldig. Er wartet nur darauf, dass ihr endlich mit der Arbeit anfangt.»

Mit einer blitzartigen Bewegung steckte sie mir ihren Schneeball in den Kragen und lief ins Haus. Der Schnee lief meinen Hals hinunter bis zum Rücken. Trotz der Kälte kam es mir vor, als würde ein kräftiger Sonnenstrahl meinen Körper erwärmen.

Wir halfen dem Meister die Treppe hinauf ins Atelier. Rebekka kam schnaufend hinterher und brachte ein paar Kissen, die sie in den Armlehnstuhl stopfte. Der Meister ließ sich schwerfällig hineinsinken. Seine Miene war hell und klar wie schon seit Wochen nicht mehr. Er ließ mich einen Rahmen von mittlerer Größe aus der Kammer holen. Die Leinwand war bereits vorgrundiert und eingespannt. Ich stellte den Rahmen auf die Staffelei am Fenster.

«Von hier aus kann ich dir bei der Arbeit zusehen und dir Anweisungen geben, Samuel. Zuerst brauchen wir die Skizzen, die ich von dem Händler gemacht habe. Du findest sie in dem Schrank neben dem Farbenregal.»

Ich reichte dem Meister die Blätter, und er wählte dasjenige aus, das ihm am treffendsten erschien. In einem pelzbesetzten Umhang und mit aufmerksamen Augen blickte der Salzhändler aus dem Bild. In der einen Hand hielt er ein Salzgefäß, als wolle er es einem unbekannten

Gegenüber reichen. Das Porträt mit brauner Kreide auf die Leinwand zu zeichnen, war eine leichte Übung für mich. Oftmals hatte ich bei Pastor Goltzius Bilder nachgeahmt.

«Ein Maler muss sein Motiv sehr sorgfältig auswählen. Dazu braucht er eine Menge Menschenkenntnis», bekundete der Meister. «Der Charakter einer Person drückt sich einerseits durch ihr Äußeres, anderseits aber auch durch ihre Mimik und Gestik aus. Die Geste, mit der der Salzhändler sich dem Betrachter zuwendet, weist darauf hin, dass er nicht nur ein nobler Händler, sondern ein ebensolcher Mensch ist.»

Unermüdlich arbeiteten wir an dem Bild, so lange jedenfalls, wie es das kurze Tageslicht in dieser Jahreszeit zuließ. An manchen Abenden wünschte der Meister noch ein paar Änderungen. Dann malte ich im Schein von Öllampen so lange, bis mein Arm schwer war wie Blei.

Die Komposition entwickelte ich, so wie der Meister es angeordnet hatte, von hinten nach vorne. Zuerst baute ich den Hintergrund aus unterschiedlichen Brauntönen auf, danach die Figur im Vordergrund. Erst ganz zum Schluss folgte die Hand mit dem Salzgefäß, da sie im Bildraum noch weiter vorne lag. Die einzelnen Partien füllte ich ihren jeweiligen Farbtönen entsprechend aus.

Der Meister sah mir von seinem Stuhl aus zu. Für die Farbgestaltung brachte er mir zwei Grundregeln bei, die ich mir fest einprägte.

«Ein Maler hat die Aufgabe, das Leben der Natur entsprechend nachzuahmen. Am besten gelingt ihm dies durch die Abstufung von kühlen und warmen Tönen, wie sie auch in der Wirklichkeit vorkommen. Dabei kann er den Blick des Betrachters lenken, indem er die wesentlichen Dinge ins Licht setzt und alles Unwesentliche im Dunkeln lässt.»

Die andere Regel lautete: «Um den verschiedenen Materialien gerecht zu werden, muss ein Maler auch die Farben unterschiedlich gestalten. Nur so wird er den bestmöglichen Eindruck erzielen. Will er einen weichen Stoff darstellen, dann soll er ihn mit dünner, heller Farbe in den noch feuchten Untergrund wischen. Und umgekehrt gewinnt ein festes Material durch einen dicken Farbauftrag an Glaubwürdigkeit.»

Die Arbeit an dem Porträt war beschwerlicher, als ich mir hätte träumen lassen, denn der Meister befand sich in einer ständig wechselnden Gemütsverfassung. An manchen Tagen war er ungeduldig und gereizt. Dann nämlich befürchtete er, das Bild würde nicht rechtzeitig fertig werden, und alle Mühe sei vergebens. Worauf ich mich doppelt anstrengte und den Pinsel über die Leinwand fliegen ließ. Dann wieder saß er einfach nur teilnahmslos vor dem Fenster und starrte ins Leere. In diesen Stunden mühte ich mich, seine Anweisungen, so gut es ging, zu erahnen.

Nach zwei Wochen war ich mit der größten Partie des schwarzseidenen Mantels fertig. Ich trat ein paar Schritte von der Staffelei zurück, um das Werk aus der Entfernung zu betrachten.

«Was fällt dir auf, Samuel?», fragte der Meister, der sich an diesem Tag in einer leutseligen Stimmung befand. «Wie siehst du von diesem Standpunkt aus die Wirkung von Hell und Dunkel?»

Ich kniff die Augen mehrmals zusammen und stellte überrascht etwas fest, das ich zuvor aus der Nähe überhaupt nicht bemerkt hatte. «Die hellen Flächen im Bild treten hervor. Dagegen scheinen die dunklen Töne ins Bild zurückzuweichen.»

Der Meister nickte und zog bedächtig an seiner Pfeife.

«Richtig, Samuel. Du zeigst eine Menge Gespür für die Malerei. Und das, obwohl du erst seit wenigen Wochen Unterricht bekommst. Du hast soeben eine ganz wesentliche Grundlage der Bildkunst erfasst. Licht und Schatten, Hell und Dunkel – das sind die Elemente, aus denen ein Bild besteht. Richtig eingesetzt, verleihen sie einer Komposition Dramatik und Spannung.»

Angefeuert von diesem Lob, malte ich unermüdlich weiter und hatte dabei doch stets das Gefühl, dass es der Meister war, der dieses Bild schuf. Was auf der Leinwand Gestalt annahm, waren seine Gedanken und Gefühle, während ich nur ein Mittler war, der ihm die Hand mit dem Pinsel ersetzte.

Je weiter das Porträt Gestalt annahm, desto lebhafter wurde der Meister. Wenige Tage vor Ablauf der Frist, die der Salzhändler zur Fertigstellung seines Bildes gesetzt hatte, fehlten nur noch einige kleine Partien im Gesicht und an den Haaren. Gerade wollte ich Nase und Augen noch etwas aufhellen, als der Meister plötzlich nach dem Pinsel griff und ihn festhielt, ohne dass das Werkzeug zu Boden fiel. Ich hatte keine Zeit, mich darüber zu wundern, denn der Meister redete schnell und schien mit einem Mal voller Tatendrang. Begierig sog ich seine Worte in mich auf.

«Schau her, Samuel. Bei dem Nasenflügel, der dem Licht zugewandt ist, musst du etwas Rot für das Nasenloch verwenden. Dann sieht es so aus, als sei die Haut an dieser Stelle durchschimmernd.»

Er tupfte die Farbe behutsam auf die Leinwand und mischte etwas Braun auf der Palette. Rasch und sicher setzte er einen Schlagschatten unter die Nase.

«Und jetzt sieh mir einmal in die Augen, Samuel. Du

wirst feststellen, dass nicht nur der Augapfel ein Glanzlicht hat, sondern auch die Tränenflüssigkeit, die auf dem unteren Lidrand treibt. Auch der innere Augenwinkel ist feucht. Auf diese Partien gehört ein dünnflüssiges Rot.»

Ich sah und staunte, wie der Meister mit nur wenigen Pinselstrichen dem Gesicht des Salzhändlers Leben einhauchte. Er setzte weitere Glanzlichter auf die Augen, die fettige Haut des Tränensacks unter den Augen und auf die Unterlippe. Und plötzlich schien es mir, als würde der Salzhändler sich anschicken, uns zuzuzwinkern.

Zwei weitere Tage noch brachte der Meister Ergänzungen an und setzte letzte Pinselstriche. Dann schrieb er in die linke untere Ecke seinen Namenszug: Rembrandt, und daneben die Jahreszahl 1668. Zum Schluss vermischte er Harz mit ein wenig rötlichem Ocker zu einer dünnflüssigen Lasur und überzog damit die Leinwand. Das Porträt war vollendet. Nun würde der Salzhändler sein Bildnis rechtzeitig abholen können und den Ruhm des Meisters bis ans andere Ende der Welt tragen.

Obwohl er müde wirkte und sich langsam bewegte, konnte man doch etwas von der alten Energie in ihm spüren. Alter und Gebrechlichkeit hatten zwar seinen Körper geschwächt, nicht aber seinen Geist. Der Meister nahm in seinem Armlehnstuhl Platz, steckte sich eine Pfeife an und begutachtete das Werk auf der Staffelei.

«Was denkst du über das Bild, Samuel?», fragte er nach einer Weile.

«Ich sehe, dass es lebt, Meister Rembrandt. Ihr habt das Innere dieses Menschen in seiner äußeren Erscheinung eingefangen.»

«Lass mich noch etwas hinzufügen. Du hast meine Anweisungen so umzusetzen gewusst, als hätte ich selbst den Pinsel geführt.»

In diesem Augenblick spürte ich, wie eine schwere Last von mir abfiel. «Die Grundlage für dieses Bildnis war bereits in Eurer Skizze enthalten. Ich musste Euch nur folgen. Ganz sicher hätte kein anderer mir meine Aufgabe besser erklären können als Ihr.»

Der Meister legte die Pfeife zur Seite, blickte zu mir hoch und griff mit beiden Händen nach meiner Hand.

«Ich gebe zu, Samuel, ich hatte manchmal große Zweifel daran, dass wir es tatsächlich schaffen würden. Aber du bist ein beharrlicher Junge. Während unserer Arbeit ist es auch mit meiner Gesundheit bergauf gegangen. Spürst du, dass ich in der rechten Hand wieder dieselbe Kraft habe wie in der linken?»

Er drückte meine Hand noch fester, und ich sah in seinen Augen das alte, lebhafte Leuchten.

Auf der Treppe zum Atelier ertönten Schritte. Cornelia kam herein, stellte sich breitbeinig vor die Staffelei und verschränkte die Arme vor der Brust.

«Seit Wochen verkriechst du dich hier oben, Vater. Ich glaube, du hast völlig vergessen, dass du auch noch eine Tochter hast.»

Der Meister zog Cornelia zu sich heran. Nur widerwillig setzte sie sich zu ihm auf die Stuhllehne.

«Ich habe dich keine Sekunde lang vergessen, meine Tochter. Aber es ist wahr, ich habe dich vernachlässigt. Du weißt, wie viel von diesem Bild abhängt. Sag mir wenigstens, wie ich es wieder gutmachen kann.»

Cornelia zog die Nase kraus und antwortete hastig, als hätte sie sich ihre Worte schon im Voraus überlegt. «Ich möchte gerne zum Schlittschuhlaufen an die Amstel. Heute ist doch der große Silvesterlauf. Ja, ich weiß», kam sie dem Einwand des Meister zuvor, «ich darf nicht alleine fort. Aber ich habe keinen älteren Bruder mehr. Was meinst du, könnte Samuel nicht mitkommen? Bitte, Vater, sag ja.»

Daran hatte ich überhaupt nicht mehr gedacht, so sehr hatte mich die Arbeit an dem Porträt von allen anderen Dingen abgelenkt. Heute war der letzte Tag des Jahres. Und heute war mein Geburtstag.

Schmunzelnd strich der Meister Cornelia über das Haar und gab ihr einen Kuss auf die Wange.

«Wenn dir so viel daran liegt, mein Kind. Geht nur und vergnügt euch. Früher habe ich keinen Silvesterlauf ausgelassen. Genießt die Zeit, ihr seid noch jung. Ich werde es mir in der Stube gemütlich machen und mit Rebekka einen Wacholderbranntwein trinken. Wir haben Grund zum Feiern, das alte Jahr nimmt ein gutes Ende.»

Leichtfüßig lief Cornelia die Stiege zum Dachboden hinauf und kam ebenso schnell wieder herunter.

«Hier, Samuel, das sind die alten Schlittschuhe von Titus. Es hätte ihn sicher gefreut, dass jemand sie noch einmal trägt.»

Der Frost hatte die Kanäle in eisige Straßen verwandelt. Der Himmel war hell und klar, es war bitterkalt. Ich zog die Filzkappe tiefer über die Ohren und holte meine dicksten Wollhandschuhe aus dem Rock. Wir gingen die Rozengracht hinunter bis zur Prinsengracht. Diese Gracht war einer der großen Kanäle, von denen die Stadt in Halbkreisen umgeben war. Die Kanäle wiederum waren untereinander durch zahlreiche kleinere Wasserwege verbunden.

Wir banden uns die Schlittschuhe unter. Knirschend

glitten die Kufen über das Eis. Ganz Amsterdam war zu dieser Stunde auf den Beinen, Jung und Alt, Männer und Frauen, Ratsherren und einfache Händler. Ein paar Jungen auf Schlitten stießen sich mit Stöcken ab und stakten um die Wette.

Die Luft war erfüllt von Lachen und Rufen. Alle Menschen schienen nur ein Ziel zu haben, das Ufer der Amstel, wo sie das Ende des Jahres fröhlich ausklingen lassen wollten. In einem großen, weiten Bogen liefen wir um die Stadt herum.

Immer mehr Menschen kamen von allen Seiten hinzu, Männer, die ihre Frau an einem Spazierstock hinter sich herzogen, Halbwüchsige, die Greise auf Kufensesseln vor sich herschoben, und Kinder mit ihren Hunden, denen sie zum Schutz vor dem eisigen Untergrund Lederstücke um die Pfoten gebunden hatten. Cornelia hakte sich bei mir unter.

An der Amstelschleuse bogen wir nach rechts Richtung Osten ab. Jenseits lag der Singel mit der zickzackförmig angelegten Stadtbegrenzung, aus deren Zwickeln die Flügel riesiger Windmühlen emporragten. Hinter der Blauw Brug hatten Gastwirte am Flussufer ihre Zelte aufgebaut. Es gab zu essen und zu trinken in Hülle und Fülle: Schinkenpasteten, Stockfisch, Dörrpflaumen, Bier, Wein und Schnaps. Der verführerische Geruch von frisch gebackenen Waffeln und Pfannkuchen zog zu uns herüber.

Einigen Männern war wohl der Alkohol zu Kopf gestiegen. Sie pöbelten eine junge Frau an, die Bier ausschenkte, weil sie meinten, die Wirtin hätte ihre Gläser nur unzureichend gefüllt. Daraufhin gerieten die Trunkenbolde in Streit. Man sah ein Messer blitzen, Stühle fielen um, Fäuste wirbelten durch die Luft. Einige noch nüchterne Männer traten zwischen die Streithähne und führten sie unter wütendem Protestgeschrei aus dem Zelt.

«Lass uns etwas trinken, ich bin richtig durstig geworden», schlug Cornelia vor und holte zwei Gläser Wein, mit Wasser verdünnt. An einem der Tische saß eine Gesellschaft, die vergnügt aß und zechte. Wir setzten uns zu ihnen. Ein älterer Mann grölte ein Trinklied, dessen Text und Melodie er vermutlich in diesem Moment erfunden hatte. Die übrigen sangen lauthals den Refrain mit.

Wir liefen die Amstel weiter stromabwärts, vorbei an zahlreichen Zelten und hölzernen Verkaufshäuschen. Irgendwo wurden Lotterielose zugunsten der Insassen des Spinhuis', des Frauengefängnisses, verkauft. Eine Zuckerbäckerin pries Naschwerk in Form von Rosen und Tulpen an. Ein vierköpfiges Dudelsack-Orchester spielte inbrünstig und falsch und musste den Spott einiger Passanten über sich ergehen lassen.

«Im Frühling mag ich die Amstel am liebsten, wenn alles ringsherum blüht und duftet. Sonntags nach dem Kirchgang sind wir wie so viele oft aus der Stadt hierher gekommen und auf dem Deich spazieren gegangen.»

Cornelia fuhr abwechselnd auf dem linken, dann auf dem rechten Bein in waghalsigen Schwüngen um mich herum. Sie war im Schlittschuhlaufen viel geschickter als ich.

«Wenn es wieder wärmer wird, dann musst du unbedingt einmal mit mir hierher kommen. Wir nehmen von zu Hause etwas zu essen und zu trinken mit, setzen uns auf eine Bank und füttern die Schwäne. Versprichst du mir das, Samuel?»

Ich sah in ihre Augen, die wie Smaragde schimmerten, nickte wortlos und wünschte mir, dass der Frühling schon bald kommen würde.

«Ich muss dir etwas verraten, Cornelia. Es ist mir erst

vorhin wieder eingefallen, weil ich immer nur an das Porträt des Salzhändlers gedacht habe. Ich habe heute Geburtstag.»

Cornelia deutete mit ihrer Hand einen Gruß an, machte einen tiefen Knicks und drehte sich in einer anmutigen Pirouette mehrmals um sich selbst.

«Meinen Glückwunsch, edler Herr. Ich muss dir auch etwas sagen, etwas Lustiges. Gerrit, der Sohn unserer Nachbarn, hat morgen Geburtstag. Er ist also nur einen Tag jünger als du, und gleichzeitig ein ganzes Jahr. Wenn wir wieder zurück sind, will ich in meiner Truhe nachsehen, ob ich ein Geschenk für dich finde.»

Plötzlich rüttelte jemand an meiner Schulter. Der Duft von schwerem, süßlichem Parfum stieg mir in die Nase.

«Guten Tag, ihr beiden schönen Kinder. Möchtet ihr vielleicht wissen, was das neue Jahr für euch bereithält? Madame Luna kann jede noch so feine Linie in eurer Hand deuten und euch die Zukunft voraussagen.»

Eine Frau mit langen, schwarzen Locken und einem feuerroten Umhang war neben uns getreten. Mit ihrer tiefen, dunklen Stimme sprach sie die Worte hart und fremdartig aus. Ihre dunklen Augen funkelten mit unzähligen Goldketten und Armreifen um die Wette. Sie ergriff Cornelias Hand und drehte deren Innenfläche nach oben.

«Was für wunderbare, unverdorbene Linien. Oh, was ist denn das? Die nächste Zeit wird viele Überraschungen für dich bereithalten, mein Kindchen. Ich sehe ein Schiff mit hohen Masten, ein Mann steht an der Reling und winkt. Das Schiff sticht in See, es fährt der aufgehenden Sonne entgegen ... Und jetzt zu dir, mein Söhnchen.»

Sie nahm meine rechte Hand und zeichnete mit ihrem Finger die Linien meiner Handfläche nach.

«Aha, das dachte ich mir bereits. Du bist fleißig und strebsam. Und du träumst vom großen Glück, wie jeder Junge in deinem Alter. Allerdings liebst du Prunk und lässt dich leicht blenden. Das kann gefährlich sein. Du wirst auf eine harte Probe gestellt werden. Ich sehe einen schwarz gekleideten Mann, ein Messer und da … Feuer. Seltsam, diese Querfalte neben der Lebenslinie. Zeig mir einmal deine andere Hand.»

Ich reichte ihr meine Linke, die sie aufmerksam untersuchte. Ihre Mundwinkel zuckten, sie hob die Brauen und ließ meine Hand abrupt los.

«Was wolltet Ihr sagen?», fragte ich erwartungsvoll.

«Nichts.» Sie drehte sich um und wollte weitergehen.

«Wartet bitte, Madame. Was ist mit dieser Querfalte, was seht Ihr da?»

«Nichts, ich sehe gar nichts. Wahrscheinlich brauche ich einen Schnaps, damit meine Augen wieder klar werden. Mein Alter soll mir was zu trinken holen. He, wo steckt dieser Nichtsnutz denn? Immer, wenn man ihn braucht, treibt er sich irgendwo herum.»

Die Wahrsagerin verschwand in der Menge, und ich rätselte, was sie wohl gesehen haben könnte. Vielleicht hatte sie aber in Wirklichkeit überhaupt nichts gesehen und wollte sich nur wichtig machen, versuchte ich mich zu beruhigen.

«Ich hätte ihr meine Hand nicht zeigen sollen. Die Frau hat mir Angst gemacht.» Cornelia klang verärgert und zog mich am Ärmel. «Ich habe keine Lust mehr, ich will wieder nach Hause.»

Ein Pferdeschlitten zog an uns vorbei. Die Tiere trugen bunte Satteldecken mit Troddeln und auf dem Kopf weiße Federbüschel. Glöckchen an ihrem Zaumzeug bimmelten im Takt der Hufschläge. Einige Läufer hatten eine Kette gebildet, wobei jeder seinen Vordermann an den Hüften fasste. Johlend glitten sie über das Eis.

«Komm mit!», rief Cornelia plötzlich und hängte sich ans Ende. Schnell lief ich hinterher, doch ich zögerte, ihre Taille festzuhalten.

«Los, beeil dich, wir wollen auch mitmachen», hörte ich eine Männerstimme hinter mir. Jemand packte mich von hinten und stieß mich gegen Cornelias Rücken. Ich umfasste ihre Körpermitte, die mir trotz der vielen Wollröcke schmal und zart vorkam.

«He, ho, he, ho», riefen die Vordersten, und die ganze Menschenschlange bewegte sich im Gleichtakt voran, schwang in einer einzigen Bewegung zuerst nach links und dann nach rechts. Wir liefen die Amstel stromabwärts, bis die Stadt weit hinter uns lag, danach ging es wieder zurück.

Ich schloss die Augen und schwang im Rhythmus der anderen mit, fühlte mich eins mit den Menschen um mich herum. Ich war schwerelos und frei. Unendlich lange hätte ich so weiterlaufen können.

Noch vor wenigen Wochen hatte ich in der Schneiderwerkstatt meines Onkels gesessen, Kragen geplättet und Nähte aufgetrennt. Jetzt lebte ich in dieser bunten, lebendigen Stadt, hatte mit der Hilfe des Herrn einen Auftrag meines Meisters ausgeführt. Und ich hielt ein Mädchen umfasst, das ich am liebsten gar nicht mehr losgelassen hätte. Nie zuvor war ich so glücklich gewesen wie in diesem Augenblick.

Es war schon dunkel, als wir wieder nach Hause zurückkehrten. An allen Kanälen hatte man an diesem Tag Pechfackeln aufgestellt, die die zugefrorenen Wasserstraßen erhellten. Die Giebel der Häuser hoben sich wie spitze Dreiecke schemenhaft gegen den Nachthimmel ab.

Irgendwann, so träumte ich, würde ich berühmt sein und so viel Geld verdienen, dass ich ein großes Haus mit einem reich verzierten Giebel für unsere ganze Familie kaufen könnte. Ich selbst würde später in einer vornehmen Gegend wohnen, eine Kutsche und Pferde haben, und alle Leute auf der Straße würden mich grüßen.

Als wir die Stube betraten, saßen der Meister und Rebekka schweigend am Tisch. Sie wirkten bedrückt.

«Was ist los mit euch?», fragte Cornelia. «Ihr seht so trübsinnig aus. Ein neues Jahr steht doch vor der Tür.»

Der Meister schwieg. Er hielt die Hände ineinander verschränkt und blickte starr auf den Tisch. Rebekka räusperte sich, dann sprach sie mit schwerer Zunge, so, als hätte sie schon einige Gläser Branntwein getrunken.

«Ich habe es vorhin von der Bäckersfrau erfahren. Der Salzhändler Thomas Anslo hat vorige Woche beim Hohen Rat in Den Haag einen Antrag auf Konkurs eingereicht.»

Ich verstand nicht, was diese Nachricht zu bedeuten hatte. Aber ich wollte mir keine Blöße geben und stellte keine Frage.

«Wir wollen noch einmal nach draußen gehen und nach der Katze sehen», sagte Cornelia und zupfte an meinem Ärmel. Ich folgte ihr widerspruchslos.

Draußen lehnte sie sich gegen die Hauswand. Ihr Mund zitterte im Licht der Fackeln.

«Was hat das alles zu bedeuten?», fragte ich beunruhigt und hoffte gleichzeitig, dass sie mich nicht für einen Dummkopf hielt. Aber die Dinge, die in der großen Stadt passierten, waren oftmals so fremd und unverständlich für mich.

«Der Salzhändler ist bankrott, er wird sein Haus, seine

Möbel, seinen ganzen Besitz verlieren. Und er wird sein Bild nicht abholen, weil er es nicht bezahlen kann.»

Wie benommen ging ich zu Bett. Meine Kleider behielt ich an, denn mir war kalt. Noch lange lag ich wach, zusammengerollt wie ein Igel unter meiner Decke, und betete. Ich betete zu unserem Herrn für meine Eltern und Geschwister, für den Meister und Cornelia und ganz zum Schluss auch für mich. Und dass sich im kommenden Jahr doch noch alles zum Guten wenden würde.

Januar 1669

DIE ERSTEN Tage des neuen Jahres verstrichen ereignislos. Der Meister blieb stumm und sprach zu niemandem ein Wort. Als ich einmal gerade dabei war, Farben zu mischen, sah ich, wie er das Porträt des Salzhändlers, das immer noch auf der Staffelei stand, regungslos anstarrte. Er ging zum Fenster, und obwohl es draußen bitterkalt war, öffnete er eine Blende. Mit wutverzerrtem Gesicht riss er das Bild von der Staffelei und schwang es über seinen Kopf, als wolle er es aus dem Fenster schleudern. Erst im letzten Moment besann er sich und hielt inne.

Das Gebaren des Meisters machte mir Angst. Ich duckte mich hinter meinen Reibeblock. Er klemmte das Bild unter den Arm und ging keuchend die steile Stiege zum Dachboden hinauf. Später brachte ich einen Folianten in die Kammer zurück und sah in einer Ecke das Bild umgedreht an der Wand lehnen.

Gleich nach dem Frühstück, bei dem er nur eine Scheibe Brot mit Schmalz und etwas Sauermilch zu sich nahm, ging der Meister nun nach oben in die Dachkammer. Erst zur Abendmahlzeit kam er wieder herunter. Zu gerne hätte ich ihn gefragt, wann wir endlich den Unterricht fortsetzen würden. Und was er mich als Nächstes lehren würde. Doch ich wollte ihn nicht zusätzlich durch eine unbedachte Bemerkung verärgern. Sein abweisendes Verhalten machte deutlich, wie sehr ihm der verloren gegangene Auftrag des Salzhändlers zu schaffen machte.

Irgendwann konnte ich meine Ungeduld nicht länger

zügeln und beschloss, mich auf eigene Faust mit Bildkomposition und Perspektive zu befassen. Dazu nahm ich einen der vielen Almanache des Meisters zur Hand. An seinen Bildern studierte ich die Architektur von Innenräumen, die mit Wendeltreppen und Rundbögen ausgestattet waren. Mit Hilfe von Maß und Winkel zeichnete ich die Räume nach. Dabei musste ich manchmal schmunzeln, denn die vielen Hilfslinien erinnerten mich an die Schnittmuster, die ich früher bei meinem Onkel angefertigt hatte.

Danach machte ich mich daran, ein früheres Gemälde des Meisters nachzuzeichnen, eine Darbringung im Tempel.[4] Es zeigte eine eindrucksvolle Architekturkulisse von großer räumlicher Tiefe. Doch ich blieb unzufrieden, denn mir fehlten die anschaulichen Lektionen des Meisters. Ich konnte nur hoffen, dass er seine Schwermut bald überwunden hätte.

Früher hatte der Meister uns sonntags hin und wieder zum Gottesdienst in die Westerkerk begleitet. Dabei glaube ich, dass es weniger das gemeinsame Beten und Singen war, das den Meister an diesen Ort trieb. Es war wohl mehr die Nähe zu seinem Sohn Titus und seiner zweiten Frau Hendrickje Stoffels, die beide hier begraben lagen. Doch nun blieb er alleine zu Hause und zog sich lieber mit der Bibel in Titus' Kammer zurück.

Ich liebte den majestätischen Kirchenbau mit seinen roten Backsteinen und den hellen Fensterrahmungen. Auf der Turmspitze befand sich eine riesige Krone in Blau, Rot und Gold. Diese Besonderheit unterschied die Kirche von allen anderen Gotteshäusern in der Stadt. In das Innere hätte die kleine Dorfkirche von Muiderkamp mehrere Male hineingepasst. Manchmal stellte ich mir vor, wie der Allmächtige hoch oben in der hölzernen Kuppel schwebte und auf die Betenden gütig herabblickte.

Gerne hätte ich wieder einmal Pastor Jan Goltzius auf der Kanzel erlebt. Wie er den Menschen ins Gewissen redete und dabei seine Stimme hob oder senkte, je nach Schwere seiner Ermahnungen, hatte mich immer besonders beeindruckt. Als hätten ihn Lukas, Johannes und der Erzengel Michael zugleich mit heiligem Atem erfüllt.

Die erste Hälfte des Januars war bereits vorüber. Noch immer war kein einziges Wort über die Lippen des Meisters gekommen. Obschon mein Lehrer ein alter und weiser Mann war, kam er mir manchmal vor wie ein widerspenstiges Kind. Mein jüngster Bruder Johannes hatte häufig die ganze Familie mit seinem Schweigen zum Narren gehalten, wenn er nicht erreichen konnte, was er sich in den Kopf gesetzt hatte.

Eines Morgens stellte Rebekka fest, dass der Kamin in der Stube über Nacht erloschen war. Sie ging mit einem Eimer zu den Nachbarn hinüber und kam mit einem glühenden Torfziegel zurück. Als sie gerade das Feuer neu entfacht hatte und sich eine wohlige Wärme in der Stube auszubreiten begann, hörten wir den Türklopfer. Rebekka ging hinaus, um zu sehen, wer dem Meister zu so früher Stunde einen Besuch abstatten wollte.

Aufgeregt kam sie zurück. Sie wedelte mit einem Brief. «Mijnheer, ich habe Post für Euch. Seht nur das herrliche Siegel. Bestimmt ist der Absender eine wichtige Person.»

Der Meister zuckte gleichgültig die Schultern und würdigte das Schreiben keines Blickes. Zum ersten Mal seit vier Wochen sprach er wieder. «Mir ist es einerlei, von wem diese Nachricht stammt, es kann nichts Wichtiges sein. Beim letzten Mal hat mir der Salzhändler geschrieben, einen Brief, der mir nur Kummer und Sorgen gebracht hat. Es wird auch diesmal nicht anders sein. Zerreißt das Papier, ich will meine Ruhe haben.»

«Aber Vater, du musst doch wissen, wer dir geschrieben hat. Dann werde ich vorlesen, darf ich?»

Geschwind nahm Cornelia den Brief an sich und öffnete ihn so geschickt, dass das kunstvolle Lacksiegel nicht zerbrach. Sie rückte ihren Stuhl neben den des Meisters und las mit geröteten Wangen vor, wobei sie mit dem Finger den Zeilen folgte.

«An den ehrenwerten Meister Rembrandt van Rijn, Maler zu Amsterdam, wohnhaft an der Rozengracht. Ich, Adriaen van Campen, Doctor der Medizin und Praelector der Chirurgengilde dieser ehrwürdigen Stadt, ersuche Euch, ein Konterfei von mir zu erstellen, wie ich im Kreise meiner ärztlichen Assistenten einen Vortrag halte, um meine umfassenden Kenntnisse auf dem Gebiet der Anatomie an jene weiterzugeben. Das Bildnis soll am siebzehnten Oktober dieses Jahres fertig gestellt sein, um bei den Feierlichkeiten zu meinem zwanzigjährigen Berufsjubiläum den Vorlesungsraum der Chirurgengilde festlich zu schmücken. Da der besonderen Bedeutung dieses Anlasses Genüge getan werden soll, will ich bei Gefallen ein Honorar von dreitausend Gulden entrichten. Ich erwarte Eure Antwort noch in dieser Woche. Ihr könnt mich jeden Vormittag im Haus der Chirurgengilde antreffen. Mit ergebenem Gruße, Adriaen van Campen. Amsterdam, den 29. Januar, Anno 1669.»

Cornelia sprang auf und umarmte den Meister. «Ist das nicht großartig, Vater? Du sollst einen bedeutenden

Professor malen, der deine Kunst zu schätzen weiß und dich gebührend bezahlen wird. Was für ein Glück für uns alle.»

«Diesen Brief schickt uns der Himmel», murmelte Rebekka und richtete ihren Blick zur Decke.

Ich überlegte, wie viele Geldbeutel man benötigen würde, um dreitausend Gulden abzufüllen. Niemals hatte ich von einer größeren Summe reden hören.

Bisher hatte der Meister nur trübsinnig dagesessen und geschwiegen, als hätte er Cornelias Worte gar nicht erfasst. Nun drehte er sich mit ungläubigem Staunen ganz langsam zu ihr um.

«Lass mich das Schreiben einmal sehen, Cornelia. Möglich, dass sich jemand nur einen üblen Scherz mit mir erlaubt.»

Zweimal musste er den Brief lesen, um seinen Inhalt zu begreifen. «Dann ist es also doch wahr. Der Professor möchte, dass ich ihn bei einer Anatomievorlesung darstelle. Sicherlich in ähnlicher Manier, wie ich auch schon seine beiden Amtsvorgänger gemalt habe, die Doctores Nicolaes Tulp und Jan Deyman.[5] Und das Honorar ist fast doppelt so hoch wie damals, im Jahr zweiundvierzig, als ich den Ausmarsch der Bürgerkompanie des Hauptmanns Frans Banningh Cocq gemalt habe.»[6]

Der Meister sah uns freudig und erleichtert an. Alle Mattigkeit war von einer Sekunde auf die andere verschwunden.

«Samuel, geh in die Werkstatt und suche Papier und Kohle für die Skizzen zusammen. Gleich morgen wollen wir mit der Arbeit beginnen. Und du, Rebekka, kauf das beste Rindfleisch, das du auf dem Markt bekommen kannst, und koch uns einen Hutsepot. Aber mit viel grünen

Bohnen und Zwiebeln. Sag dem Fleischer, dass du in Kürze alle Rechnungen bezahlen wirst.»

Behände erhob sich der Meister und griff nach der Bibel in dem Wandschränkchen.

«Geht schon einmal. Ich will noch etwas für mich sein und unserem Herrn für die gute Nachricht danken. Wie lange habe ich von einem solchen Auftrag geträumt. Jetzt wird alles gut.»

Unser Ziel am nächsten Morgen war die Sint Anthonisbreestrat. Dort befand sich das Gildehaus der Chirurgen. Der Meister ging eilig voraus, bei jedem Schritt blähte sich sein weiter Mantel. Ich trug die schwere Skizzenmappe und die Schatulle mit den verschiedenen Kreide- und Kohlestiften. Nur mit Mühe konnte ich folgen. Als wir die Westerkerk erreichten, schlug die Turmuhr die zehnte Stunde.

Wir gingen nach rechts, die Prinsengracht entlang, in die Reestraat, von dort immer weiter geradeaus, über die Keizersgracht und die Herengracht und schließlich über den Singel. Wir kamen zum Dam. Dieser Platz wurde von drei prachtvollen Bauwerken eingerahmt: dem Stadhuis, der Nieuwe Kerk und der Koopmansbeurs. In der Mitte des Dam lag die Alte Stadtwaage, vor deren Eingang sich exotische Waren stapelten.

Ganz Amsterdam schien sich an diesem Ort versammelt zu haben. Marktstände standen dicht an dicht, Frauen erledigten hier ihre Einkäufe, die sie in geflochtenen Henkelkörben nach Hause trugen. Kinder spielten mit Bällen und Reifen oder narrten Passanten. Wohlbeleibte Amsterdamer Ratsherren standen in Gespräche vertieft beieinander. Ihre Kleider waren ganz in Schwarz gehalten, der Farbe der Regierenden, der Reichen und der Vornehmen.

Fremde Kaufleute eilten auf dem Weg zur Koopmansbeurs an uns vorbei. Das Gebäude überspannte die Amstel. Schuten konnten darunter hindurchfahren und sogar größere Schiffe mit niedergeholten Masten. Ich sah Männer in langen blauen und roten Gewändern und mit Pelz besetzten Kragen und Ärmeln. Einige trugen Felle über der Schulter. Seidenhändler marschierten mit kunstvoll geschlungenen Turbanen auf, trugen gezwirbelte Schnurrbärte und farbenprächtige Kleider. In ihren Schärpen steckten blitzende Säbel. An den Füßen trugen sie lange Schuhe mit Spitzen, die nach oben gekrümmt waren. Einigen Händlern gingen schwarzhäutige Diener voraus, die Gewürz- und Teesäcke schleppten. Sie alle redeten temperamentvoll und laut in fremden Sprachen, gestikulierten heftig und schienen so ganz anders als wir Holländer.

Wir zwängten uns durch das Menschengewirr, gingen weiter über die Damstraat und die Oude Hoogstraat und bogen nach links in den Klovenierswal ab. Mir fiel auf, dass die Häuser in dieser Straße viel größer waren als im Jordaan-Viertel, wo der Meister wohnte. Die Giebel waren mit prachtvollen Ornamenten verziert. Ein besonders prunkvolles hatte sogar Schornsteine auf dem Dach, die wie Kanonenrohre aussahen.

«Dort drüben ist es.» Der Meister beschleunigte seinen Schritt. «Im oberen Stockwerk liegen die Versammlungsräume einiger Zünfte. Die Chirurgen treffen sich hier, die Bildermaler, außerdem die Schmiede und die Maurer.»

«Dann seid Ihr also öfters hier?», fragte ich, doch der Meister machte eine wegwerfende Handbewegung.

«Es ist schon Jahre her, seit ich das letzte Mal auf einer Sitzung der Lukasgilde war. Ich mag nicht über Standesregeln oder irgendwelche Neuerungen in der Malerei diskutieren. Sollen die anderen sich die Köpfe heiß reden.»

Nach über einer halben Stunde Fußmarsch waren wir also am Ziel. Vor uns mitten auf dem Sint-Anthonis-Markt erhob sich, wie auf einer Insel, ein mächtiger roter Backsteinbau. Mit seinen sieben Türmen, auf denen spitze graue Dächer wie Trichter saßen, überragte das Gebäude alle umliegenden Wohnhäuser. Auf dem Platz davor wurde ein Markt für Kleinvieh abgehalten; Kaninchen, Hühner, Enten und Gänse warteten auf neue Besitzer.

Wir gingen durch ein schlichtes braunes Holzportal. Auch innen eilten Männer geschäftig zwischen Fässern, Tonnen und Schiffsankern hin und her. Jeder hatte mit sich zu tun, niemand achtete auf uns. Erst nach einigen Minuten Wartezeit bemerkte uns ein Diener.

«Kann ich Euch helfen, Mijnheer? Wen sucht Ihr?»

«Der werte Praelector Adriaen van Campen hat mich zu sich bestellt.»

«Dann seid Ihr also der berühmte Rembrandt van Rijn?» Ehrfürchtig blickte der Diener den Meister an und machte dann eine Verbeugung. «Es ist mir eine große Freude, dem größten Maler der Stadt persönlich zu begegnen. Ich bin ein Bewunderer Eurer Kunst. Jeden Tag sehe ich die beiden Anatomiebilder, die ihr vor einigen Jahren für die Gilde geschaffen habt. Sie hängen im Versammlungsraum der Doctores. Folgt mir bitte nach.»

Der Diener führte uns um das Gebäude herum zu einem der Ecktürme, in dem sich eine rote Holztür befand. In dem steinernen Dreiecksgiebel darüber war das Wort «Hippokrates» zu lesen. Mit einem großen Schlüssel öffnete der Diener die Tür und stieg über eine Wendeltreppe voran in das obere Stockwerk. Wir befanden uns in einem spärlich möblierten Vorraum, in dem nur eine Bank und zwei Stühle standen. An den Wänden hingen die Porträts würdig gekleideter Männer. Der Diener erklärte uns, dass es sich um bereits verstorbene Professoren handele, die an der Universität in Amsterdam Medizin gelehrt hatten.

Vor einer dunklen Eichentür mit prachtvoller Blütenschnitzerei blieben wir stehen. Der Diener klopfte an und öffnete weit beide Türflügel. Sechs Doctores saßen in dem holzvertäfelten Gilderaum an einem langen Tisch und diskutierten lebhaft miteinander. Als sie unser Kommen bemerkten, verstummten sie und richteten erwartungsvolle Blicke auf uns.

Ein Arzt, der am Kopfende des Tisches saß, stand auf und begrüßte den Meister.

«Ich bin erfreut, dass Ihr meinem Aufruf gefolgt seid, werter Meister Rembrandt. Mein Name ist Professor Adriaen van Campen. Seid willkommen.»

Der Medicus sprach hastig, so, als hätte er nur wenig Zeit. Seine Stimme klang hoch, aber kräftig. Er hatte eine stattliche Körperfülle und war nicht sehr groß, etwa einen Kopf kleiner als ich, was aber durch seinen hohen Hut nicht unmittelbar auffiel. Einige weiße Haare durchzogen wie Silberfäden die schwarzen Locken, die ihm bis auf die Schultern reichten. Seine blasse Gesichtsfarbe war die vieler Städter, die sich nur selten im Freien aufhalten. Ein sorgfältig gestutzter Bart rahmte den Mund wie ein Dreieck ein.

Der Professor trug einen Anzug aus schwarzer, glänzender Atlasseide mit kunstvoll gefassten Posamentenknöpfen. Schulterkragen und Manschetten waren aus Spitze, beinahe so fein gewebt wie ein Spinnennetz. Bronzefarbene Kappen und breite Samtschleifen schmückten die eckigen

Schnürschuhe. Seine Kleidung war von einer Eleganz, wie sie nur die hervorragendsten Schneider herstellen können. Die ganze Erscheinung strahlte Bürgerstolz und Selbstvertrauen aus.

Ich schämte mich in meinem einfachen, derben Bauernrock und konnte doch den Blick kaum von den prächtigen Stoffen wenden. In diesem Moment beschloss ich: So wie dieser Medicus würde ich später auch einmal durch die Straßen flanieren, genauso vornehm und edel.

«Ich habe meinen Schüler Samuel Bol mitgebracht, er wird mir gelegentlich zur Hand gehen», hörte ich den Meister sagen. Ehrfürchtig und mit gesenktem Kopf grüßte ich den Medicus.

Ganz sicher gingen dem Professor so viele bedeutende Gedanken durch den Kopf, dass ihm keine Zeit blieb, einem so unbedeutenden Malerschüler wie mir Beachtung zu schenken. Das war mir nur recht, denn so mochte diesem hohen Herrn mein ärmliches Äußeres entgangen sein. Er deutete auf die übrigen fünf Männer am Tisch.

«Ich möchte Euch meine Mitarbeiter vorstellen, Meister Rembrandt. Zuerst die Doctores Marten Fonteijn, Daniel Vis und Laurens van Miereveld. Sie gehören dem Vorstand unserer Gilde an. Die anderen beiden Doctores, Abraham Calcoens und Thomas Block, nehmen den angehenden Chirurgen unserer Universität die Prüfung ab.»

Bei der Nennung ihrer jeweiligen Namen standen die Ärzte auf und verbeugten sich höflich.

«Fangt am besten gleich jetzt mit Euren Studien an», fuhr der Professor fort. «Leider ist es mir heute nicht möglich, länger bei Euch zu verweilen, da ich meine Forschungen vorantreiben muss. Ich schlage vor, dass Ihr Eure Aufmerksamkeit zuerst meinen Gehilfen zuwendet. Danach stehe ich ganz zu Eurer Verfügung. Somit könnt Ihr bei Eurer Komposition auch ganz nach den Gesetzen der Logik vorgehen. Von außen nach innen, vom Nebensächlichen zum Hauptsächlichen.»

Ich holte Papier und Kohle heraus, und der Meister begann mit der Arbeit. Rasch und sicher glitt seine Hand über die weißen Bögen. Er hieß die Ärzte auf und ab gehen und sich wieder hinsetzen. Danach wies er sie an, zu sprechen und dabei ihre Gestik, Mimik oder Kopfhaltung zu verändern. Staunend beobachtete ich, wie er mit nur wenigen Strichen das Wesen einer Person auf einem Blatt Papier einfing.

Zwischendurch legte der Meister eine Pause ein, weil Hand und Augen etwas Erholung brauchten. Ich sah mir unterdessen die Gemälde an, die den Versammlungsraum schmückten, allesamt Anatomieszenen. Zwei stammten von der Hand des Meisters, die beiden anderen von Malern, deren Namen ich nicht kannte.

Direkt gegenüber der Tür hing ein sehr breites, aber schmales Bild, das eine große Gruppe von Doctores abbildete, insgesamt neunundzwanzig. Sie trugen weiße, tellerähnliche Kragen, jeder mit einer anderen Fältelung. Darüber erhoben sich ihre bärtigen Gesichter, die ernst und streng den Betrachter anblickten.[7]

Den Fenstern gegenüber hing das großartige Werk des Meisters, die Vorlesung des Doktor Tulp. Das Bild wurde von vielen sehr gerühmt, aber ich kannte es bisher nur aus Radierungen. Das zweite Bildnis des Meisters befand sich an der Wand daneben, rechts neben der Tür. Die Vorlesung des Doktor Deyman war von gedämpfter Farbigkeit und solcher Überzeugungskraft, wie man sie bei keinem anderen Maler finden konnte.[8]

Bei dem vierten Bildnis, links neben der Tür, war statt eines Leichnams ein Schädel dargestellt, auf den der Anatom mit dem Finger deutete.[9] Auch auf diesem Gemälde blickten die versammelten Personen ernst, ganz ohne die innere Anteilnahme, die die Bilder des Meisters so lebendig machten.

Bis zum Nachmittag hatte er Dutzende von Blättern gezeichnet. Die Skizzen für die beiden ersten Assistenten waren fertig.

Februar 1669

NOCH DEN ganzen nächsten Tag verbrachten wir im Haus der Gilde, wo dem Meister auch die übrigen Ärzte der Reihe nach Modell saßen. Der letzte war ein junger Medicus, groß und hager. Er hatte dunkle, gewellte Haare und einen Bart, der hier und da bereits grau schimmerte.

«Verehrter Meister», begann er leutselig die Unterhaltung, «ich schätze mich glücklich, zu dem auserwählten Kreis derer zu gehören, die Ihr malen werdet. Mein Name ist Thomas Block. Ich bin der Sohn von Jacob Block, den Ihr bereits in dem Anatomiestück des Doktor Nicolaes Tulp porträtiert habt. Mein Vater ist vor über vier Jahren gestorben. Es hätte ihn mit Stolz erfüllt, dass auch sein Sohn von dem größten Maler des Landes dargestellt wird.»[10]

«Ich erinnere mich gut an Euren Vater, Mijnheer Medicus. Wir haben seinerzeit während der Sitzungen über die Frage diskutiert, ob der Mensch seine Sterblichkeit als eine Gnade oder eine Strafe des Herrn begreifen sollte. Euer Vater war ein sehr kluger und belesener Mann.»

Gerade fügte der Meister seiner Zeichnung letzte Striche und Schattierungen hinzu, als die Tür sich öffnete und der Professor eintrat.

«Man hat mir berichtet, werter Meister, dass Eure Vorstudien für die Nebenfiguren abgeschlossen sind. Jetzt ist es an der Zeit, dass Ihr Euch der Hauptperson zuwendet. Folgt mir in mein Studierzimmer. Es ist für Euch sicher von Belang, die Umgebung zu sehen, in der ich die Ergebnisse meiner Forschungen zusammentrage.»

Eilig schritt der Professor voraus und führte uns über die Wendeltreppe ins Dachgeschoss. Das Arbeitszimmer war rundum mit weißen Kacheln verkleidet, auf denen in zarten, blauen Umrissen Figuren zu sehen waren: Eichhörnchen, Pelikane und Hunde, Schlittschuh laufende Frauen, spielende Kinder und sogar ein Mann, wie er gerade seine Notdurft verrichtete. In einem Regal stapelten sich Folianten. Auf dem Schreibtisch lag aufgeschlagen ein großes Buch, in rotes Leder gebunden, mit anatomischen Darstellungen. Daneben ein Totenkopf und eine Sanduhr.

«Nehmt bitte vor dem Fenster Platz, werter Meister. Ich habe zwei Stühle dort aufstellen lassen, damit Ihr für Eure Zeichnungen das beste Licht habt.»

Die beiden Männer setzten sich, während ich stehen blieb, weil keine dritte Sitzgelegenheit vorhanden war. Der Professor redete viel und schnell. Nur manchmal verstummte er für einen kurzen Moment, wenn der Meister ihn bat, in einer bestimmten Pose zu verharren.

Er erzählte aus seinem Leben, und ich lauschte diesen Schilderungen begierig. Professor Adriaen van Campen stammte aus einer wohlhabenden Familie und war in Amsterdam aufgewachsen. Seinen Vater hatte man als juristischen Berater zu dem Haager Stadthalter Prinz Frederik Hendrick berufen. Der Medicus hatte in Amsterdam und Italien studiert und pflegte einen regen Briefwechsel mit allen ärztlichen Größen in Europa und dem Vorderen Orient. Jedem seiner Worte konnte ich entnehmen, dass er ein bedeutender Arzt war, sicherlich der bedeutendste in Holland und allen niederländischen Provinzen, vielleicht sogar der ganzen Welt.

Bei der nächsten Sitzung hörten wir von den Forschungsarbeiten des Professors. Auch diesmal richtete er das Wort ausschließlich an den Meister. Nur ein einziges Mal warf er einen flüchtigen Blick auf mich, doch ich war mir nicht sicher, ob er mich tatsächlich wahrnahm.

«Werter Meister, Ihr sollt wissen, dass ich der Verfasser eines bedeutenden anatomischen Werkes bin. Es trägt den Titel ‹De humani pedis fabrica›, ‹Über die Beschaffenheit des menschlichen Fußes›. Ich habe diesen Körperteil zum Gegenstand meiner Forschung gemacht, weil er für den Menschen der wichtigste ist. Es sind schließlich die Füße, die uns durch das Leben tragen. Denkt an ein Kleinkind, das erst lernen muss, auf beiden Füßen zu stehen.»

Der Professor ahmte auf dem Weg in die Mitte des Zimmers die unbeholfenen Schritte eines kleinen Kindes nach. Dabei erinnerte er mich an die Gaukler, die während der Kirmes in unserem Dorf Kunststücke auf dem Seil gezeigt hatten. Ich bewunderte die Geschicklichkeit, die der Medicus dabei trotz seiner Leibesfülle an den Tag legte.

«Nur wenige Jahre später wird es mit einem Ball hüpfen und über Pfützen springen. Der erwachsene Mensch dagegen steht in der Blüte seines Daseins. Er folgt seiner Berufung und erreicht große Ziele. Der Greis wiederum müht sich mit jedem seiner Schritte. Er nimmt einen Stock zu Hilfe, bis er irgendwann mit den Füßen voran in einem Sarg aus seinem Haus getragen wird.»

Es war erhebend, dem Professor, der so gebildet sprach, zuzuhören. Er war nicht nur ein Mann vollendeter Kleidung, sondern auch vollendeter Worte. Er wies auf das rote Buch auf dem Schreibtisch.

«Dieses bedeutsame Werk darf auf Eurer Darstellung keinesfalls fehlen, werter Meister. Ich konnte einige grundsätzliche Korrekturen an der bisherigen Anatomielehre vorbringen, die fast ausschließlich auf den Kenntnissen der Antike beruhte. Jeder Betrachter soll sofort erkennen können, dass ich ein Spezialist auf dem Gebiet der Fußchirurgie bin.»

«Ihr werdet mit der Komposition zufrieden sein, verehrter Medicus. Ganz unzweifelhaft wird man in Euch einen großen Arzt und Forscher sehen», versicherte der Meister mit einer Stimme, aus der ich einen gereizten Unterton heraushörte. Verwundert sah ich zu ihm hinüber, da ich mir den Grund dafür nicht erklären konnte.

«Ihr habt soeben den Begriff ‹groß› gewählt. Berücksichtigt bitte, dass ich auf dem Bild so groß erscheine, wie es meiner Reputation entspricht. Und das ist bei weitem mehr, als was mir unser Herr an körperlicher Größe mitgegeben hat. Meine Assistenten könnt Ihr wegen der geringeren Bedeutung ihres Amtes entsprechend kleiner darstellen. Ihr versteht sicher, was ich meine, nicht wahr, mein lieber Rembrandt?»

Der Meister kratzte mürrisch mit dem Kohlestift über das Papier und rutschte ungeduldig auf seinem Stuhl hin und her. Er wirkte lustlos und verstimmt.

«Ich möchte Eure Geduld nicht länger strapazieren, verehrter Medicus. Bestimmt werdet Ihr Euch heute noch Euren bedeutenden Forschungen zuwenden wollen. Wir sollten morgen mit der Sitzung fortfahren.»

«Ich danke Euch, Ihr seid überaus verständnisvoll. Umso mehr bedaure ich es, dass ich den Tag meiner Vorlesung noch nicht benennen kann. Niemand weiß im Voraus, wann ein frischer Leichnam für meine Demonstration zur Verfügung stehen wird. Seht die Skizzen daher als eine wichtige Vorarbeit an, damit später die Ausführung mit dem Pinsel umso schneller vonstatten geht.»

Den Meister überfiel ein heftiger Hustenanfall. Er verabschiedete sich hastig und eilte ins Freie.

Als wir das Gildehaus hinter uns gelassen hatten und vom Klovenierswal in die Oude Hoogstraat einbogen, blieb der Meister für einen Moment stehen und holte tief Luft. Seit seinem Schwächeanfall litt er unter Kurzatmigkeit. Er schüttelte den Kopf, als wolle er einen üblen Gedanken abstreifen. Langsam gingen wir weiter zum Dam.

«Was meinte der Professor vorhin, als er von einem Leichnam sprach?», wollte ich von dem Meister wissen.

«Der Medicus möchte bei seiner Vorlesung eine Leichenöffnung vornehmen. Die Kirche hat eine spezielle Vorschrift erlassen, wonach sie solche Sektionen nur an Verbrechern duldet. Bei Menschen also, die wegen eines Vergehens zum Tode verurteilt worden sind.»

Ein Schauer lief mir den Rücken hinunter. Was für eine absonderliche Bestimmung! Ich war froh, dass so etwas bei uns auf dem Land nicht vorkam.

«Allerdings können Leichenöffnungen nur in der kalten Jahreszeit vorgenommen werden. Bei wärmeren Temperaturen würde der menschliche Körper viel zu schnell verwesen. Noch sind Eisschollen auf der Amstel. Aber in zwei Wochen ist Ostern, und die ersten Krokusse werden blühen. Ich kann nur hoffen, dass der Professor seinen Vortrag so bald wie möglich halten wird, damit das Bild bis zum Beginn der Feierlichkeiten fertig werden kann.»

Während unserer Unterredung war der Meister wiederholt stehen geblieben. Er zog ein kleines Zeichenheft aus der Gürteltasche und skizzierte das, was seine Aufmerksamkeit erregte: eine junge, hübsche Frau, die ein Kind auf dem Arm trug, einen exotisch gekleideten Händler mit einem Seidenballen unter dem Arm oder zwei Hunde, die sich auf der Straße paarten. Dabei zeichnete der Meister so rasch wie jemand, der sich eilig Notizen aufschreibt.

«Wie wollt Ihr die Komposition für das Bild anlegen?», fragte ich gespannt weiter. Bisher hatte der Meister in meiner Gegenwart zwar Studien einzelner Personen angefertigt, aber noch keine in sich geschlossene Szene. Trotzdem war ich mir sicher, dass in seinem Kopf bereits ein fertiger Plan existierte.

«Du bist wieder sehr vorwitzig, Samuel, aber ich will es dir trotzdem verraten. Im Bild soll eine klare Ordnung herrschen, auf der einen Seite werden die Assistenten, ihnen gegenüber der Professor zu sehen sein. Allerdings würde es dem Medicus vermutlich besser gefallen, wenn ich sein großes Werk in die Mitte des Bildes setze und die Assistenten dahinter verschwinden lasse.» Der Meister verzog spöttisch den Mund.

«Der Professor ist wirklich eine bedeutende Persönlichkeit», beeilte ich mich zu sagen. «Bestimmt habt Ihr in Eurem Leben schon viele wichtige Leute kennen gelernt.»

Der Meister räusperte sich und schwieg einen Augenblick, bevor er langsam antwortete.

«Es mag sein, dass einige ihn für eine wichtige Person halten, aber eine Persönlichkeit ist er deswegen noch lange nicht. Dazu sind Charakter und Bescheidenheit vonnöten. Keine dieser Eigenschaften habe ich bei dem Medicus erkennen können.»

Auf dem Rückweg zur Rozengracht musste ich über die Worte des Meisters nachdenken. Warum, so fragte ich mich, sprach er ausgerechnet über seinen großzügigsten Auftraggeber in einem so harschen Tonfall? War er nicht in seinem Urteil über den Professor etwas zu streng?

Ich war mir ganz sicher. Wenn ein Mensch solche edlen Kleider trug wie der Medicus und so erhaben sprach, dann musste auch seine Gesinnung edel und erhaben sein. Und hatte nicht der Meister über das Bildnis des Salzhändlers einmal selbst gesagt, dass sich das Wesen eines Menschen durch seine Gestik und Mimik ebenso ausdrückt wie durch sein Äußeres?

Der Meister war in gereizter Stimmung, als wir uns zwei Tage später wieder zur Nieuwe Waag begaben. Heute sollte die dritte und letzte Sitzung mit dem Medicus stattfinden. Als wir gerade nach einem Diener fragen wollten, der uns die Tür zum Chirurgenturm aufschließen würde, kam uns der Medicus Thomas Block entgegen.

«Seid gegrüßt, Meister Rembrandt, Professor van Campen lässt sich entschuldigen und bittet Euch um ein wenig Geduld. Vor wenigen Minuten kam mit einer Schiffsladung aus Italien eine Kiste voller Bücher und Instrumente. Der Professor muss zunächst den Inhalt prüfen.»

Wir setzten uns auf eine Holzbank. Der Meister nutzte die Wartezeit dazu, ein Nickerchen zu machen. Ein Bäckergeselle kam mit einem Korb voll frischer Backwaren in die Halle, die er an die Handelsleute verkaufte. Der Duft ließ mir das Wasser im Mund zusammenlaufen. Wie gerne hätte ich mir einen Zwieback oder ein paar Aniskekse gekauft. Aber ich wollte mit dem Geld, das mir meine Mutter vor der Abreise heimlich zugesteckt hatte, sparsam umgehen und es nicht für so etwas wie Naschwerk verschwenden.

Eine ganze Stunde lang mussten wir warten, bis der Professor schließlich auftauchte. Wie zur Entschuldigung hatte er eine Hand auf die Brust gelegt.

«Mein lieber Meister Rembrandt, ich bedaure sehr, dass

ich Euch warten ließ, doch ich wurde in einer dringenden Angelegenheit aufgehalten. Dafür möchte ich Euch etwas zeigen, das Ihr noch nie zuvor gesehen habt.»

Wir folgten dem Professor in sein Studierzimmer. Auf dem Schreibtisch stach mir ein merkwürdiges Gerät ins Auge, etwa eine drei viertel Elle hoch. Es sah aus wie ein kupferner Zylinder auf drei geschwungenen Stützen.

«Was Ihr hier vor Euch seht, ist ein Mikroskop, eine beeindruckende optische Raffinesse. Es wurde erst vor wenigen Jahren erfunden. Ein italienscher Linsenschleifer, sein Name ist Giuseppe di Lorenzini, hat dieses Exemplar nach meinen Wünschen angefertigt. Seine Initialen könnt Ihr hier am Fuß sehen: ‹GdL›. Das eigentliche Geheimnis befindet sich jedoch im Inneren des Gehäuses. Zwei Linsen, die miteinander verbunden sind. Durch sie kann man Gegenstände, die von Natur aus klein sind, größer und näher erkennen. Nehmt zum Beispiel einmal ein menschliches Haar. Es ist so fein, dass man es mit bloßem Auge kaum erkennen kann.»

Der Professor beugte sich über den Zylinder und blinzelte vorsichtig mit einem Auge hindurch. Dann ließ er den Meister an das Gerät.

«Könnt Ihr die raue Oberfläche erkennen? Und die Haarwurzel, die so dick aussieht wie eine Tulpenzwiebel? Es ist geradezu faszinierend, wie die Struktur der Dinge bis ins kleinste Detail sichtbar wird. Dieses neuartige Instrument müsst Ihr unbedingt in meinem Bild vorstellen. Die künftigen Fortschritte in der Medizin hängen in besonderem Maße von den Forschungen und Erkenntnissen der Anatomie ab. Es soll daher für jeden Betrachter offensichtlich sein, dass ich ein Arzt bin, der sich der neuesten Praktiken bedient.»

Der Meister hatte sich inzwischen auf dem Stuhl am Fenster niedergelassen. Er begann, den Medicus zu zeichnen, wie er bei seinen Ausführungen im Zimmer auf und ab schritt. Mit einer bedeutungsvollen Geste hob der Professor die Hand.

«Ich werde Bahn brechende Ergebnisse meiner neuesten Forschungen der Öffentlichkeit vorstellen, sobald ein geeigneter Leichnam verfügbar ist. Und Ihr sollt Zeuge sein. Ihr werdet mich hoffentlich ins rechte Licht zu setzen wissen, mein lieber Rembrandt.»

Die Mundwinkel des Meisters zuckten. Ganz unverkennbar hatte er Mühe, sich zu beherrschen.

Während die Hand des Meisters ungestüm über das Papier jagte, ging plötzlich die Tür zum Studierzimmer auf. Ein Mädchen, das wohl etwa fünf Jahre alt sein mochte, lief auf den Professor zu und reckte ihm seine Arme entgegen. Zwei Jungen, nur wenig älter als das Mädchen, folgten ihr nach. Sie trugen schwarze Seidenanzüge und waren wie kleine Erwachsene gekleidet.

«Quentin, Lucas, Janneke, wo kommt ihr denn her?»

Der Professor nahm das Mädchen auf den Arm und strich den Jungen über das Haar.

«Wir waren mit Lysbeth auf dem Fischmarkt. Aber sie wollte nicht mit uns in die Gilde kommen. Sie meinte, wir würden dich stören. Da sind wir einfach weggelaufen. Wir wollen dir guten Tag sagen», plapperte die Kleine und zupfte den Professor am Bart. Der lachte, hielt das Mädchen mit beiden Armen hoch und warf es schwungvoll in die Luft.

«Ich auch, ich will auch fliegen», riefen die beiden anderen, und der Professor wiederholte die Prozedur mit ihnen.

«Sagt Lysbeth, dass ihr mich jederzeit besuchen dürft, wenn euch danach zumute ist.»

«Wann kommst du heute nach Hause, Vater?», fragte der größere der beiden Jungen. «Gestern haben wir dich den ganzen Tag nicht gesehen und vorgestern auch nicht. Mutter will immer, dass wir pünktlich im Bett sind.»

«Kinder, ihr wisst doch, dass ich ein wichtiges Werk schreibe. Aber heute Abend werde ich rechtzeitig zurück sein und euch eine lange Geschichte vorlesen. Versprochen.»

In diesem Moment klopfte es zaghaft an der Tür. Eine junge Frau mit geröteten Wangen trat ein, ganz außer Atem. Einige helle Strähnen hatten sich unter der Haube gelöst und fielen ihr auf die Schulter herab.

«Gut, dass ich euch endlich gefunden habe!», rief sie erleichtert, als sie die Kinder sah. Dann senkte sie den Kopf. «Verzeiht, Mijnheer, ich hätte besser aufpassen sollen. Doch die drei liefen plötzlich los, jeder in eine andere Richtung. Ich wusste nicht, wem ich zuerst folgen sollte.»

Der Professor zwinkerte seinen Kindern zu und legte beschwichtigend die Hand auf den Arm der jungen Frau.

«Ich mache dir keinen Vorwurf, Lysbeth. Die drei hatten Sehnsucht nach mir. Leider sehen sie mich viel zu selten.»

Die Frau blickte den Medicus erleichtert an und machte einen Knicks.

«Aber jetzt müsst ihr wieder gehen. Ein berühmter Maler will, dass ich ihm Modell sitze, damit er ein schönes Bild von mir malen kann.» Der Professor deutete mit der Hand zum Meister hinüber, der auch nach dem Eintreffen der Kinder fortwährend gezeichnet hatte.

«Oh, wie schade. Ich habe Hunger, Vater, darf ich eine Waffel haben?», fragte die Kleine, und die Jungen schrien begeistert durcheinander, wobei sie versuchten, sich gegenseitig an Lautstärke zu übertreffen.

«Nun gut, ihr drei. Lysbeth soll für jeden von euch eine Waffel mit Sirup kaufen. Aber ihr müsst mir versprechen, dass ihr heute Mittag trotzdem euren Hutsepot aufesst.»

Fröhlich hüpften die Kinder zur Tür. Der Professor schickte ihnen ein mildes Lächeln hinterher. Es war dasselbe Lächeln, das ich so oft bei meinem Vater gesehen hatte, wenn wir alle zusammen am Tisch saßen und vor dem Essen das Dankgebet sprachen.

Der Meister war noch immer ganz in seine Arbeit vertieft. In seiner Körperhaltung, leicht vornübergebeugt, das Zeichenheft auf den Knien, lag etwas sehr Natürliches. Als sei er einzig und allein dazu geschaffen, die Welt um sich herum auf einem Bogen Papier festzuhalten. Auf einmal klappte er das Skizzenheft zu und erhob sich.

«Nun habe ich alles notiert, was für die Darstellung Eurer Person und der Eurer Assistenten nötig ist. Es wird somit Zeit, dass ich die Leinwand hervorhole und mit der Arbeit im Atelier beginne.»

«Habt noch eine Weile Geduld, lieber Meister, jedenfalls so lange, bis ich die Sektion durchgeführt habe. Jede Einzelheit im Bild soll ganz der Wahrheit gemäß abgebildet werden.»

Während ich die Zeichenmappe und die Stifte zusammenpackte, ging der Professor zu seinem Schreibtisch, öffnete eine Schublade und holte einen Beutel aus azuritblauem Samt hervor.

«Ich möchte Euch einstweilen einen Vorschuss übergeben. Er ist, so denke ich, freizügig bemessen und entspricht der besonderen Bedeutung dieses Auftrages. Sollten alle Voraussetzungen für meine Vorlesung erfüllt sein, werdet Ihr unverzüglich von mir hören.»

Erst als wir den Sint-Anthonis-Markt hinter uns gelassen hatten, blieb der Meister stehen und öffnete gespannt den Beutel. Er atmete tief ein und wieder aus, und ein Lächeln breitete sich auf seinem Gesicht aus. Eine Weile stand er da, ganz in Gedanken versunken, nur seine Finger spielten mit den Münzen.

Hinter uns ertönte ein leises Wimmern. Eine in Lumpen gehüllte Frau hockte vor dem Eingang eines Hauses. Sie schaukelte mit dem Oberkörper vor und zurück und hielt ihre Hand zitternd ausgestreckt. Ich fragte mich, welches Schicksal die Ärmste wohl zu dem gemacht hatte, was sie war. Mir kamen einige Radierungen des Meisters in den Sinn. Schon häufig hatte er Landstreicher und Bettelvolk gezeichnet. Er hatte ihnen dieselbe Würde verliehen, mit der er auch Kaufleute und andere reiche Auftraggeber ausstattete. Vor vielen Jahren hatte er sich sogar einmal selbst als erbarmenswürdigen Bettler[11] dargestellt. An dieses Bild konnte ich mich wegen seiner Ausdruckskraft und Demut besonders gut erinnern.

Der Meister beugte sich zu der Frau hinunter und gab ihr eine goldene Münze. Als sie erkannte, was sie da plötzlich in der Hand hielt, fasste sie nach dem Mantel des Meisters und küsste wimmernd den Saum.

«Danke, Mijnheer, danke vielmals. Möge der Herr Eure Güte hundertfach vergelten.»

Mit einem Mal hatte es der Meister eilig fortzukommen. Doch diesmal ging er nicht, wie sonst, hinter dem Klovenierswal nach rechts in die Oude Hoogstraat, sondern bog nach links in die Nieuwe Hoogstraat ein. Über einer Ladentür hing dort ein Schild mit der Aufschrift «Orientalisch-antiquarischer Bazaar». Drinnen war eine Frau in einem krapproten Brokatkostüm und goldbestickten Pantoffeln gerade damit beschäftigt, einen Messingkrug zu polieren.

«Willkommen, Mijnheer van Rijn. Oh, wie ich sehe, seid Ihr heute nicht allein gekommen.»

Der Meister machte uns miteinander bekannt.

«Wir haben uns lange nicht gesehen, Mevrouw Tavakoli. Wie geht es Euch und Eurem Mann? Ist er wieder auf Reisen?»

«Ihr vermutet richtig, Mijnheer, mein Mann ist seit Monaten in seiner Heimatstadt, in Täbris. Wenn die Geschäfte gut gehen, wird er in wenigen Wochen wieder zurück sein.»

Ich konnte sehen, wie sich die freudige Erwartung im Gesicht des Meisters in Resignation verwandelte.

«So lange werde ich mich also noch gedulden müssen ... Doch vielleicht könnt auch Ihr mir helfen? Euer Mann hat mir vor einiger Zeit einen Dolch gezeigt. Ein sehr schön gearbeitetes Stück. Es stammt aus dem Besitz von Schah Abbas dem Großen aus Isfahan, wie er mir sagte. Wisst Ihr zufällig, ob der Dolch noch zu verkaufen ist?»

«Meint Ihr den mit dem Ledergriff und den Türkisen? Ich bin mir nicht sicher, ob er noch da ist, aber ich will gerne einmal nachsehen.»

Die Frau ging zu einer Truhe und prüfte den Inhalt. Als sie dort nichts fand, öffnete sie nacheinander zwei Schränke. Auch hier konnte sie das Gewünschte nicht entdecken. Der Meister schüttelte bekümmert den Kopf und wandte sich mit einem leisen Seufzen zum Gehen.

«Einen Augenblick noch, Mijnheer. Ich weiß, dass mein Mann einige besonders wertvolle Stücke in seinem Kontor lagert. Seht Euch unterdessen in aller Ruhe im Geschäft um. Vielleicht findet Ihr etwas, das Euch für Eure Malerei von Nutzen sein könnte», bemerkte die Frau mit einem feinen Lächeln und verschwand in einem Nebenzimmer.

Nervös trat der Meister von einem Bein auf das andere und starrte auf die Tür. Nichts von den farbenprächtigen Teppichen, den silbernen Kannen, fein getriebenen Schalen oder Samowaren konnte sein Interesse wecken. Er zog die Brauen zusammen und kaute auf der Unterlippe.

Nach einigen Minuten kam die Frau zurück und legte etwas Glänzendes auf die Theke. Ich sah, wie die Augen des Meisters aufleuchteten, als er den Dolch behutsam in die Hand nahm. Zärtlich strichen seine kräftigen Finger über die Klinge, auf der ein Löwe eingraviert war. Er griff in den Beutel, zählte mehrere Münzen ab und verabschiedete sich herzlich und in bester Laune.

Auf dem Heimweg summte der Meister leise vor sich hin. Kurz bevor wir die Rozengracht erreichten, drückte er mir den Dolch in die Hand und zwinkerte mir zu.

«Rebekka muss von dem Kauf ja nichts wissen. Was versteht dieses alte Weib schon von Inspiration? Verstecke den Dolch unter deiner Jacke und geh gleich nach oben in die Dachkammer. Leg ihn in den Schrank zu den Medaillen und Muscheln, da ist er sicher. In all den Jahren hat Rebekka dort niemals sauber gemacht.»

Ich tat, wie der Meister mir aufgetragen hatte, und war stolz darauf, dass er so großes Vertrauen in mich setzte. Er konnte sich auf mich verlassen, meinen Meister würde ich niemals hintergehen.

Auch wenn es ungewiss war, wann mit der Ausführung an dem Porträt des Professors begonnen werden konnte. wollte der Meister nicht untätig bleiben. Er beschloss, zumindest einige wichtige Vorbereitungen zu treffen.

Das Gruppenbildnis war für einen großen Vorlesungssaal gedacht. Deswegen entschied er sich für ein Format, das die Personen in Lebensgröße zeigen sollte. Er suchte vier Stücke Leinen aus, die ich zu einem Ganzen zusammenfügte. Es war merkwürdig, aber noch nie zuvor hatte mir eine Näharbeit so viel Freude bereitet. Wie von selbst glitt die Nadel durch das derbe Gewebe, und schon am Abend war die riesige Leinwand fertig. Meine Wangen glühten vor Freude, als der Meister die Gleichmäßigkeit der Stiche und die sorgfältige Bügelarbeit lobte.

Wir spannten den Stoff in einen Keilrahmen und hoben ihn mit vereinten Kräften auf eine Staffelei. Der Meister schwitzte und keuchte dabei, denn der Rahmen wog schwer. Anschließend trug ich die erste Schicht der weißgrauen Grundierung auf. Als diese trocken war, folgten zwei weitere Schichten, bis nichts mehr von den Fäden und Knoten des Tuches zu erkennen war. Jetzt wirkte die Oberfläche so glatt wie ein Spiegel. Alles war so weit vorbereitet, dass der Meister jederzeit mit dem Malen hätte beginnen können.

Zufrieden holte er seine Zeichenmappe hervor. Aus dem Gedächtnis heraus skizzierte er die Inhaberin des orientalischen Bazaars, wie sie ganz in sich versunken einen Messingkrug polierte. Wieder einmal war ich darüber verblüfft, wie es dem Meister gelang, mit nur wenigen Strichen den Charakter eines Menschen zu erfassen.

«Spar dir deine Bewunderung, Samuel. Mit den Jahren kommt einfach die handwerkliche Routine. Vorausgesetzt allerdings, ein Maler besitzt zwei Tugenden: Ausdauer und Geduld», wehrte der Meister barsch ab. Gerade diese Tugenden wurden bei ihm in den vergangenen Wochen auf eine harte Probe gestellt.

Durch die Geschicklichkeit meines Lehrers fühlte ich mich dazu angespornt, ebenfalls zum Kreidestift zu greifen. Doch ich wollte mich nicht auf meine Erinnerung verlassen und lieber nach einer Vorlage zeichnen. Ich musste im Atelier nicht lange nach Motiven suchen und entschied mich für einen dunkelroten Samtvorhang und eine antike Marmorbüste. Beides ordnete ich auf einem Tisch an und begann mit der Arbeit.

Immer wieder skizzierte ich die Gegenstände, und bei jedem neuen Versuch hatte ich das Gefühl, dass meine Hand beweglicher wurde und mir die Darstellung besser gelang. Der Meister forderte mich auf, die Position der Dinge immer wieder ein wenig zu verändern und die Abweichungen sorgsam zu prüfen.

«Je genauer und länger man die Dinge, die man darstellen möchte, beobachtet, umso empfindsamer und empfänglicher wird das Auge.» Er trat neben mich und begutachtete meine Skizzen mit kritischem Blick.

«Für einen Schüler im ersten Lehrjahr ist es dir nicht schlecht geraten. Aber denk daran, Samuel, du musst üben, viel üben, bis aus dir ein Meister wird. Auge und Hand sind die eigentlichen Werkzeuge des Malers. Und für die Malerei gilt, was für jedes andere Handwerk auch gilt: Je besser das Werkzeug, desto besser das Werk.»

März 1669

DIE ENTSCHEIDENDE Nachricht des Professors ließ auf sich warten. Nach Wochen stand die große, leere Leinwand noch immer unberührt auf der Staffelei. Der Meister nutzte die Zeit, um fast täglich seine Schwiegertochter Magdalena van Loo zu besuchen, die in einem Stadtviertel in der Nähe des Hafens wohnte. Die Geburt ihres ersten Kindes stand unmittelbar bevor, und der Meister sollte Pate werden.

Es schmerzte ihn sehr, dass sein Sohn Titus diesen Tag nicht miterleben sollte.

Am vierzehnten März überbrachte ein Bote die Nachricht, Magdalena habe in den frühen Morgenstunden die Hebamme gerufen. Sofort machten der Meister, Cornelia und ich uns auf den Weg. Am Haus der Wöchnerin kündete eine rote, in Spitzen eingefasste Seidentafel von der Geburt eines Mädchens.

Bleich und erschöpft saß Magdalena in ihrem Bett, gestützt von zahlreichen Kissen. Um sie herum standen Kinder und Frauen jeden Alters, die sich im Flüsterton miteinander unterhielten. Es waren Nachbarinnen, die das Neugeborene begrüßen wollten.

Der Meister trat an das Kopfende des Bettes, beugte sich zu seiner Schwiegertochter hinunter und gab ihr einen Kuss auf das Haar, das sich in feinen hellen Locken bis auf die Schulter kringelte.

«Wie geht es dir, meine Tochter? Ging alles gut mit Gottes Hilfe?»

Magdalena nickte stumm, griff nach der Hand des Meisters und drückte sie, wobei ihr Tränen die Wangen hinunterliefen. Der Meister hob seinen Ärmel und wischte sich die Augen.

«Magdalena, ich gratuliere dir ganz herzlich! Hast du das Kind schon gesehen? Hat es die dunklen Haare von Titus?» Cornelia umarmte ihre Schwägerin vorsichtig.

In diesem Moment kam die Hebamme mit blutbefleckter Schürze und aufgekrempelten Ärmeln in die Stube und hielt dem Meister ein weißes Leinenbündel entgegen.

«Hier ist Euer Enkelkind, Mijnheer. Nehmt es anstelle des Vaters. Möge ihm der Herr viel Glück bringen oder es beizeiten zu sich rufen.»

Sofort scharten sich die Frauen um den Meister, um einen Blick auf das Neugeborene zu werfen. Alle redeten aufgeregt durcheinander und bewunderten das feine Gesicht und die Ähnlichkeit der Kleinen mit der Mutter. Auch die Kinder drängten sich vor und reckten die Hälse.

Endlich gelang es mir, einen Blick auf das Bündel zu werfen. Ich hatte schon viele Neugeborene gesehen, meine jüngeren Geschwister und auch die Kinder unserer Nachbarn im Dorf. Aber dieses Mädchen war tatsächlich ungewöhnlich hübsch. Es hatte ein ebenmäßiges, rosiges Gesicht, eine winzige Nase und fein geschwungene Lippen, die sich nun mit einem Mal kräuselten und verzogen. Das Kind schrie so laut, wie ich es von diesem winzigen Wesen nie erwartet hätte.

Der Meister streichelte sachte die Wangen der Kleinen und wiegte sie in seinen Armen.

«Titia, meine kleine Titia», flüsterte er heiser und drückte das Bündel vorsichtig an seine Brust.

«Kommt mit in die Küche, es gibt Zwieback und gebrannte Mandeln. Und jede Menge Schnaps!», rief eine der Frauen, worauf sich die Stube rasch leerte.

Die Hebamme legte das Kind zu seiner Mutter ins Bett und machte uns ein Zeichen zu gehen. Magdalena winkte schwach, schloss die Augen und ließ sich in die Kissen zurücksinken.

Eine Woche später fand die Taufe statt. In der Nieuwe Zijds Kappel hatten sich festlich gekleidet Nachbarn und Bekannte versammelt. Magdalena, die immer noch blass und geschwächt wirkte, trug ihr Hochzeitskleid. Titia hatte man in ein prunkvolles weißes Taufkleid mit schwarzen Bändern gesteckt. Bei uns zu Hause bedeuteten solche Schleifen, dass die Mutter bei der Geburt gestorben war. Doch in diesem Fall sollten sie an den Tod des Vaters erinnern.

Der Meister erschien mir geistesabwesend, seine Miene war wie versteinert. Welche Gedanken mochten wohl durch seinen Kopf gehen, als er das schreiende, winzige Wesen über das Taufbecken hielt? Dachte er an die Heirat seines Sohnes vor gut einem Jahr, als dieser mit Magdalena, seiner strahlenden Braut, hier vor dem Altar stand? Zusammen mit Magdalenas Mutter, der anderen Patin, sprach er ein Gebet, in dem er die Gnade Gottes für die kleine Waise Titia erflehte. Die Fürbitte der Paten erklang so eindringlich, dass allen Anwesenden die Tränen in den Augen standen.

Während die Gemeinde zum Lob des Allmächtigen laut und inbrünstig sang, konnte ich meinen Blick kaum von Cornelia wenden. Sie saß direkt vor mir, ihre klare, helle Stimme klang wie eine Glocke. Seit meiner Ankunft hatte sie sich verändert. Zwar hatte sie noch immer das Gesicht eines jungen Mädchens, doch ihr Körper war inzwischen der einer erwachsenen Frau.

Ich sah ihre hohe, gewölbte Stirn, die sanft nach oben gebogene Nase, das weiche Kinn und die dicken rötlichen Zöpfe, die unter der Haube hervorblitzten. Ihr Kleid war von einem dunklen Grün und passte wundervoll zu ihren Augen. Unter dem Mieder zeichneten sich sanft die Konturen ihrer Brust ab. Um die Taille hatte sie eine safranfarbene Schärpe mit Goldstickerei gewickelt.

Nur zu gerne hätte ich in diesem Moment meine Hände um ihre schmale, biegsame Körpermitte gelegt wie damals, am Silvestertag, beim Schlittschuhlaufen auf der Amstel. Ich malte mir aus, wie es wäre, wenn ich eines Tages nicht mehr nur römische Marmorbüsten zeichnen würde, sondern – sie.

Der Meister wurde mit jedem Tag, den er auf eine Nachricht des Anatomen warten musste, unruhiger.

«Bis zur Jubiläumsfeier bleiben nicht einmal mehr sieben Monate Zeit. Der Professor muss seinen Leichnam sehr bald sezieren, wenn ich den Auftrag rechtzeitig ausführen soll», schimpfte er eines Morgens. Dabei lief er wie ein eingesperrter Bär in der Stube auf und ab.

«Macht Euch wegen der knappen Zeit keine Sorgen, Meister Rembrandt, ich werde Euch tatkräftig zur Hand gehen», versuchte ich ihm Mut zuzusprechen.

Der Meister fuhr sich mit der Hand durch die zerzausten Haare und lächelte gequält.

«Ich weiß, dass du ein verlässlicher Schüler bist, Samuel. Doch das ist in dieser Situation nur ein schwacher Trost.»

Mich beschlich die Angst, dass die Zukunft des Meisters abermals auf dem Spiel stand und ebenso meine weitere Ausbildung bei ihm. An diesem Abend betete ich, dass der Herr uns bald aus dieser Ungewissheit erlösen möge.

Doch nichts geschah. Seine innere Anspannung machte es dem Meister unmöglich, irgendeine Arbeit, die ihn ablenken könnte, fortzuführen oder etwas Neues zu beginnen. Er aß und trank kaum noch. Manchmal hörten wir ihn auf dem Dachboden brüllen und wüten, als wolle er alles in Stücke schlagen. Dann wiederum ging er aus dem Haus, ohne jemandem zu sagen, wohin, und kam erst nach Stunden zurück.

Ich grübelte verzweifelt, was getan werden könnte. Als ich eines Morgens durch eine der vielen Mappen mit den eigenhändigen Zeichnungen des Meisters blätterte, hatte ich plötzlich einen Einfall. In den Händen hielt ich ein Blatt, das Hausierer und Landstreicher zeigte. Was wäre, überlegte ich, wenn ein solcher Vagabund die Rolle des Toten im Bild übernehmen würde? Der Meister könnte endlich mit der Arbeit beginnen, der Bettler würde einen Lohn erhalten und könnte zumindest für eine Weile ein besseres Dasein fristen.

Sofort erzählte ich dem Meister von meinem Plan.

«Du hast manchmal die absonderlichsten Ideen, Samuel. Der Professor sprach ausdrücklich von einem echten Leichnam, du hast es doch selbst gehört.» Er schüttelte den Kopf und wollte sich schon wieder abwenden. Vielleicht war es mein beschwörender Blick, der ihn noch einmal nachdenken ließ. «Obwohl, wenn man es sich recht überlegt … Schließlich richtet sich die Qualität eines Bildes nicht danach, ob der Dargestellte tot oder lebendig ist. Er muss nur tot aussehen. Ich will deinen Vorschlag bedenken und eine Nacht darüber schlafen. Vielleicht ist das sogar der einzige Weg, um den Dingen noch eine glückliche Wendung zu geben.»

Am folgenden Tag sprach der Meister bei dem Professor vor. Dieser hörte sich die Worte des Meisters mit unbewegter Miene an. Dann stand er auf, stellte sich breitbeinig in die Mitte seines Studierzimmers und legte die gespreizten Fingerkuppen aneinander.

«Mein lieber Meister Rembrandt, es befremdet mich, dass ein solcher Gedanke ausgerechnet von Euch, einem gebildeten und angesehenen Maler, vorgetragen wird. Dabei solltet Ihr eigentlich wissen: Einen Toten nach dem Modell eines Lebenden darzustellen, widerspricht dem Zweck des Gemäldes. Eine Sektion ist eine wissenschaftliche Beweisführung, die auf der Grundlage absoluter Objektivität und Wahrhaftigkeit beruht.»

Der Meister schwankte zwischen Verärgerung und Mutlosigkeit, wollte aber noch nicht aufgeben.

«Ich würde mich gerne nach Euren Forderungen richten, Professor van Campen. Doch Ihr wisst selbst, dass es in den letzten Monaten keine einzige Hinrichtung in Amsterdam gegeben hat. Der Winter ist fast vorbei, was, wenn sich auch in nächster Zeit kein geeigneter Leichnam einfindet und Ihr Eure Vorlesung überhaupt nicht halten könnt?»

«Habt Vertrauen, werter Meister. Schon bald werdet Ihr eine Nachricht von mir erhalten. Ihr könnt Euch auf mich verlassen.»

Zwischenruf des Verfassers

DAS TINTENFASS ist leer, alle Seiten sind voll, meine Hand schmerzt, und meine Augen brennen. Eine ganze Woche lang habe ich jeden Tag von Sonnenaufgang bis Sonnenuntergang geschrieben. Ich habe meine Kammer unter dem Dach kaum verlassen. Bei manchen Sätzen spürte ich die Vergangenheit so nah, dass meine Hand zitterte, wie damals, als ich in der Werkstatt des Meisters das erste Mal einen Pinsel hielt.

Zu jener Zeit, im März des Jahres 1669, konnte ich nicht ahnen, welches Verhängnis sich bereits ankündigte. Erst viel später sollte ich die wahren Zusammenhänge erkennen. Doch ich war siebzehn Jahre alt und ohne Argwohn. Selbst wenn ich mehr über das Leben gewusst hätte, wäre es mir nicht möglich gewesen, einen anderen Weg einzuschlagen als den, den das Schicksal für mich vorbestimmt hatte.

Morgen, am Sonntag, will ich mich ausruhen und zusammen mit meinem Sohn, seiner Frau und deren Kindern in die Kirche gehen. Dort werde ich den Segen des Herrn erbitten, damit er mir die Kraft gibt, mit Aufrichtigkeit und ohne Beschönigung den weiteren Verlauf des Geschehens aufzuzeichnen.

ZWEITES HEFT

April 1669

NAHEZU SÄMTLICHE Gegenstände, die sich im Atelier befanden, hatte ich inzwischen einmal auf Papier gebannt. Die Staffelei, das Regal mit den Farben, Tiegeln und Flaschen, die Gemälde aus der Kunstsammlung des Meisters, ebenso die Globen, Lanzen und Schilde. Ich begann mich zu langweilen. Und so setzte sich in meinem Kopf die Idee fest, dass ich nun nach einem lebenden Modell arbeiten müsste. Am liebsten hätte ich ein Bild von Cornelia gemalt. Doch ich wagte nicht, sie danach zu fragen. Ich befürchtete, sie könnte mich auslachen.

Einmal war ich alleine im Atelier und füllte Leinölreste in eine saubere Flasche um. Plötzlich spürte ich eine sanfte Berührung an meinem Bein. Paulintje hatte sich unbemerkt nach oben geschlichen und wollte offensichtlich gekrault werden. Während ich ihr seidiges Fell streichelte, fiel mein Blick auf eine alte Zeitung, die zusammengefaltet zwischen ein paar Farbtiegeln lag.

Ich riss eine Seite heraus, zerknüllte sie zu einer Kugel und ließ das Papier vor das Fenster rollen. Paulintje jagte hinterher, stieß mit der Pfote dagegen und wälzte sich, das Zeitungsknäuel zwischen den Vorderpfoten, auf dem Boden. Da warf ich schnell einige weitere Papierkugeln hinterher und holte rasch einen Skizzenblock.

Nach einer Weile wurde die Katze meiner Neckerei überdrüssig. Doch inzwischen hatte ich schon eine Skizze von Paulintje fertig, wie sie mit hoch erhobenem Schwanz und allen vier Pfoten gleichzeitig in der Luft auf ihr neues

Spielzeug zusprang. Links daneben fügte ich einen Rocksaum hinzu. Die bestickte Borte wies dasselbe Muster auf wie bei Cornelias Kleid, das sie zur Taufe ihrer Nichte Titia getragen hatte.

Am Sonntag, nach dem Kirchgang, überreichte ich Cornelia meine kleine Zeichnung. Mein Herz klopfte, denn ich war mir nicht sicher, ob ihr meine Skizze überhaupt gefallen würde. Doch ihre Augen glänzten vor Freude.

«Großartig, Samuel, man erkennt sofort, dass es Paulintje ist. Ich habe gar nicht gewusst, dass du schon so gut zeichnen kannst.»

Cornelia zögerte kurz, dann kam sie auf mich zu und umarmte mich ungestüm. Das kam für mich so unerwartet, dass ich das Gleichgewicht verlor und ins Stolpern geriet. Glücklicherweise stand hinter mir ein Schemel, auf dem ich unsanft zu sitzen kam. Ich muss ziemlich komisch ausgesehen haben, denn Cornelia begann zu lachen und konnte gar nicht mehr damit aufhören. Schließlich lachte ich mit, aber innerlich ärgerte ich mich über meine Tollpatschigkeit. Noch Stunden später meinte ich, den sanften Druck ihrer Arme auf meinen Schultern zu spüren und den Veilchenduft ihres Haars in meiner Nase.

Inzwischen hatte der Meister die Arbeit an seinem Selbstporträt fortgesetzt, die er seit seiner Erkrankung mehrmals unterbrochen hatte. Die Phasen des Zweifels, des Zorns und der Mutlosigkeit, die er durchlebt hatte, spiegelten sich in seinem Bildnis nicht wider. Es zeigte einen weisen, in sich ruhenden alten Mann. Die Gelassenheit und Friedfertigkeit des Porträts straften seine äußere Unruhe Lügen.[12]

Der Meister signierte das Bild und überzog es mit einer Schicht ockerfarbenem Firnis. Weil nun aber wirklich keine

Aufgabe mehr auf ihn wartete, verfiel er wieder in Schwermut. Cornelia und Rebekka gingen ihm aus dem Weg, um ihn nicht durch irgendeine leichtfertige Äußerung zu reizen. Häufig genug kam es vor, dass er aus nichtigem Anlass aufbrausend wurde und brüllend aus dem Haus lief.

Mit jedem Tag wuchs meine Enttäuschung. Der Meister war nicht in der Verfassung, mir die morgendlichen Unterrichtsstunden zu erteilen. Zwar hatte ich Mitleid mit diesem großartigen Maler, der auf eine harte Geduldsprobe gestellt wurde. Aber gleichzeitig war ich auch zornig, weil ich in meiner Lehre keine Fortschritte machte. Dabei hätte ich am liebsten von morgens bis abends nur gemalt und mich an immer neuen Aufgaben versucht.

Einen kurzen Moment dachte ich an den Vorschlag, den mir der Meister einmal gemacht hatte, ich solle mir einen anderen Lehrer suchen. Doch sofort schämte ich mich für einen solchen Gedanken. Zum einen wollte ich den Meister nicht im Stich lassen, denn er hatte außer mir niemanden, der ihm zur Hand gehen konnte. Zum anderen hätte mich kein anderer seine einzigartige Kunst lehren können. Also blieb mir nichts, als auf eine baldige Schicksalswende zu hoffen.

Sie kam, doch ganz anders als erhofft. Ich erhielt einen Brief von meinem Vater. Es war das erste Mal, dass ich in Amsterdam Post aus Muiderkamp bekam. Ich wusste sofort, dass es sich um etwas Wichtiges handeln musste, denn mein Vater war niemand, der ohne triftigen Grund zum Federkiel griff.

In seiner einfachen, knappen Art teilte er mir mit, dass die Geschäfte schlecht liefen und er im Moment kein Geld für mein zweites Lehrjahr aufbringen könne. Deswegen solle ich im Herbst wieder nach Muiderkamp zurückkehren. Ich könne bei meinem Onkel in der Schneiderei weiterarbeiten, der in seiner hochherzigen Art und aus Erbarmen mit der Familie seiner Schwester bereit sei, mich wieder bei sich aufzunehmen.

Mir war jämmerlich zumute. Es war mein größter Wunsch, ein berühmter Maler zu werden. Doch dazu war eine sorgfältige Ausbildung vonnöten. Den Meister zu bitten, mir das Geld zu stunden, um es ihm in einigen Jahren mit Zinsen zurückzuzahlen, war undenkbar. Allzu dringend brauchte er selbst jeden Stuiver. Vorläufig, so entschied ich, wollte ich ihm also lieber nichts von dem Brief erzählen. Um das erforderliche Geld aufzutreiben, blieb mir noch eine Frist von fünf Monaten. Vielleicht würde bis dahin ein Wunder geschehen.

An diesem Tag hatte Rebekka als Nachtmahl Weiße-Bohnen-Suppe mit Räucherspeck gekocht, mein Leibgericht. Trotzdem bekam ich kaum einen Bissen hinunter. Wie gewöhnlich berichtete die alte Magd ausführlich über die Gerüchte und Neuigkeiten des Tages, die sie auf dem Markt aufgeschnappt hatte.

«Habt ihr schon gehört? Der alte Polizeihauptmann ist abgesetzt worden. Es gibt auch schon einen neuen. Albert Rip heißt er, und er hat erklärt, dass er Amsterdam zur sichersten Stadt Europas machen will. Die Gemüsefrau sagt, dass man ihn überall nur ‹den Bluthund› nennt. Er will demnächst auch mehr Leute für die Patrouillen einstellen. Und nachts sollen alle Wachen scharfe Hunde mit sich führen.»

«Scheint mir ein vernünftiger Mann zu sein. In den Straßen treibt sich oft eine Menge zwielichtiger Gestalten herum, wenn ich spät am Abend noch unterwegs bin. Ich persönlich halte es mit dem Sprichwort: ‹Barmherzigkeit gegen die Wölfe ist Unrecht gegen die Schafe›», kommentierte der Meister streng und schlürfte laut und vernehmlich seine Suppe.

Ich konnte ihm nur Recht geben. Wer gegen die Gesetze des Herrn verstößt, muss seine gerechte Strafe erhalten und darf ihr nicht entkommen. Mir kam eine Begebenheit von der letzten Frühjahrskirmes in unserem Dorf in den Sinn. Damals erlitt eine Frau einen Anfall von Raserei. Fortwährend rollte sie mit den Augen, fauchte wie ein Tier und spuckte um sich. Die Wahnsinnige trug Handfesseln, an denen ein Strick festgeknotet war. Dessen Enden wiederum waren an ihren Fußknöcheln festgebunden.

Ein Mann in einem ausgefransten Umhang trieb die Irre unter wüstem Schimpfen und Schlägen über den Marktplatz, weshalb sie nur noch heftiger tobte. Während die Dorfbewohner auf die absonderliche Szene starrten, schlich sich ein Junge durch die Menschenmenge und schnitt unbemerkt einem der Gaffer den prall gefüllten Geldbeutel vom Gürtel. Als ich zu Hilfe eilen wollte, waren die drei plötzlich wie vom Erdboden verschwunden.

Wären die Kontrollen strenger, würden solche Übeltäter es bestimmt nicht mehr wagen, sich als Notleidende zu tarnen und ihre Mitmenschen zu bestehlen. Und es würde auch keine Nachtheuler mehr geben, wie sie sich in den Städten herumtrieben. Diese Leute ließen sich in der Dunkelheit mit ihren Kindern vor den Hauseingängen nieder und wehklagten die ganze Nacht, bis irgendeiner sich erbarmte und ihnen die Tür öffnete. So manche Nacht hatte ich wegen ihres Gewinsels in meiner Kammer kaum Schlaf finden können.

Rebekka füllte dem Meister und mir noch etwas Suppe auf und gestikulierte mit dem Löffel.

«So wie Ihr habe ich zuerst auch gedacht, Mijnheer. Aber die Gemüsefrau hat noch etwas erzählt. Dieser Polizeihauptmann hat gleich nach seinem Amtsantritt eine neue Anordnung erlassen. Jeder Bürger, der ein Vergehen anzeigt oder einen Dieb gefangen nimmt, soll eine Belohnung erhalten. Na, was sagt Ihr dazu?»

Der Meister runzelte die Stirn, doch Rebekka wartete eine Antwort erst gar nicht ab.

«Wenn das stimmt, dann kann demnächst jeder seinen Nachbarn, mit dem er im Streit liegt, anzeigen. Ich denke da nur an unsere Nachbarin, die Frau des Fischhändlers. Diese Person ist ein Drachen, und ihr passt meine Nase nicht. Wie leicht kann nun so ein zänkisches Weib einer alten, ehrbaren Magd etwas anhängen, hä? Wenn vielleicht einmal ein Hering aus ihrem Salzfass fehlen sollte. Den sich aber in Wirklichkeit die Katze geholt hat. Herrje, was sind das für Zeiten.»

Jetzt wiederum musste ich Rebekka Recht geben. Zwar hatte ich die Nachbarin stets höflich und zuvorkommend erlebt und glaubte, dass vielmehr der Umgang mit der alten Magd manchmal schwierig war. Aber auch üble Nachrede war eine Sünde gegen den Herrn. Das Leben in der Stadt mit seinen vielen Regeln war bei weitem verwirrender als das auf dem Land. Ich würde mich wohl nie daran gewöhnen.

Am nächsten Morgen war mir elend zumute. Fast die ganze Nacht hatte ich wach gelegen und mich mit dem Gedanken gequält, dass ich Amsterdam in nicht allzu ferner Zukunft verlassen musste. Ich machte mich auf zur Westerkerk, weil ich an diesem Ort neuen Mut zu finden hoffte. Feierliche Musik erfüllte das hohe, weite Kirchenschiff. Ein

Chor probte Psalmen und Hymnen zum Lobe des Herrn. Der Organist schlug in die Tasten, dass die Orgelpfeifen brausten.

Bürger in schwarzen Taftkleidern, wie sie in den vornehmeren Vierteln zwischen Prinsengracht und Dam wohnten, flanierten im Kirchenschiff. Wenn sie Bekannte trafen, lüfteten sie den Hut oder blieben hier und da zu einem Zwiegespräch stehen.

Obwohl es erst früh am Tag war, hatte eine beleibte Dame schon mehrere Perlenketten und Armringe angelegt und sah aus, als sei sie auf dem Weg zu einem Fest. Sie führte einen kleinen weißen Hund mit Lockenfell, kaum größer als eine ausgewachsene Ratte, an einer silbernen Leine spazieren. Er trug eine winzige, schwarzblaue Seidenweste, die aus demselben Stoff gefertigt war wie das Kleid seiner Herrin. Als der Hund an einem Pfeiler sein Bein hob und sich unter ihm eine Pfütze bildete, nahm die Frau ihn schnell auf den Arm und tippelte unter aufgeregtem Flüstern und zahlreichen Liebkosungen mit ihm ins Freie.

Ich lehnte mich an eine der hohen Säulen, blickte hinauf zur Kuppel und erflehte die Hilfe des Allmächtigen, dem ich wortlos alle meine Nöte und Sorgen anvertraute: dass der Meister vielleicht seinen großen Auftrag verlieren würde, dass ich schon bald Pinsel und Palette gegen Maßband und Nähgarn tauschen müsste und dass aus mir niemals ein berühmter Maler werden würde.

Nach einer letzten Fürbitte ging ich wieder nach draußen, lief das kurze Stück an der Prinsengracht entlang bis zur Brücke, hinter der das Jordaan-Viertel begann. Meine Augen mussten sich erst wieder an das helle Tageslicht gewöhnen. Ich blinzelte und sah, wie zahlreiche Menschen aus allen Richtungen zusammenströmten. Sie hasteten an der Kirche vorbei Richtung Stadhuis. Einige krakeelten, andere schlugen mit Stöcken auf Töpfe oder Kessel.

«Worauf wartest du noch, Junge?», rief mir ein alter Mann zu. «Komm mit, das Spektakel sollte sich niemand entgehen lassen.»

Noch ehe ich wusste, wie mir geschah, packte er mich am Ärmel und riss mich mit sich fort. Stolpernd lief ich neben ihm her bis zum Dam. Es sah so aus, als sei alles, was in der Stadt zwei Beine hatte, hier zusammengekommen. Dicht gedrängt standen die Menschen nebeneinander und starrten wie gebannt auf irgendetwas in der Mitte des Platzes.

«Kinder nach vorn! Erwachsene zurückgetreten», ertönte eine energische Männerstimme.

Um besser sehen zu können, stellte ich mich auf die Zehenspitzen. Doch viel mehr als die breitkrempigen Hüte der ehrbaren Bürgersleute konnte ich nicht erkennen. Dann entdeckte ich ein paar Meter weiter, vor einem Fuhrgeschäft, ein leeres Heringsfass.

Ich stieg hinauf und sah, dass vor dem Stadhuis ein Holzpodest errichtet war, auf dem sich ein seltsames Gerüst befand. Zwei Männer standen darunter. Der eine trug ein langes schwarzes Gewand, sein Gesicht wurde von einer schwarzen Kapuze bedeckt. Der andere, ärmlich gekleidet und an den Händen gefesselt, war etwa so alt wie ich. Er hatte feuerrote Haare und hielt den Kopf gesenkt. Seine magere, gebeugte Gestalt war Mitleid erregend. Da erinnerte ich mich schlagartig, dass ich diesen jungen Mann schon einmal gesehen hatte: am Tag meiner Ankunft vor sechs Monaten. Es war der Bettler, dem ich ein Stück Brot gegeben hatte.

Plötzlich ging ein Raunen durch die Menge, in das sich

die durchdringend hohen Schreie einiger Frauen mischten. Die beiden Männer kletterten auf eine Leiter, die an dem Gerüst lehnte. Dort legte der schwarze Mann dem jungen ein Seil um den Hals. Jubel brandete auf. Der Schwarze stieg wieder hinab und stieß die Leiter mit einem energischen Fußtritt um. Der andere hing plötzlich frei in der Luft, krampfte die Hände um das Seil und wand sich wie ein zitternder Aal.

Die Menschen brachen in einen Freudentaumel aus, klatschten und brüllten. Mit einem weiten Satz sprang ich von dem Fass und bahnte mir panisch einen Weg durch die Menge. Das Grölen schwoll an und erfüllte den ganzen Platz. Ich presste die Hände gegen die Ohren und stolperte davon.

Wie benommen lief ich durch die fast menschenleeren Straßen, kam in Winkel und Ecken, in denen ich noch nie zuvor gewesen war. Irgendwann stand ich vor dem Haus an der Rozengracht und atmete auf. Doch das Bild des schwarzen Mannes und die gellenden Schreie der Menschen verfolgten mich noch bis in den Schlaf.

Der Türklopfer ertönte, kaum dass wir das Frühstück beendet hatten. Rebekka humpelte zur Tür, und nach einer Weile hörten wir ihre schlurfenden Schritte auf den knarrenden Holzdielen. Wenn sie so eilig daherkam, konnte es sich nur um etwas Wichtiges handeln.

«Mijnheer, ein Brief für Euch. Das Siegel kommt mir irgendwie bekannt vor. Ich glaube, ich habe es schon einmal gesehen.»

Hastig schluckte der Meister einen letzten Bissen Brot hinunter und wischte die Hände an seinem Wams ab. Dann nahm er das Schreiben, das Rebekka ihm entgegenhielt.

Er öffnete das Siegel. Seine Augen hetzten über die Zeilen, seine Hände flatterten.

«Samuel, meine Skizzenmappe, schnell. Wir müssen sofort aufbrechen. Der Professor hält heute seine Vorlesung.»

Auf dem Weg zur Neuen Stadtwaage trafen wir Thomas Block, den jüngsten Assistenten des Professors. Er wohnte am Klovenierswal und begleitete uns zum Gildehaus, wo er uns in das obere Stockwerk führte. Über dem Eingang des Saals, in dem das Ereignis stattfinden sollte, war in goldenen Buchstaben die Inschrift «Theatrum anatomicum» zu lesen. Zahlreiche Menschen drängten sich vor der Tür, an der zwei Diener das Eintrittsgeld einsammelten. Wüste Beschimpfungen waren zu hören, wenn jemand nicht in der Reihe blieb und sich vorzudrängen versuchte.

Durch eine Seitentür gelangten wir in den Vortragssaal. Eine hohe Kuppel wölbte sich über dem kreisrunden Raum. Rings um die Mitte stiegen etwa ein Dutzend Reihen mit Sitzbänken nach oben. Im Saal herrschte eine eisige Kälte. Ärzte und Studenten standen dicht beieinander und diskutierten laut und lebhaft.

Oben auf der Galerie und zwischen den Bänken waren Skelette ausgestellt, darunter auch eins von einem Pferd, auf dem ein Knochenmann ritt. Der Reiter hielt ein Schild mit einer lateinischen Inschrift. Der Meister, der diese Sprache während seiner Schulzeit in Leiden erlernt hatte, übersetzte mir die Worte. «Memento mori – Mensch, gedenke, dass du sterblich bist.» Ein anderes Gerippe mahnte die Zuschauer: «Nosce te ipsum – erkenne dich selbst.»

Irgendwo wurde Weihrauch abgebrannt, dessen Geruch bald den ganzen Saal erfüllte. Kaufleute, vornehme Bürger und Ratsleute hatten bereits in den unteren Reihen Platz genommen. Das gewöhnliche Publikum saß weiter oben und tuschelte in gespannter Erwartung. Ein paar Musiker spielten auf, Bierverkäufer und Bäckerjungen zwängten sich durch die Reihen und verkauften ihre Waren. Die Stimmung erinnerte mich an die Kirmes, wie wir sie zweimal im Jahr bei uns im Dorf feierten.

Thomas Block wies dem Meister den letzten noch freien Platz in der ersten Reihe zu. Ich hockte mich neben meinen Lehrer auf die unterste Stufe einer Treppe, die zwischen den Bankreihen hoch zur Galerie führte.

Ein Diener erschien und klopfte dreimal mit dem stumpfen Ende einer Lanze auf den Boden. Sogleich verstummte das Publikum.

«Sehr geehrte Damen, sehr geehrte Herren, ich bitte um Aufmerksamkeit für die heutige anatomische Demonstration. Sie wird gehalten vom Praelector der Chirurgengilde unserer hohen Stadt, von Professor Adriaen van Campen.»

Die Studenten beendeten ihre Debatten und eilten zu den Plätzen. Erst jetzt fiel mir auf, dass sich in der Mitte des Saales ein Tisch befand, der mit weißen Tüchern abgedeckt war. Darunter konnte man die Umrisse eines menschlichen Körpers erkennen, nur ein Teil der Beine und die Füße ragten heraus.

Die Zuschauer tuschelten miteinander und reckten die Hälse, als der Professor das Theater betrat. Mit einem kurzen Kopfnicken grüßte er in die Runde. Dann gab er dem Diener ein Zeichen, der nun auch die anderen Ärzte hereinrief.

«An seiner Seite werden stehen die Doctores Marten Fonteijn, Daniel Vis, Laurens van Miereveld sowie Abraham Calcoens und Thomas Block.»

Die genannten Assistenten nahmen am Ende des Tisches Aufstellung, dort, wo sich der Kopf des Toten befand.

Atemlose Stille herrschte, als der Professor, der sich zu Füßen des Toten in Positur geworfen hatte, mit seinem Vortrag begann.

«Wertes Publikum, erinnern wir uns daran, dass Gott den Menschen nach seinem Ebenbild geschaffen und dieser Krönung der Schöpfung eine vollkommene Mechanik mitgegeben hat. Wenn wir dieses Wunder begreifen wollen, dürfen wir uns nicht allein auf die überlieferten Lehrmeinungen des Hippokrates oder Galenos stützen. Wir selbst müssen uns Kenntnis davon verschaffen, wie der Mensch gebaut ist, wie sein Blut fließt, seine Knochen und Sehnen zusammengesetzt sind.»

Der Professor winkte den Diener zu sich, der ihm ein Tablett mit chirurgischen Instrumenten reichte.

«Dank eines ausgeklügelten Halte- und Bewegungsapparates ist es dem Menschen möglich, aufrecht zu gehen. Eine Eigenschaft, die ihn von allen anderen Lebewesen auf dieser Welt unterscheidet und über sie erhebt.»

Der Professor griff zum Skalpell. Ein Raunen ging durch die oberen Reihen.

«Das werte Publikum ist nun eingeladen zu sehen, wie ich einen Einschnitt vom Unterschenkel bis zum Fuß vornehme und sodann das Gewebe so weit auseinander ziehe, dass die Muskulatur und die Sehnen sichtbar werden.»

Einige ältere Ratsherren setzten ihre Kneifer auf und beugten sich vor, während der Professor in das fahle Fleisch schnitt. Gebannt folgten die Assistenten mit den Augen der Hand des Professors, die das Skalpell mit derselben Schnelligkeit und Sicherheit führte wie der Meister den Pinsel.

Mit einer Pinzette holte der Professor etwas Helles, Schnurähnliches hervor. Er trat zur Seite, damit alle Anwesenden sich von der Richtigkeit seiner Worte überzeugen konnten.

«Was wir hier sehen, ist zwar nur die Sehne eines menschlichen Fußes. Doch diese ist zugleich ein Beispiel für die geniale Konstruktion des menschlichen Körpers.»

Als der Professor wieder an seinen Platz zurücktrat, blieb sein Mantelärmel an dem Tuch hängen, das den Oberkörper des Toten verdeckte. Langsam glitt der Stoff über den Tisch, fiel zu Boden und entblößte Gesicht und Brustkorb des Toten. Wie von ferne hörte ich den Aufschrei der Menschen. Um mich herum wurde es dunkel.

Jemand hielt mir ein Glas Wacholderschnaps unter die Nase. Ich trank einen winzigen Schluck und hätte ihn fast wieder ausgespuckt, so scharf brannte mir der Alkohol auf der Zunge. Offensichtlich lag ich auf einer Holzbank. Verschwommen sah ich das Gesicht des Saaldieners über mir, daneben das eines jungen, pockennarbigen Mannes mit einer schiefen Nase.

«Du bist vielleicht ein Held», spottete der Diener und schlug mit der Handfläche ein paar Mal leicht links und rechts gegen meine Wangen. Kraftlos richtete ich mich auf.

Meine Stirn schmerzte, mein Schädel brummte. Wie mit einer fremden Stimme hörte ich mich fragen: «Was … was ist geschehen?»

«Du bist ohnmächtig geworden und mit dem Kopf auf eine Stufe geschlagen.»

Jetzt erinnerte ich mich wieder.

«Der Tote», stammelte ich, «der unter dem Tuch …»

Die beiden Männer sahen sich grinsend an und verdrehten die Augen.

«Dem Alter nach bist du fast schon ein Mann. Aber du führst dich auf wie ein Mädchen», rügte mich der Diener. «Hast wohl noch nie einen Toten gesehen? Ein Glück nur, dass der Professor nichts von dem Vorfall mitbekommen hat. Er kann wild wie ein Stier werden, wenn er bei einer Vorlesung unterbrochen wird. Wir konnten dich gerade noch rechtzeitig aus dem Saal schaffen.»

Ich fasste an meine linke Schläfe, wo ich eine dicke Beule fühlte.

«Danke … Wo ist der Meister?»

Der Pockennarbige tippte sich mit dem Finger an die Stirn und schüttelte mitleidig den Kopf.

«Da drin natürlich. Wo denn sonst? Oder hast du gedacht, dein Meister würde aus Sorge um seinen Schüler den Vortrag des Professors verpassen wollen?»

Ich nahm das Glas mit dem Schnaps und trank es in einem Zug leer. Mein Schlund brannte wie Feuer. Vorsichtig lehnte ich mich gegen die Wand und schloss die Augen. Ich sah alles wieder ganz klar vor mir. Ich kannte den Toten, der unter dem Tuch gelegen hatte. Es war der junge Mann, den man am Vortag auf dem Dam gehängt hatte. Der hinkende Bettler, dem ich am Tag meiner Ankunft ein Stück trockenes Brot geschenkt hatte.

Kaum waren wir zurück an der Rozengracht, begab sich der Meister ins Atelier. Ich war ihm dankbar, dass er mir keine Fragen gestellt und meine Ohnmacht auch Cornelia und Rebekka gegenüber mit keinem Wort erwähnt hatte. Mit geübten Handgriffen mischte er ein bräunliches Ocker an und trug die Anatomie-Szene, so, wie er sie sich in der Zwischenzeit überlegt hatte, direkt mit dem Pinsel auf die Leinwand auf. Wenige Minuten nur, dann waren alle Personen in Umrissen zu erkennen. Selbst in diesem noch unfertigen Zustand kamen sie mir schon wirklich vor.

Kurz vor Ostern sprossen die ersten Krokusse und Narzissen aus dem noch harten Boden. Cornelia wollte einen Ausflug zum Hafen machen und bedrängte ihren Vater mitzukommen. Das größte Schiff der Verenigde Oostindische Compagnie sollte heute auslaufen. Es würde erst nach vielen Monaten wieder nach Holland zurückkehren, voll beladen mit Porzellan, Tee und Gewürzen. Zahlreiche Schaulustige wurden zu dem Spektakel erwartet.

Doch dem Meister war dieser weite Spaziergang zu beschwerlich. Deshalb schlug er vor, dass wir uns ohne ihn auf den Weg machen sollten. Cornelia machte ein enttäuschtes Gesicht und zog die Nase kraus. Sie hatte sich wohl schon darauf gefreut, alleine mit ihrem Vater unterwegs zu sein und ihn einmal ganz für sich zu haben. Zu Hause, an der Rozengracht, kreisten die Gedanken des Meisters nun fast ausschließlich um seine Arbeit.

Die ersten milden Sonnenstrahlen hatten die Menschen aus den Häusern getrieben. Händler, Ratsleute und Frauen mit ihren Einkaufskörben schlenderten gemächlich durch die Stadt und freuten sich an den ersten Zeichen des nahenden Frühlings. Die Fenster der Wirtshäuser standen offen, von drinnen hörte man Singen, Lachen und Gläserklirren.

Jedes Mal, wenn ich durch Amsterdam ging, fielen mir Dinge auf, die neuartig und fremd für mich waren. Wie diese seltsamen Lastschlitten, die in letzter Zeit in immer größerer Anzahl die Straßen verstopften.

Gerade wollten wir die hohe, steinerne Brücke an der Herengracht überqueren, als ein solches Gespann neben uns auftauchte. Mit barschen Worten und ohne anzuhalten wies der Kutscher die Fußgänger an, den Weg frei zu machen. Notgedrungen mussten alle stehen bleiben und warten, da der Übergang sonst zu eng gewesen wäre.

«Scher dich zum Teufel!» Ein Händler setzte fluchend seinen schwer beladenen Handkarren mit Kohlköpfen ab, doch der Kutscher ließ sich nicht beeindrucken und rief dem unfreiwillig Wartenden ein barsches «Rot op!» zu.

Unbeirrt nahm er Zügel und Peitsche in die eine Hand und hielt mit der anderen die Ladung im Gleichgewicht. Mit lauten Rufen und Schnalzen dirigierte er das Pferd. Als es die Brücke hinaufging, schleuderte er einen öligen Lappen vor die Kufen, um das Gleiten zu erleichtern. Bei der Abfahrt warf er Strohbündel auf die Straße und bremste auf diese Weise sein Gefährt.

Unmittelbar am Hafen lagen die Werften. Tausende von Fichten- und Eichenstämmen stapelten sich in meterhohen Gestellen. Hier wurden Schiffe verschiedenster Art gefertigt. Ihre hölzernen, noch unfertigen Rümpfe erinnerten an Skelette von Riesenwalen. Unzählige Arbeiter wuselten und schafften hier wie Ameisen in ihrem Bau. Das rhythmische Geräusch von Äxten und Sägen, die sich durch Holz fraßen, hallte durch das ganze Viertel. Teergeruch vom Zuschweißen der Planken hing in der Luft.

Auf dem Ij herrschte lebhafter Schiffsverkehr. Große Handelsschiffe lagen am Kai, deren Masten eindrucksvoll in den Himmel ragten. Ihre Fracht wurde auf kleinere Lastkähne umgeladen, die längsseits kamen. Diese wiederum brachten die Waren auf den vielen schmalen Wasserwegen in die Stadt. Aber auch zur Landseite hin wurde eifrig gelöscht und geladen. Ein Großsegler steuerte der Hafeneinfahrt zu, während Glocken allen Neuankömmlingen ihren Willkommensgruß entboten.

Der Hafenschlick barg zahlloses Treibgut. Seetang und tote Fische schwappten gegen die Kaimauer. Der Geruch des salzigen Meerwassers mischte sich mit dem von Fäulnis und Verwesung. Möwen und Seeschwalben kreisten über den Schiffen oder schlugen sich kreischend um silbrig glänzende Happen.

Die «Prins Hendrik» lag am Ende der Reede, ein Dreimaster, dessen gigantische Aufbauten die der übrigen Schiffe weit überragten. Bunt bemalte Holzfiguren schmückten das Achterdeck. In der Mitte prangte ein goldenes Wappen mit kämpfenden Löwen, das in der Sonne leuchtete. Ein Matrose putzte die Laternen hoch über der Reling.

An den Seitenwänden ragten Kanonenköpfe aus engen Rohrmündungen. Über ein schwankendes Brett am Schiffsbug transportierten Hafenarbeiter ihre Handkarren an Deck, voll geladen mit Kisten, Leinensäcken und Fässern. Über eine zweite Rampe in Hecknähe wurden die leeren Karren wieder an Land befördert. Auf der Kaimauer wimmelte es von Schaulustigen.

«Fahr nicht weg, mein Junge. Bleib bei deiner alten Mutter. Sie hat ja nur dich.»

Eine alte Frau hielt die Hand eines Matrosen fest umklammert. Als er sich von ihr abwenden wollte, warf sie sich auf die Knie.

«Mutter, was sollen denn nur die Leute denken?», murmelte der Matrose mit hochrotem Kopf und sah sich verlegen nach allen Seiten um.

«Dein Vater ist vor drei Jahren nicht mehr zurückgekommen, und dieses Mal wird die See auch dich holen. Das spüre ich.»

Der Junge schüttelte seine Mutter ärgerlich ab, die sich wimmernd krümmte und die Hände über der Brust faltete.

Ein paar Männer halfen der Frau auf die Beine und brachten sie zu einem Lagerschuppen.

Hinter einem Stapel mit Getreidesäcken entdeckte ich ein Liebespaar, das in inniger Umarmung voneinander Abschied nahm. Der Seemann flüsterte seiner hübschen Freundin etwas ins Ohr und heftete ihr eine goldene Brosche an das Mieder. Die junge Frau wischte sich die Augen und vergrub ihren Kopf schluchzend an der Schulter des Mannes.

An Bord der «Prins Hendrik» entstand plötzlich emsige Betriebsamkeit. Kapitän und Offiziere standen auf dem Achterdeck und gaben ihre Anweisungen, Kommandos schallten über das Schiff, Matrosen warfen die Leinen los.

«Halt, so wartet doch!», hörten wir jemanden rufen. Ein Seemann bahnte sich mit den Ellenbogen einen Weg durch die Zuschauer. Wir sahen, wie an Deck die Kameraden winkten und eine Strickleiter auswarfen, die der Matrose gerade noch zu fassen bekam. In Windeseile kletterte er die Sprossen hoch und wurde oben von seinen Kameraden über die Reling gehievt. An Bord erwartete ihn bestimmt ein tüchtiges Donnerwetter des Kapitäns.

Ganz langsam entfernte sich das Schiff vom Kai. Es wurde von Ruderbooten gezogen, deren Mannschaften sich kräftig ins Zeug legen mussten, um die träge Masse in Bewegung zu setzen. Der Bug drehte sich allmählich Richtung Hafenausfahrt. Zahllose Abschiedsrufe flogen zwischen Schiff und Land hin und her. Frauen und Kinder am Ufer winkten und weinten. Manche Menschen standen einfach still und ergriffen da. Ein gutes Jahr würde es wohl dauern, bis das Schiff wieder zurückkehrte. Sofern es nicht in einen Sturm geriet oder von Piraten aufgebracht wurde.

Langsam und majestätisch passierte die «Prins Hendrik» die Hafenausfahrt. Der Wind stand günstig, sodass man draußen auf dem Ij mit dem Segelsetzen beginnen konnte. Und noch einmal, wenn auch schon viel leiser, drang ein Schwall von Kommandos über das Wasser herüber. Die Mannschaft leistete Knochenarbeit, bis die Segel gesetzt waren, die sich füllten und blähten. Die Heckflagge flatterte wie als Abschiedsgruß. Das Schiff nahm nun Fahrt auf Richtung Zuiderzee. Die Ruderboote hatten längst ihre Leinen losgeworfen und kehrten in den Hafen zurück.

Ich dachte an meine Kindheit, als ich mit meinen Geschwistern oft auf dem Deich in Muiderkamp gespielt hatte. Von dort konnten wir am Horizont die Handelsschiffe beobachten, die zu ihrer Fahrt in ferne Länder aufbrachen oder nach Amsterdam, in den Heimathafen, zurückkehrten.

«Möchtest du auch einmal mit einem großen Schiff fortfahren?», fragte Cornelia plötzlich, während sie gedankenverloren über das Wasser blickte. «Ich würde gerne einmal ein fremdes Land sehen. Vielleicht bliebe ich sogar für immer da, an einem Ort, wo es das ganze Jahr über warm ist.»

Der strahlend blaue Himmel täuschte darüber hinweg, dass die Frühjahrssonne noch keine rechte Kraft besaß. Eine Windbö kam und lüftete die Kleider der Menschen am Hafenrand. Cornelia stellte sich fröstelnd hinter mich, wo sie vom Wind besser geschützt war, und zog ihr wollenes Schultertuch enger um den Kopf.

Ihre Frage befremdete mich. Ein solch irrwitziger Gedanke war mir noch nie gekommen.

«Warum denn? Mir gefällt es in Holland. Wenn ich wissen will, wie es in anderen Ländern aussieht, lese ich ein Buch. Oder ich lasse mir von jemandem, der dort war, davon erzählen. Außerdem muss ich es nicht jeden Tag warm haben. Ich mag auch die Kälte ganz gerne.»

Cornelia blickte mich mit zusammengezogenen Brauen von der Seite an und hob herausfordernd ihr Kinn.

«So, so. Weißt du, was ich viel eher glaube? Dass du seekrank werden würdest. Oder dass du ein Angsthase bist, weil du nicht weißt, was dich am anderen Ende der Welt erwartet.»

«Ganz bestimmt werde ich nicht seekrank, und ich fürchte mich auch nicht vor der Fremde. Als ich von zu Hause weggegangen bin, habe ich ja auch nicht gewusst, was mich in der großen Stadt erwartet», hielt ich dagegen.

«Samuel, der Draufgänger aus Muiderkamp», erwiderte Cornelia spöttisch. Mir missfiel ihr Tonfall. Trotz stieg in mir auf, weswegen ich mich nur noch mehr über mich selbst ärgerte.

«Warum machst du dich über mich lustig, Cornelia? Hast du überhaupt schon einmal etwas anderes als die Rozengracht gesehen?»

«Und ob. Ich habe früher weit weg gewohnt. In einem ganz anderen Stadtviertel. Aber warum erzähle ich dir das eigentlich? Das geht dich überhaupt nichts an.»

Ich war ratlos. Manchmal war Cornelia so schlecht gelaunt, dass man ihr nichts recht machen konnte. Dann wieder gab es Tage, an denen sie sanftmütig und zugewandt mit mir umging. Im Grunde genommen war sie in diesem Punkt nicht anders als meine Schwestern. Aber erwachsener und … reizvoller.

«Mir ist kalt. Ich will jetzt gehen.»

Abrupt drehte Cornelia sich um und lief so schnell an den letzten noch verbliebenen Zuschauern vorbei, dass ich schon befürchtete, sie aus den Augen zu verlieren. Schweigend gingen wir nebeneinander her, vorbei an den Lagerhäusern, über denen der Duft von Zimt, Nelken und Muskatnuss wie eine unsichtbare Wolke hing.

«Hm, riecht das nicht gut? Ich will Rebekka bitten, uns am Sonntag Zimtwaffeln zu backen. Wenn ich verspreche, ihr dabei zu helfen, wird sie bestimmt nicht nein sagen.»

Cornelias schlechte Laune legte sich offenbar. Sie hakte sich bei mir ein und versuchte, mit mir im Gleichschritt zu gehen. Fast wäre sie gestolpert. Sie lachte übermütig und sah in diesem Moment wunderschön aus. Ich dachte an den Brief meines Vaters und daran, dass ich irgendwann nicht mehr mit ihr zusammen durch Amsterdam laufen könnte. Mir war, als säße eine dicke Kröte in meinem Hals.

«Was ist los, Samuel, warum bist du so still?»

Ihre großen Augen blickten mich fragend an. Das leuchtende Grün der Iris erinnerte mich an einen Schildkrötenanhänger aus Smaragden, der mir in dem orientalischen Bazaar aufgefallen war. Ich stockte, weil ich nicht wusste, wie ich ihr antworten sollte.

«Nun sag schon.» Cornelia drückte auffordernd meine Hand. «Du fühlst dich bei uns nicht richtig wohl, habe ich Recht? Gefiel es dir auf dem Land besser als bei uns in der Stadt?»

Energisch schüttelte ich den Kopf.

«Nein, glaub mir. Im Gegenteil, am liebsten würde ich für immer hier bleiben. Aber», ich musste heftig schlucken, «mein Vater hat mir geschrieben. Er ... er kann das Lehrgeld nicht mehr zahlen. Wenn nicht irgendein Wunder geschieht, dann muss ich im Herbst nach Hause zurückkehren. Und wieder bei meinem Onkel in der Schneiderei arbeiten.»

Cornelia ging langsamer, blieb schließlich stehen und presste die Lippen ganz fest aufeinander.

«Sag, dass das nicht wahr ist, Samuel. Oder etwa doch?»

Ich nickte bedrückt. Dachte an die Maßbänder, Garnrollen, Schnittmuster und Plätteisen, zwischen denen ich die nächsten Jahre verbringen würde. Fern von meinem Meister. Fern von Cornelia.

Beschwörend sah sie mich an. Ihre Stimme war vor Eindringlichkeit beinahe ein Flüstern.

«Geh nicht weg, Samuel. Außer Vater habe ich niemanden mehr. Du bist für mich wie ein Bruder.»

Unverhofft schmiegte sie sich an mich, ganz so, wie ich es vorhin bei dem Liebespaar am Hafen beobachtet hatte. Ich legte meinen Arm um sie und hoffte, dass keiner der Fußgänger uns beobachten und Falsches über uns denken würde. Doch gleichzeitig gefiel es mir, ihren Körper so dicht an meinem zu spüren. Ihre Haare, die sich unter der Haube hervorkräuselten, kitzelten meine Lippen. Mein Herz klopfte laut und schnell. Cornelia hatte soeben etwas Wunderbares gesagt. Sie wollte, dass ich bliebe.

«Siehst du, jetzt ist mir nicht mehr kalt.» Cornelia hakte sich fröhlich und wie selbstverständlich wieder bei mir ein.

«Es stimmt übrigens nicht, was ich vorhin erzählt habe. Es war nur so ein Gedanke, als das Schiff mit vollen Segeln in die untergehende Sonne hineinfuhr. In Wirklichkeit würde ich niemals freiwillig von hier fortgehen.»

Mai 1669

DER MEISTER hatte wieder ganz zu seinem kraftvollen, unermüdlichen Selbst zurückgefunden. Mit schlafwandlerischer Sicherheit setzte er jeden Pinselstrich an die richtige Stelle. Er wies mich an, welche Farben ich anzurühren hatte, und malte mit einer solchen Geschwindigkeit, dass ich Mühe hatte, mit dem Reiben und Mischen nachzukommen. Nun war es der Meister, der meinetwegen ungeduldig wurde und mich zu größerer Eile antrieb.

Den noch leeren Hintergrund füllte er in einem mittleren Grünton aus. Dazu nahm er einen breiten Pinsel und verwandte viel Zeit und Sorgfalt auf eine ebenmäßige, glatte Fläche. Danach begab er sich an die Gestalt des Assistenten am äußeren, linken Bildrand. Er verzichtete auf eine scharfe Umrandung, ließ die Figur beinahe mit dem Hintergrund verschmelzen. So konnte man denken, der Medicus befinde sich gerade mitten in einer Bewegung.

Wenn der Meister Barthaare oder Haarlocken malte, trug er die Farben nicht nur mit dem Pinsel auf. Er rieb sie mit den Fingern ein, griff zum Spachtel oder zog zarte Linien mit dem Pinselstiel. Die Kleidung formte er aus dickflüssiger Farbe und mit sehr kurzen, ungestümen Pinselstrichen. Aus der Nähe sahen sie aus wie Flecke, die achtlos auf die Leinwand getropft waren. Erst aus der Entfernung war die eigentliche Absicht des Meisters zu erkennen. Die Oberfläche der Farbe täuschte die Struktur der Stoffe glaubhaft vor. Man war versucht, die Hand auszustrecken, um die Beschaffenheit der Kleidungsstücke zu fühlen.

Mir fiel auf, dass der Meister glatte und raue Flächen dicht nebeneinander setzte. Weil ich aber seine Arbeit nicht durch meine Fragen unterbrechen wollte, versuchte ich, selbst eine Antwort dafür zu finden.

«Was ist los, Samuel? Ich kann mich nicht richtig konzentrieren, wenn ich spüre, dass du hinter meinem Rücken unruhig hin und her läufst.»

Also fragte ich den Meister geradeheraus. Er führte mich zum Fenster, durch das hell die Sonne schien, und hielt einen Bogen Papier gegen das Licht.

«Sieh dir dieses blaue Blatt Papier genau an, Samuel. Was fällt dir auf?»

Ich nahm das Papier in meine Hand, hielt es vor das Fenster und drehte es langsam hin und her. Plötzlich bemerkte ich etwas Sonderbares.

«Zuerst dachte ich, das Papier müsse glatt sein, weil es sich auch so anfühlt. Aber aus nächster Nähe kann man erkennen, dass die Oberfläche unregelmäßig und rau ist.»

«Und jetzt richte deinen Blick in den Himmel, der ebenso blau ist. Gleicht er dem Papier, oder ist er anders beschaffen?»

Ich kniff die Augen zusammen und blinzelte.

«Der Himmel ist nicht so wie das Papier, Meister Rembrandt. Er ist tatsächlich glatt.»

Der Meister nickte und nahm einen breiten Malspachtel, mit dem er einige dicke Kleckse Bleiweiß auf die Schulter des Medicus setzte. Mit einem dünnen Pinselstiel kratzte er sodann die Stickerei des Kragenstoffes aus der Farbschicht. Ich war verblüfft, wie natürlich und glaubhaft die Spitze aus einigen Schritten Abstand erschien.

«Wenn man Dinge aus der Nähe betrachtet», erklärte der Meister, ohne seine Tätigkeit zu unterbrechen, «so sucht das Auge einen Halt. Es will sich an einer Unebenheit festhalten. Schaut man dagegen in die Ferne, dann erscheinen die Formen glatt und gleichmäßig. Aus diesem Grund müssen die Dinge im Vordergrund mit einem unregelmäßigen Pinselstrich dargestellt werden, die im Hintergrund mit einem glatten Farbauftrag.»

Bisweilen, wenn der Meister nach dem rechten Lichteinfall suchte, öffnete oder schloss er die Fensterläden. Frühlingsluft drang ins Atelier, vermischt mit dem Geruch stickigen Grachtenwassers. Mir gefiel dieses ungewohnte Aroma, und mir gefielen auch Amsterdam und die Rozengracht, wo ich dem größten Maler der Stadt über die Schulter blicken konnte. Wenn es mir nur irgendwie gelänge, Geld aufzutreiben. Wenigstens so viel, dass es für ein zweites Lehrjahr reichte. Mit Gottes Hilfe würde ich es schon irgendwie schaffen.

Allmählich wurden die Tage länger und wärmer. In dem kleinen, schmalen Garten hinter dem Haus zeigten sich die ersten Knospen. Hier war Rebekkas Reich, in dem sie sich ebenso unermüdlich und umtriebig zu schaffen machte wie in der Küche. Der Garten, den ein niedriger, ockergelber Zaun umgab, war in eine Vielzahl kleiner, quadratischer Beete unterteilt. In ihnen hatte Rebekka Kräuter angepflanzt und Blumen, streng nach Arten getrennt. Dill, Pfefferminz, schwarzer Senf, Kreuzkümmel, Koriander und Lavendel wuchsen auf der einen Seite, auf der anderen Heckenrosen, Veilchen, Anemonen und ganz am Ende Hyazinthen. Neben der Tür schlängelte sich Efeu die Hauswand hoch und erreichte fast den Giebel. In einer Zisterne in der Mitte des Gärtchens sammelte sich Regenwasser, das zum Trinken und Kochen genutzt wurde.

Wenn ich am Nachmittag mit dem Reiben und Mischen von Farben fertig war, half ich der Magd gelegentlich beim Unkrautjäten, wässerte die Jungpflanzen oder lockerte die Erde mit Humus auf. Das hatte ich früher oft getan, wenn ich meinen Vater zu den Blumenäckern begleitete. Sie lagen am Rand unseres kleinen Dorfes, gleich hinter dem Friedhof. Ich musste an die Tulpen-, Iris- und Lilienfelder denken, die gelb, blau und rot inmitten der saftig grünen Weiden leuchteten, an den schweren Duft der Moschus- und Damaszenerrosen.

«Du hast ein Händchen für Blumen», meinte Rebekka, während sie auf den Knien zwischen den Beeten umherkroch und Samen in schnurgerade Furchen säte. Ich war erstaunt über ihre Worte. Sie gehörte nicht zu den Menschen, denen rasch ein Lob über die Lippen kam. Im Gegenteil, meist fand sie genügend Gründe für Kritik. «Hast du wohl von deinem Vater geerbt, wie? Warum wolltest du eigentlich nicht seinen Beruf erlernen? Dann könntest du später einmal das Geschäft übernehmen. Er sucht doch sicher einen Nachfolger.»

Es stimmte, was Rebekka sagte. Mein Vater hatte mich schon häufig gefragt, ob ich nicht auch Blumenhändler werden wolle. Zwar war ich gerne mit ihm zusammen auf den Feldern und hörte ihm zu, wenn er von der Kraft der Natur erzählte und die Güte des Herrn lobte, der aus einer Knolle oder einem Samen die schönsten Gewächse entstehen ließ. Aber ich hatte auch gelernt, dass Blumen Unglück über die Menschen bringen können.

Einmal in der Woche trafen sich die Bewohner aller umliegenden Dörfer im Wirtshaus von Muiderkamp und redeten, tranken und handelten miteinander. Wir Kinder wurden mitgenommen, damit wir aus den Verhandlungen der

Erwachsenen lernten. Hauptgesprächsthema waren Tulpen, jene plötzlich in Mode gekommenen Blumen, die noch vor wenigen Jahren in Holland völlig unbekannt gewesen waren. Ihre Zwiebeln verkauften sich teuer, und jeder wollte sie plötzlich haben in immer neuen Farben. Die Vielfalt war nahezu unermesslich. Es gab gelbe, braune, rosa- und malvenfarbene Blüten, weiße mit flammend roten Streifen und solche, die bunt waren wie das Kostüm eines Harlekins.

Sie trugen so klangvolle Namen wie «Admiral Pottebacker», «General van Eyck», «Rood van Catoleyn» oder «Semper Augustus». Nicht nur Berufsgärtner wie mein Vater züchteten Tulpen, jeder Fleischer, Torfstecher oder Schankwirt pflanzte sie in seinem Garten. Die Menschen waren wie im Fieber, denn jeder erhoffte sich riesige Gewinne. Einmal erlebte ich, wie an einem einzigen Abend eine Zwiebel siebenmal den Besitzer wechselte.

Ein Schuhmacher aus Makkum wusste damals zu berichten, dass sein Onkel ein Haus in Hoorn für drei Tulpenzwiebeln erstanden hatte. Seinem Vetter wurde eine Kutsche mit zwei Pferden zusätzlich zum Verkaufspreis angeboten, weil mehrere Käufer gleichzeitig um eine «Admiral Liefkens» wetteiferten.

Aber es gab auch ernste Stimmen, wie die eines alten Zimmermanns. Er beklagte sich darüber, dass er keinen Schlaf mehr fände aus Sorge um seine Tulpenzwiebeln. Er hatte sogar ein Seil quer durch den Garten gespannt und dieses mit einer Glocke am Fenster seiner Kammer befestigt, um seine Schätze in der Nacht besser zu bewachen. Andere Männer erzählten, dass sie Kredite aufgenommen hätten, weil sie keine Auktion verpassen wollten.

Und immer häufiger war von diesen Fällen die Rede, in denen jemand seine Zwiebeln nicht weiterverkaufen konnte, weil innerhalb weniger Stunden ihr Wert gefallen war. Manche ehrliche Familie musste ihr Haus und ihre ganze Habe verkaufen, weil sie durch zu hohen Einsatz alles verloren hatte. Ihnen blieb nur noch das Vagabundieren durch die Dörfer und Städte und das Betteln auf der Straße.

Auch mein Vater hatte zeitweise Verluste hinnehmen müssen. Doch er schöpfte stets neue Hoffnung und hatte es bisher immer geschafft, die Familie nicht ins Elend abgleiten zu lassen. Diese Ungewissheit machte mir Angst, und ich begann, mich vor der Macht dieser unheilvollen Zwiebeln zu fürchten.

Davon erzählte ich Rebekka, die aufmerksam zuhörte und dabei nur gelegentlich ihre Arbeit unterbrach.

«Lieber will ich mich anstrengen und von früh bis spät arbeiten, damit ich einmal ein tüchtiger Maler werde, als dass ich meine Zukunft in eine Blumenzwiebel setze», erklärte ich bestimmt.

«Ich hätte nicht gedacht, dass du so vernünftig bist. Bisher habe ich dich immer für einen Träumer gehalten. Nichts für ungut, Samuel. Aber jetzt komm, hilf mir auf die Beine. Mein Rücken ist ganz steif geworden. Und meine Hüfte macht mir schon seit dem Aufstehen Ärger.»

Während die alte Magd sich auf meinen Arm gestützt keuchend erhob, kam Cornelia in den Garten. Sie trug die Haare zu unterschiedlich dicken Zöpfen aufgesteckt. Mir gefiel sie so viel besser als mit der Haube, die sie immer trug, wenn sie aus dem Haus ging. Die Sonne ließ ihr Haar aufleuchten, und es sah aus wie die blank gescheuerten Kupferkessel, in denen Rebekka Gemüse und Suppe kochte.

Cornelia schlenderte durch den Garten, blieb hier und

da an einem Beet stehen und pflückte ein paar Blüten, die sie zu einem Kranz verflocht.

«Vater mag so gerne diese warmen, leuchtenden Farbtöne. Ich will ihm die Blumen ins Fenster hängen, dann kommt etwas Sommer zu ihm in die Werkstatt. Er findet ja doch keine Zeit, sich zu zerstreuen oder in den Garten zu setzen.»

Cornelia drehte den Kranz in ihren Händen und richtete einige Blüten auf. Ein Bildnis kam mir in Erinnerung, das der Meister von seiner ersten Frau gemalt hatte, als sie noch ganz jung war. Saskia trug ein Gewand aus grüner Seide und goldschimmerndem Brokat, und auf ihren langen dunklen Locken saß, wie eine Krone, ein dicht geflochtener Blütenkranz.[13]

«Warte einen Augenblick», bat ich Cornelia. Sie stutzte, als ich ihr den Kranz aus der Hand nahm und auf das Haar setzte. Ich hatte schon mit heftiger Abwehr gerechnet, doch sie war sofort von meiner Idee begeistert.

«Wie sehe ich aus?», fragte sie und ging mit hoch erhobenem Haupt und würdevoller Miene den schmalen Weg zwischen den Rabatten auf und ab, wobei sie einer unsichtbaren Menschenmenge huldvoll zuwinkte.

«Wie die Göttin der Blumen in Person. Nur dass die bestimmt keine Katzenhaare an ihrem Kleid hatte.» Rebekka stemmte ächzend ihre Hand auf die Hüfte und humpelte zum Haus. «Dass ihr aber pünktlich zum Essen kommt. Es gibt heute weiße Rüben, der Gemüsehändler hat sie mir billiger verkauft, weil sie so klein waren. Und ein Stückchen Speck von Sonntag ist auch noch übrig geblieben.»

Cornelia klopfte sich nachlässig die Katzenhaare aus dem Kleid und rückte den Blütenkranz gerade. Herausfordernd blickte sie mich aus funkelnden Smaragdaugen an.

«Was ist, Samuel, willst du mich so malen? Oder kannst du nur Katzen zeichnen?»

Mein Herz machte einen Satz wie Paulintje, wenn sie in der Diele eine Maus hinter den Bilderrahmen entdeckt hatte. Ich rannte die Treppe hinauf in meine Kammer und nahm dabei zwei Stufen auf einmal. Der Meister sah nur kurz von seiner Arbeit auf, als ich Sekunden später mit Papier und Kreide wieder an ihm vorbeilief.

Cornelia setzte sich auf die kleine Bank vor dem Rosenbeet und lächelte still. Mit glühenden Wangen versuchte ich, im Licht der tief stehenden Nachmittagssonne ihre ganze Anmut einzufangen.

Juni 1669

MIT GROSSER Konzentration und Hingabe malte der Meister an dem Anatomiebildnis. Drei der Assistenten waren bereits fertig. Wenn er nicht wieder durch eine Krankheit zurückgeworfen wurde, so würde er seine Arbeit rechtzeitig zum Jubiläum des Professors abliefern können. Er wirkte wie befreit und erlaubte mir sogar, das Porträt, das ich von Cornelia skizziert hatte, auch in Öl zu malen. Dazu schenkte er mir ein altes Stück Leinwand. Außerdem durfte ich die Farbreste verwenden, die er nicht mehr benötigte. Material war teuer, und ich wusste seine Großzügigkeit zu schätzen.

Mit dem voranschreitenden Sommer stieg aus den Grachten ein fauliger Gestank auf, der sich wie eine Glocke über die Stadt legte. Abhängig von der Windrichtung tat man an manchen Tagen gut daran, die Läden geschlossen zu halten. Über dem rechten Atelierfenster hatte der Meister ein Stoffsegel befestigt, das an Stricken von der Decke hing. Durch einen Seilzug konnte er seine Position verändern. So war es ihm auch an sonnigen Tagen möglich, ungehindert in seinem Atelier zu malen.

Meister Rembrandt war ein Mensch, der sehr zurückgezogen lebte und arbeitete. Nur gelegentlich ging er aus dem Haus, um jemanden zu treffen. Umso überraschter war ich, als eines Tages unangemeldet Besuch kam. Es war ein Mann, der offensichtlich ein guter Bekannter war, denn der Meister begrüßte ihn sehr herzlich.

«Lieber Pieter, seid mir willkommen. Seit wann seid Ihr zurück in Amsterdam?»

«Seit einer Woche, mein Freund. Heute Morgen beim Ankleiden dachte ich mir, es sei an der Zeit, wieder einmal bei Euch vorbeizuschauen und zu fragen, wie es Euch in den letzten Monaten ergangen ist. Oh, wie ich sehe, arbeitet Ihr an einem neuen Werk. Eine Anatomieszene. Allerdings scheint sie nur aus den Porträts einiger höchst uninteressanter Personen zu bestehen. Sehr bedauerlich.»

Der Mann war etwa doppelt so alt wie ich und halb so alt wie der Meister. Seine weizenfarbenen, schulterlangen Locken umrahmten das Gesicht wie einen Heiligenschein. Ein schmaler Oberlippenbart lief in einem Bogen von Mundwinkel zu Mundwinkel und erreichte seinen höchsten Punkt unterhalb der Nase. Unter seinem purpurroten Seidenanzug schimmerte ein Wams mit kostbarer Silberstickerei. Seine Stimme klang sanft und melodisch, und er unterstrich seine Worte mit auslandenden Gebärden. Mein Blick fiel auf die feingliedrigen, gepflegten Finger, die ein goldener Wappenring zierte. Schamhaft versteckte ich meine Hände hinter dem Rücken, denn sie waren voller Farbflecke und rochen nach Leinöl und Harz.

«Ich habe Euch etwas aus Italien mitgebracht, mein lieber Rembrandt. Eine Leselupe. Ihr hattet doch häufiger über Eure schwachen Augen geklagt. Und das hier ist für Eure Tochter: Mandelbaisers, so luftig, dass sie wie ein zarter Hauch auf der Zunge zergehen.»

Der Besucher legte seine Geschenke auf den Tisch. Als er sich umdrehte, blieb sein Blick überrascht an mir hängen. Sein ebenmäßiges, für einen Mann wohl schön zu nennendes Gesicht wurde von einem flüchtigen, rätselhaften Lächeln erhellt.

«Nanu, Ihr hattet mir überhaupt nicht davon erzählt,

dass Ihr einen neuen Schüler einstellen wolltet. Seit wann ist dieser hübsche Junge denn bei Euch?»

«Ich habe mich kurzfristig dazu entschlossen. Der Junge heißt Samuel Bol, und er arbeitet seit einem halben Jahr in meiner Werkstatt. Samuel, ich möchte dir Pieter Leyster vorstellen, den Virtuosen des Stilllebens. Er ist ein Nachbar und wohnt auf der anderen Seite der Straße, direkt an der Ecke zur Prinsengracht.»

Ich nickte dem Besucher wortlos zu, der dem Meister in leise ironischem Tonfall antwortete, ohne mich eine einzige Sekunde aus den Augen zu lassen.

«Nicht doch, Ihr schmeichelt mir, lieber Freund. Eure wahre Meinung über die Darstellung des ‹Seelenlosen›, wie Ihr meine Malerei zu bezeichnen pflegt, ist mir schmerzlich bewusst.»

Tief und anhaltend schaute der Mann mich an, als wolle er bis in mein Innerstes vordringen. Verwirrt senkte ich den Blick.

«Samuel Bol. Welch wundervolle Melodie steckt in diesem Namen. Gleich dem sanften Plätschern eines von Schilf gesäumten Flüsschens an einem lauen Sommerabend.»

Was für ein eigenartiger Besucher. Niemals zuvor hatte sich jemand über meinen Namen geäußert, geschweige denn an seinem Klang etwas Besonderes festgestellt. Der Meister wunderte sich offenbar nicht im Geringsten über die seltsamen Äußerungen seines Gastes, sondern ließ sich von dessen Reiseerlebnissen berichten.

«Wirklich bedauerlich, dass Ihr niemals in Italien wart, Rembrandt. Euch würden das milde Klima und die ganz unterschiedlichen Landschaften sicherlich erquicken. Was allerdings die Kunst angeht, so musste ich feststellen, dass es bei uns in Holland nicht nur mehr Maler gibt, sondern auch weitaus bessere.»

Der Meister schien nur auf dieses Stichwort gewartet zu haben. Sofort legte er Palette und Pinsel zur Seite, wischte sich die farbverschmierten Hände an seinem Kittel ab und räumte einen Stuhl frei, auf dem ein Stapel Skizzen lag.

«Bitte, Pieter, nehmt für ein Weilchen Platz, ich habe Lust, wieder einmal mit Euch zu diskutieren. Ja, ich gebe sogar zu, dass mir unsere Streitgespräche während Eurer Abwesenheit gefehlt haben. Rebekka soll uns etwas Zwieback und selbst gemachten Holunderwein herrichten. Bittest du sie darum, Samuel?»

In der Küche trug ich Rebekka die Bitte des Meisters vor, der sie mit mürrischem Gesicht nachkam. Umständlich häufte sie Zwiebackstücke in eine Schale, füllte Wein in zwei Becher und stellte alles auf ein Zinntablett.

«So, das ist genug, ein Becher für jeden reicht. Der Meister soll nicht so viel trinken, sonst wird er wieder trübsinnig und redet nur noch von seiner Zeit mit der seligen Saskia. Und den Leyster kann ich sowieso nicht ausstehen. Putzt sich heraus wie ein Pfau. So etwas schickt sich doch nicht für einen anständigen Maler. Außerdem benutzt er manchmal ein grässliches Parfum. Hier, Samuel, nimm du die Sachen mit nach oben, dann muss ich wenigstens nicht diese steile Treppe hinauf. Heute ist es mit meinen Beinen wieder besonders schlimm.»

Schon auf den oberen Treppenstufen hörte ich, wie die beiden Männer sich ein lautstarkes Wortgefecht lieferten.

«Mich interessieren weder Stand noch Rang, noch der Name einer Person», beteuerte der Meister und hob beschwörend seine Hand. Er nahm einen Becher vom Tablett und trank einen kräftigen Schluck Holunderwein. Schmatzend fuhr er sich mit der Zunge über die Lippen. «Ganz gleich, ob jemand Bettler oder Bürgermeister ist, jeder Mensch ist ein Geschöpf Gottes und es wert, im Bild festgehalten zu werden. Folglich ist das Porträt höher anzusehen als das Naturstück.»

«Über diese Ansicht muss ich mich allerdings sehr wundern, mein Freund Rembrandt. Gerade Ihr solltet doch die Menschen kennen. Habt Ihr schon vergessen, wie übel einige von ihnen Euch mitgespielt haben?», entgegnete Pieter Leyster unerbittlich, verschränkte die Arme vor der Brust und schlug die Beine übereinander. «Lasst mich ein Beispiel nennen. Stellt Euch eine Frau vor, die äußerlich schön und begehrenswert ist. Doch muss dies notwendigerweise auf ihr Inneres zutreffen? Vielleicht ist sie verschwenderisch, redet schlecht über ihre Dienstboten oder betrügt ihren Mann.»

«Jeder Mensch hat gute und schlechte Eigenschaften, wie Ihr wisst. Ein redlicher Bildnismaler wird sich alle Mühe geben, die ganze Vielfalt menschlicher Regungen darzustellen. Frömmigkeit und Sünde, Feigheit und Mut, aber auch Verfehlung und Vergebung.»

«Daran habe ich nicht den geringsten Zweifel, lieber Rembrandt. Aber mir genügt es nicht, nur eine Hülle darzustellen, deren Kern faulig ist. Ich will die absolute, die immer während Schönheit einfangen. Die Schönheit eines Menschen ist nichts als eine flüchtige Erscheinung, sie ist vergänglich. Die Natur hingegen ist immer schön. Selbst in einer verwelkenden Rose oder in einem vertrockneten Ahornblatt liegen noch Zauber und Anmut.»

Pieter Leyster nahm einen Zwieback, tauchte ihn in den Becher und kaute genüsslich.

«Pieter, Ihr wisst, wie sehr ich Eurer Können schätze», entgegnete der Meister. «Dennoch bin ich der Ansicht, dass man Kunst nicht auf das Dekorative allein beschränken darf. Ich halte es mit dem großen Karel van Mander, der einmal gesagt hat: ‹Das Malen von menschlichen Figuren ist das Wesentliche für einen Künstler.› Unsere Aufgabe ist nicht, den äußeren Glanz von Gegenständen zu verewigen. Ein Maler soll die Seele eines Menschen auf die Leinwand bannen.»

«Die Seele, teurer Freund. Können wir denn überhaupt sicher sein, dass es sie tatsächlich gibt? Verzeiht mir diese ketzerische Frage. Mir geht es eben um die Natur, um die Schöpfung an sich. Ihre Schönheit will ich zeigen und ihre Vielgestaltigkeit, die selbst im Vergehen noch voller Anziehungskraft ist. In meinen Bildern liegt die absolute Wahrheit. Das ist der Grund, warum das Stillleben dem Porträt überlegen ist.»

Ich hatte mich auf einen Schemel neben das Farbenregal gesetzt und verfolgte aufmerksam den Disput zwischen den beiden Malern. Natürlich war ich mir ganz sicher, dass mein Lehrer Recht hatte. Die Darstellung des Menschen ist nämlich die wichtigste und erhabenste Form von Malerei. Pastor Goltzius hatte in seinen Predigten den Menschen die Krone der Schöpfung genannt, geschaffen nach dem Ebenbild Gottes. So steht es in der Bibel. Selbst das vollkommenste Stillleben mit den prächtigsten Blumen, den edelsten Gläsern und funkelndsten Silberpokalen würde niemals an die Darstellung des ärmsten aller Tagelöhner heranreichen. Das jedenfalls belegten die Werke des Meisters.

Die beiden Männer hörten nicht auf, sich zu ereifern. Ihre Wangen glühten, was sowohl von der Hitzigkeit ihrer Temperamente als auch vom Wein herrühren mochte.

«Überdies liebe ich die Farben der Natur, das Rot einer Rose, das Blau des Sommerhimmels oder das Gelb einer reifen Zitrone», erklärte Pieter Leyster und fuhr mit spöttelndem Unterton fort: «Ihr dagegen, mein Freund, bevorzugt die Farbenpalette der Erde. Erlaubt mir, darauf hinzuweisen, dass diese nur einen Teil der Farben umfasst, die Gott den Menschen in der Natur geschenkt hat.»

«Und wie urteilt Ihr über das Porträt meiner verstorbenen Frau, auf dem ich sie als Göttin der Blumen dargestellt habe?», entgegnete der Meister heftig. «Ihr Kleid hat die Farbe von reifen Pfirsichen, der Strauß, den sie in der Hand hält, würde jedem Blumenmaler zur Ehre gereichen.»[14]

«Ich erinnere mich sehr gut an dieses bezaubernde Bildnis. Und ich muss sogar zugeben, dass Euch die Elemente der Natur recht überzeugend geraten sind. Allerdings ist das Bild in Eurem Werk doch nur eine Ausnahme. Ihr wart damals frisch verheiratet und bis über beide Ohren in Eure Frau verliebt.»

Die Betroffenheit in den Augen des Meisters zeigte, dass ihn die Erinnerung schmerzte, die sein Gegenüber hervorgerufen hatte.

«Eure tiefen Gefühle haben Eure Palette zum Leuchten gebracht», fuhr Pieter Leyster fort. «Schade, dass der Strauß nur Teil des Porträts ist und nicht der eigentliche Gegenstand des Bildes, wie in meinen Stillleben. Ich finde, lieber Freund, Ihr hättet wenigstens einen größeren Strauß malen sollen.»

Noch eine ganze Weile argumentierten die beiden Männer um die Wette. Keiner war bereit, auch nur ein winziges Stück von seinem Standpunkt abzurücken, jeder beanspruchte für sich, das höhere Genre der Malerei zu vertreten. Dennoch hatte ich den Eindruck, dass sie sich trotz ihrer unterschiedlichen Ansichten kein bisschen gram waren. Beide konnten ihren stillen Respekt vor dem Werk des anderen nicht verhehlen.

Erst als es dämmerte, verabschiedete sich Pieter Leyster. Er hatte sich bereits zum Gehen gewandt, als sein Blick auf die Staffelei mit dem noch unvollendeten Porträt von Cornelia fiel.

«Dieses Bild stammt von dir, nicht wahr, Samuel?» Er trat prüfend einen Schritt zurück. «Es hat eine überaus anmutige Ausstrahlung, die insbesondere von dem Blütenkranz im Haar herrührt», meinte er schließlich und sah mich aus seinen dunklen, samtigen Augen versonnen an.

«Komm mich doch einmal besuchen, wenn das Bild fertig ist. Vielleicht kaufe ich es dir ab. Ich bin ein leidenschaftlicher Sammler und zahle einen guten Preis, wenn mir etwas gefällt. Dann zeige ich dir auch die Werkstatt und stelle dich meinen Schülern vor. Ich habe vier, alle in deinem Alter. Du musst es mir versprechen, Samuel Bol. Sonst bin ich dir böse.»

Pieter Leyster sprach meinen Namen aus, als ließe er gerade eines seiner wohlschmeckenden italienischen Mandelbaisers auf der Zunge zergehen. Errötend versprach ich, ihm das Bild zu zeigen, sobald es fertig war.

Mit jedem Tag wurde Cornelia schöner. Manchmal beobachtete ich sie heimlich, wie sie sich über den Stickrahmen beugte oder mit Paulintje spielte. Vom Atelierfenster aus schaute ich ihr nach, wenn sie sich einen Korb nahm und zum Einkaufen ging. Sobald ich mit ihr allein war, schlug mein Herz schneller. Meine Gedanken kreisten immer öfter um sie, außer, wenn ich gerade beim Meister Unterricht hatte oder ihm beim Herstellen der Farben half. Ich suchte ihre Nähe, und wenn sie die Fortschritte an ihrem Porträt lobte, rieselten wohlige Schauer über meinen Rücken. Ich war glücklich, wenn sie zu Scherzen aufgelegt war.

Damals beim Silvesterlauf, an meinem Geburtstag, hatte ich ihr etwas versprochen. Sobald der Sommer käme, wollte ich mit ihr einen Ausflug ans Ufer der Amstel machen und Schwäne füttern. Seit Tagen schon sammelte ich trockene Brotkrusten und gab Acht, dass Rebekka nichts davon bemerkte. Sie hätte wegen einer solchen Verschwendung laut gezetert, mir das Brot abgenommen und es stattdessen für den nächsten Eintopf verwendet. Cornelia schmunzelte, als ich ihr meine prall gefüllte Tasche zeigte.

«Sehr wagemutig von dir, Samuel. Dann gehen wir also am nächsten Sonntag. Ich will sehen, ob ich bis dahin noch ein paar vertrocknete Kekse oder etwas Zwieback beiseite schaffen kann.»

Als der Pfarrer mit seiner Sonntagspredigt fertig war, gingen wir von der Westerkerk hinüber zum Stadhuis. An einem Tag, an dem Geschäfte und Handel ruhten und die meisten Menschen sich von den Anstrengungen der Woche erholten, wimmelte es hier von Spaziergängern und Besuchern von auswärts. Das Sprachengewirr konnte beim Turmbau zu Babel nicht größer gewesen sein.

Die Stimmen der Menschen vermischten sich mit dem Wiehern der Pferde. Fuhrwerke überquerten den Dam in allen Richtungen. Ich bewunderte die Kutschen der wohlhabenden Bürger, die in lebhaften Farben glänzten und mit vergoldeten Ornamenten verziert waren. Ließ ein Kutscher seine Herrschaften ein- oder aussteigen, so konnte man durch die offene Tür die kostbaren Bezüge im Inneren sehen. Wer kein eigenes Fahrzeug besaß, konnte eins mieten.

Das Angebot war reichlich, denn rund um den Platz wohnten eine Menge Fuhrleute.

Ich beobachtete, wie ein Orientale in einem gelb und grün gestreiften Kaftan und mit weißem Turban sich einer Tränke näherte und eine Glocke bediente. Sofort stürzten mehrere Kutscher herbei und begannen zu würfeln. Wer die höchste Augenzahl erreichen würde, sollte die Fahrt übernehmen.

Doch zwei der Kutscher gerieten in Streit, jeder bezichtigte den anderen des Falschspiels. Der jüngere von beiden packte seinen Gegner an den Haaren und riss ihn zu Boden. Während die übrigen die beiden Kampfhähne voneinander trennten, stieg der Fremde auf der anderen Seite des Platzes in einen Wagen und fuhr davon.

Cornelia und ich durchquerten die Stadt Richtung Südosten bis zu den Amstelschleusen. Während Amsterdam im Inneren aus einer unüberschaubaren Zahl von Häusern, Kanälen und engen Straßen bestand, änderte sich das Bild gleich hinter der Stadtmauer, da, wo der Amsteldijk begann. Ich hatte das Gefühl, eine andere Welt zu betreten, und diese Welt war mir wesentlich vertrauter, denn sie erinnerte mich an die Landschaft meiner Heimat.

Hier, am Ufer der Amstel, herrschten die Weite und das Grün der Natur vor. Platanen und Ulmen säumten den Fluss und spendeten Schatten, dazwischen luden Bänke zum Verweilen ein. Angler harrten geduldig aus, bis sie so viele Fische in ihren Eimern hatten, dass es für ein reichliches Mahl für die ganze Familie reichte.

Zahlreiche Spaziergänger hatten sich auf den Weg gemacht. Diejenigen, die man während der Woche geschäftig zur Börse oder ins Stadhuis eilen sah, schlenderten in ihrem Sonntagsstaat gemächlich am Ufer entlang, blieben hin und wieder für eine kurze Plauderei stehen und tupften sich den Schweiß von der Stirn. Ihre Frauen wedelten sich mit Fächern aus bunten Federn Luft zu.

Während die adeligen und hochgestellten Bürger allesamt in Schwarz daherkamen, trugen die gewöhnlichen Leute farbige Kleider. Die Frauen in ihren roten, blauen, grünen und gelben Miedern und Röcken sahen aus wie Sommerblumen. Junge Männer in grauen, braunen oder grünen Anzügen trugen die Nasen hoch, zwirbelten an ihren Bärten und pfiffen unbekümmert jungen Mädchen hinterher, die kichernd die Köpfe zusammensteckten.

Es war heiß und fast windstill. Familien saßen im Gras und aßen, was sie von zu Hause mitgebracht hatten. Immer wieder wurde das Lachen und Rufen der Kinder von Hundegebell übertönt. Die Tiere genossen es offensichtlich ebenso, im Freien herumzutollen. Ein paar Jungen falteten Schiffe aus altem Papier und ließen sie flussabwärts gleiten. Andere schwammen nackt im Fluss, streckten ihre bleichen Hinterteile laut johlend den Passanten entgegen oder bespritzten sich gegenseitig mit Wasser. Die Antwort vom Ufer erfolgte in Form von lautem Schimpfen und geballten Fäusten.

«Sieh mal, Samuel, sind die nicht niedlich?» Cornelia näherte sich vorsichtig der Uferböschung. Sie hatte eine Schwanenfamilie entdeckt, die mit ihren sieben Jungen ein mittägliches Sonnenbad nahm. Als die Tiere Cornelia bemerkten, nahmen sie schnell Reißaus und flüchteten sich aufs Wasser.

«Wiwi, wiwi, kommt hierher. Seht nur, was ich euch mitgebracht habe.»

Sie warf ein paar Zwiebackstücke ins Wasser, und die Schwäne ließen sich wieder ans Ufer locken. Einige Enten hatten die Leckerbissen ebenfalls entdeckt und beeilten sich nun, auch ein paar Stücke zu erwischen. Ich holte meine Brotstücke aus der Tasche, und sofort kamen vom gegenüberliegenden Ufer weitere Enten laut quakend angeflogen und stritten um die dicksten Brocken. Ein Haubentaucher, der mit seinen beiden Jungen auf dem Rücken neugierig aus dem Schilf auftauchte, wurde lauthals und mit heftigem Flügelschlagen in die Flucht getrieben.

«Komm, wir setzen uns hier auf die Bank», schlug Cornelia vor. Aus ihrem Korb förderte sie Käse, Honigkuchen und Mandeln zutage. Der lange Fußmarsch und die frische Luft hatten uns hungrig gemacht, und wir langten kräftig zu. Dabei floss unser Gespräch wie von alleine. Cornelia erzählte von der Zeit, als sie mit ihrem Vater und ihrem Bruder hier spazieren gegangen war, und ich berichtete von meiner Familie und dem Leben auf dem Land, mehrere Stunden Fußmarsch von hier entfernt.

Manchmal berührten sich unsere Schultern. Ihre Haut war zart gerötet, und ich roch den feinen Duft von Chinaäpfeln. Er rührte von den getrockneten Schalen her, die sie in einem Säckchen in der Truhe zwischen ihren Kleidern aufbewahrte. Cornelia hatte mir nachträglich zu meinem Geburtstag ein selbst genähtes Leinensäckchen geschenkt. Es war mit Pfefferminzblättern gefüllt.

Ich stellte mir vor, dass ich vielleicht noch viele Male mit ihr hier sitzen könnte, wenn es mir nur gelänge, genügend Geld für ein weiteres Lehrjahr aufzutreiben.

«Ich muss dich etwas fragen, und du musst mir ehrlich antworten, Cornelia. Würde es dir etwas ausmachen, wenn ich dein Porträt mit dem Blütenkranz verkaufe?»

Die Sonne blendete. Sie hielt sich eine Hand vor die Augen und blinzelte mich erstaunt an.

«Nein, warum fragst du überhaupt? Ein Bild ist doch dazu da, dass es verkauft wird. Geld ist etwas sehr Wichtiges. Früher, da habe ich manchmal Angst gehabt, dass wir nicht genug zu essen hätten. Deswegen bin ich sehr erleichtert, dass Vater wieder einmal einen großen Auftrag bekommen hat. Hast du denn schon einen Käufer für dein Bild?»

«Vielleicht, ich bin mir nicht sicher. Pieter Leyster wollte, dass ich ihm das Bild zeige, wenn es fertig ist.»

«Pieter ist etwas eigenartig, es werden oft merkwürdige Dinge über ihn erzählt. Aber er hat ein gutes Herz. Nach dem Tod meiner Mutter wollte er meinem Vater Geld aus der Armenkasse der Gilde zukommen lassen. Er ahnte schon, wie schlimm unsere Situation damals war. Aber Vater war natürlich viel zu stolz. Er wurde gegenüber Pieter sogar grob, er hat ihn beschimpft und gebrüllt, er hätte sich noch niemals von jemandem aushalten lassen. Daraufhin hat Leyster über einen Mittelsmann einige von Vaters Radierungen gekauft und einen ziemlich hohen Preis dafür bezahlt.»

Eine ganze Weile noch blieben wir auf der Bank sitzen und schauten den Schwänen zu. Die Sonne stand tief, die Schatten wurden länger. Libellen schwebten zwischen den Schilfhalmen, ein Graureiher zog mit eleganten Schwüngen seine Runden über dem Wasser. Als wir aufstanden, nahm Cornelia meine Hand und drückte sie gegen ihre Wange.

«Fühl nur, wie heiß mein Gesicht ist. Hoffentlich habe ich mir keinen Sonnenbrand geholt. Ich möchte nicht, dass du mich mit Hitzepusteln siehst.»

Untergehakt gingen wir den Deich entlang zurück zur Stadtmauer. Als wir an der Blauw Brug vorbeikamen, schlug die Glocke der Zuiderkerk sechs Uhr. Wir hatten also noch eine Stunde Zeit bis zum Abendessen.

«Lass uns einen kleinen Umweg machen, über die Jodenbreestrat. Da bin ich aufgewachsen. Und ich würde so gerne unser Haus einmal wiedersehen. Vater ist schon lange nicht mehr mit mir dort gewesen. Vielleicht, weil ihn die Erinnerung an diese Jahre nur traurig macht.»

Wir schauten uns das hohe, breite Haus von der gegenüberliegenden Straßenseite an. Hier also hatte der Meister fast zwanzig Jahre lang gelebt.

«Hier vorne rechts ging es in die Diele, und links, da, wo du die beiden Fenster siehst, war mein Zimmer. Direkt dahinter lag die Werkstatt mit der Druckerpresse. Meine Eltern hatten ihren Schlafraum nach hinten, zur Gartenseite hin. Im ersten Stockwerk waren das Atelier und die Räume für die Kunstsammlung und im zweiten Stockwerk das Atelier für die Schüler. Das Dachgeschoss war geteilt: In der einen Hälfte wohnte Titus, in der anderen schliefen die Schüler. Und Rebekkas Reich war ganz unten, in der Küche.»

Bestimmt war es dem Meister nicht leicht gefallen, dieses prächtige Haus zu verkaufen und in das kleine, bescheidene an der Rozengracht zu ziehen. Beklagt hatte er sich deswegen nie, sagte Cornelia. Weitaus mehr schmerzte ihn offenbar der Verlust seiner Sammlung.

Wir nahmen den Rückweg über die Sint Anthonis Sluis und kamen zur Oude Schans. Direkt an der Straßenecke zur Nieuwe Hoogstraat lag auf der linken Seite die Schänke «De Zeven Fleschjes». Die Tür stand weit offen, innen spielten ein paar Musiker auf, und die Gäste sangen laut mit. Da traten zwei Männer vor das Wirtshaus, von denen mir der kleinere bekannt vorkam. Seine schwarzen Locken waren von weißen Haaren durchzogen. Es war der Anatomieprofessor Adriaen van Campen. Schnell legte ich Cornelia die Hand auf den Arm, um sie aufzuhalten. Ich wollte nicht an dem hohen Herrn vorbeigehen, denn ich wusste nicht, wie ich mich ihm gegenüber verhalten musste. Sollte ich grüßen oder nicht?

Sein hagerer, fast zwei Köpfe größerer Begleiter beugte sich zu dem Professor hinunter und sagte etwas zu ihm, das den Medicus zu einem zustimmenden Kopfnicken veranlasste. Die beiden blieben noch eine Weile vor dem Wirtshaus stehen, ganz in ein lebhaftes Gespräch vertieft. Dann klopften sie sich gegenseitig auf die Schulter und schüttelten sich die Hände.

«Was sehen meine entzündeten Augen?», hörte ich plötzlich eine Stimme. Zwei zerlumpte Landstreicher standen in geduckter Haltung hinter uns. Sie trugen eine Schale mit Münzen vor sich her.

«Verdammt nochmal! Dieser Lange da drüben, den kenne ich doch ... Jetzt aber nichts wie weg.»

Die beiden Männer machten auf der Stelle kehrt und torkelten weiter Richtung Oude Schans, wobei sie eine Wolke aus Bier und Schnaps hinter sich ließen.

Cornelia verzog das Gesicht.

«Was ist das? Wer ist das?»

«Der kleinere Mann ist Professor van Campen, der Meister malt gerade sein Porträt.»

Bevor sie weiter fragen konnte, trat aus dem Hauseingang, vor dem wir gerade standen, ein alter Mann. Er entdeckte die beiden Männer vor der Schänke und blickte vorsichtig an sich herunter, als wolle er sich vergewissern, dass seine Kleidung in untadeligem Zustand war.

«Was steht ihr so herum und gafft?», herrschte er uns an. «Solltet ihr um diese Zeit nicht längst zu Hause sein? Passt nur auf, dass man euch nicht für ein Diebespärchen hält, das rechtschaffene Bürger belauert.»

«Aber nein, das sind wir nicht!», sagte ich erschrocken und legte meinen Arm schützend um Cornelia.

«Wollte ich euch auch geraten haben. Ihr kennt vermutlich den Mann da drüben nicht, hä? Der lange, der aussieht wie ein Eichenpfahl, den man, ohne ihn anzuspitzen, in den Boden rammen kann?»

Wir schüttelten den Kopf.

«Dann prägt euch sein Gesicht gut ein. Das ist Albert Rip, unser neuer Polizeihauptmann. Er und seine Assistenten haben ihre Augen überall, denen entgeht in dieser Stadt nichts mehr. Ich sage das nur, damit ihr nicht auf dumme Gedanken kommt. Der kleine Dicke neben ihm ist sein Schwager. Er soll Medicus sein und an der Universität lehren. Jaja, die Reichen. Stecken alle miteinander unter einer Decke.»

Der Alte schloss sorgfältig die Haustür und schlurfte die Straße hinunter Richtung Sint-Anthonis-Markt.

«Albert Rip. Wo habe ich den Namen denn schon einmal gehört?», versuchte Cornelia sich zu erinnern. «Ach, genau. Rebekka hat kürzlich von ihm erzählt. Na, der sah aber wirklich nicht freundlich aus. Da bekommt man ja Angst, obwohl man überhaupt nichts Böses getan hat. Komm weiter, Samuel, es ist gleich sieben. Vater wird immer so schnell unruhig, wenn ich mich nur ein paar Minuten verspäte.»

Sie nahm meine Hand, und wir liefen den Rest des Weges, ohne nach links oder rechts zu schauen, bis wir außer Atem an der Rozengracht ankamen.

Juli 1669

MITTLERWEILE HATTE der Meister große Partien des Anatomiebildes fertig gestellt. Es war beeindruckend zuzusehen, wie er den Personen mit jedem Pinselstrich mehr Leben einhauchte.

In der rechten Bildhälfte erschien der Professor in seinem schwarzen Gewand und mit einem hohen Hut. Er war schräg von vorne zu sehen, um einiges größer als in Wirklichkeit. Mit der einen Hand, in der er ein Skalpell hielt, deutete er auf die freigelegten Fußknochen des Toten, der erst in Umrissen erkennbar war. In der anderen Hand hielt er sein Anatomiebuch, dessen Titel in goldenen Buchstaben auf dem roten Ledereinband prangte: «De humani pedis fabrica» – «Über die Beschaffenheit des menschlichen Fußes».

Auf der linken Seite, am Kopfende des Seziertisches, hatte sich die Gruppe der fünf Assistenten versammelt. Sie waren im Halb- oder Dreiviertelprofil zu sehen. Alle konzentrierten sich auf das Geschehen, und jeder zeigte eine für ihn charakteristische Mimik und Gestik.

Der Medicus am äußersten linken Bildrand beugte sich weit vor. Er hatte den Mund vor Staunen leicht geöffnet und blickte auf den Tisch in der Mitte des Bildes, dorthin, wo der Leichnam lag. Sein Nachbar zeigte mit dem Finger in dieselbe Richtung. Der dritte schrieb das soeben Gehörte auf ein Blatt Papier. Der vierte Assistent hielt seine Hand hinter das Ohr, um nicht ein einziges Wort des Vortrags zu verpassen.

Die Doctores waren in Form einer Pyramide gruppiert, deren Spitze die Figur des Medicus Thomas Block bildete, wie er mit aufmerksamem Blick das Geschehen rundum verfolgte. Mit dieser hervorgehobenen Position wollte der Meister Blocks verstorbenen Vater ehren, den er bereits in seinem früheren Anatomiestück dargestellt hatte.

Bei den Doctores betonte der Meister diejenigen Züge, die ihm wesentlich erschienen. Dennoch hatte er weitaus mehr als nur äußerliche Porträts geschaffen. Man konnte glauben, der Maler sei unter die Oberfläche der Personen vorgedrungen und hätte ihre Gefühle und Gedanken erfasst.

Einmal, als ich morgens noch schlaftrunken aus meiner Kammer ins Atelier trat, fielen ein paar Sonnenstrahlen durch das Fenster direkt auf die Staffelei. Ich rieb mir die Augen. Mir war, als würde sich der Vorhang zu einem Theaterstück heben. Die Figuren kamen mir vor wie tatsächliche Besucher im Atelier, die atmeten und sich bewegten. Ich wäre nicht im Geringsten verwundert gewesen, hätten sie in diesem Moment zu sprechen begonnen.

Seit Tagen schon buk Rebekka Pasteten und Kuchen, setzte Kräuterlikör an und schrubbte in der Diele und der Stube jede Ecke. Am Morgen des fünfzehnten Juli bereitete sie uns ein besonders festliches Frühstück aus Brot, Butter, Milch, Käse, Stockfisch und gebratenen Eiern. Sie schnitt einen Strauß lachsfarbener Rosen aus dem Garten und stellte ihn in einem irdenen Krug mitten auf den Esstisch.

Cornelia umarmte den Meister, als er in seinem besten Hausmantel hereinkam, und drückte ihm einen Kuss auf die Wange.

«Guten Morgen, Vater, herzlichen Glückwunsch zum

Geburtstag. Sieh doch, was ich für dich gemacht habe. Aber zuerst musst du uns zeigen, ob du zaubern kannst.»

Sie hielt dem Meister einen Zinnbecher entgegen. Betont umständlich griff er hinein und zog schmunzelnd ein weißes Taschentuch hervor. Am Saum war mit einem Garn von tief kobaltblauer Farbe sein Namenszug eingestickt.

«Was für eine schöne Idee, Cornelia! Bestimmt wirst du einmal eine hervorragende Hausfrau. Aber ich werde mich nur am Sonntag oder an Feiertagen damit schnäuzen.»

Cornelia zwinkerte mir zu und legte ihren Zeigefinger an die Lippen. Ich schüttelte beruhigend den Kopf. Natürlich brauchte niemand zu wissen, dass ich ihr geholfen und den Schriftzug auf dem Stoff vorgezeichnet hatte.

Lange hatte ich überlegt, womit ich dem Meister eine Freude machen könnte. Schließlich hatte ich eine Kappe für ihn genäht und mit einer karminroten Bordüre verziert. Rebekka hatte mir ein altes Stück Filz geschenkt. Der Stoff besaß genau denselben dunkelbraunen Farbton wie auch sein Lieblingsrock.

«Ihr solltet euch meinetwegen nicht so viele Gedanken machen. Bloß, weil ein alter Mann Geburtstag hat», wehrte der Meister ab und schien aber trotzdem gerührt.

Er setzte sich zu uns an den Tisch und wollte nach einem Stückchen Käse greifen, als er neben seinem Teller eine kleine irdene Schale entdeckte, die mit Pergament verschlossen war. Er öffnete sie und holte ein paar Tabakblätter heraus, an denen er genießerisch schnupperte. Als er fragend zu Rebekka aufsah, senkte die alte Magd rasch den Blick und schenkte eilfertig Milch in unsere Becher.

«Was hast du vor, Rebekka, willst du mich vergiften? Und dann auch noch mit diesem Teufelskraut, das dem Körper die Säfte entzieht, wie du immer sagst?»

Rebekka wischte sich verlegen die Hände an ihrer frisch gewaschenen und gestärkten Schürze ab.

«Ach was, Ihr hört ja sowieso nicht auf mich, Mijnheer. Und da Ihr doch so gerne Pfeife raucht, wollte ich Euch eine kleine Freude machen.» Sie hustete ein paar Mal laut und kräftig. «Eigentlich seid Ihr ein guter Herr. Sonst hätte ich es nicht so viele Jahre bei Euch ausgehalten.»

Nach dem Frühstück halfen Cornelia und ich Rebekka, einen Tisch zwischen den Rosen-Rabatten im Garten aufzustellen. Alle Stühle und Schemel, die wir im Haus finden konnten, schafften wir nach draußen. Eine leuchtende, sonnengelbe Kapuzinerrose stand in voller Blüte und verströmte einen betörenden Duft. Zwei Schweine kamen neugierig an den Zaun, der den schmalen Garten vom gegenüberliegenden Nachbargrundstück trennte, das bis zur Bloemstraat reichte. Grunzend sahen die Tiere unserem Treiben zu.

Cornelia verschwand im Haus und zog ihr neues, indischgelbes Kleid mit weinrotem Samtmieder an, das sie mit Rebekkas Hilfe selbst genäht hatte. Um den Hals trug sie eine Kette mit einem Medaillon. Auf der Rückseite waren die Buchstaben H und R eingraviert. Der Meister hatte Hendrickje das Schmuckstück zu Cornelias Geburt geschenkt. Seit dem Tod ihrer Mutter trug sie es zu Festen und Feiertagen.

Ich pflückte eine Damaszenerrose in genau demselben Farbton wie Cornelias Mieder und wollte sie ihr ins Haar stecken. Doch sie riss mir die Blüte aus der Hand und warf sie hoch über den Zaun zu den Schweinen im Nachbargarten. Ihre Augen funkelten.

«Sei nicht albern, Samuel. Ich bin doch kein kleines Kind mehr.»

Abrupt drehte sie sich um und lief ins Haus zurück, während ich grübelte, weswegen sie manchmal so unberechenbar und launisch war. Ich sah ihr nach und hätte sie am liebsten auf der Stelle gemalt, mit ihrem wehenden gelben Rock inmitten der blühenden Blumen und Sträucher.

Die Gäste kamen am späten Vormittag. Der Fischhändler von nebenan mit seiner Frau, ihr jüngster Sohn Gerrit, der nur einen Tag jünger war als ich, ein paar alte Nachbarn aus der Jodenbreestraat und ein befreundeter Maler, Christiaen Dusart, der seit dem Tod von Hendrickje Stoffels Cornelias Vormund war.

Wir aßen und tranken, und je weiter der Tag voranschritt, desto fröhlicher und ausgelassener wurde die Runde. Mir missfiel allerdings, wie der Nachbarsjunge neben Cornelia saß und in vertrautem Gespräch den Arm um ihre Hüften legte. Leider sah es so aus, als würde Cornelia Gefallen daran finden. Sie lachte und scherzte mit Gerrit und sah dabei immer wieder verstohlen in meine Richtung. Dann tat ich so, als würde ich nichts bemerken, und lauschte interessiert den Erzählungen von Christiaen Dusart.

Auch ein Bote traf ein mit einer Porzellandose, die mit Weinlaub bemalt und mit zitronengelben Marzipanrosen gefüllt war. Pieter Leyster gratulierte dem Meister mit diesem Geschenk und entschuldigte sich in einem Briefchen für sein Fernbleiben. Er fühle sich zu seinem unendlichen Bedauern unpässlich und müsse ein Magenweh auskurieren.

Am Nachmittag erschien Magdalena mit ihrer Mutter und Titia. Der Meister wiegte sein Enkelkind in den Armen, scherzte mit der Kleinen und war glücklich, dass das Kind kräftig und gesund war. Magdalena dagegen wirkte blass und kränklich. Ich sah, wie der Meister einige Male sorgenvoll zu seiner Schwiegertochter hinüberblickte.

Immer neue Schüsseln, Terrinen und Karaffen tischte Rebekka auf. Es gab Suppe, gepökeltes Fleisch und gebratenen Fisch, Reisbrei, Eierkuchen, Mandeln und Rosinen. Als die Gesellschaft vom Bier genug hatte, schaffte die alte Magd Kräuterlikör und Wacholderschnaps herbei, wobei sie der Nachbarsfrau stets weniger einschenkte als den anderen Gästen. Diese warf Rebekka wütende Blicke zu und vertauschte heimlich ihr Glas mit dem ihres Mannes, der mit dem Meister lang und breit über frühere Zeiten sprach.

Magdalena und ihre Mutter brachen als Erste auf, weil die kleine Titia schrie und sich nicht wieder beruhigen wollte. Alle übrigen feierten noch bis in die Abendstunden. Die Nachbarn aus der Jodenbreestraat verließen das Haus als Letzte fröhlich singend und mit unsicherem Gang. Gerade wollte ich nach oben in meine Kammer gehen, da huschte Cornelia an mir vorbei und drückte mir etwas Weiches in die Hand. Noch ehe ich etwas sagen konnte, war sie in der Küche verschwunden, wo auch ihre Schlafstatt war.

Ich zündete die Kerze auf der Truhe neben meinem Bett an. Im Lichtschein sah ich ein weißes Taschentuch, in das mit purpurfarbenem Garn ein Name eingestickt war: Samuel.

Das Porträt von Cornelia war fertig. Ich überlegte, ob man mich für überheblich halten könnte, wenn ich es signierte. Schließlich war ich nur ein Schüler und noch kein richtiger Maler. Aber dann schrieb ich in die untere rechte Ecke die Jahreszahl 1669 und genau in die Mitte zwischen die vier Ziffern ein lang gezogenes, schwungvolles S.

Es war früher Nachmittag, als ich mich auf den Weg

zu Pieter Leyster machte. Cornelia hatte mir erzählt, dass Meister Pieter niemals vor zwölf Uhr mittags aufstand. Noch wusste ich nicht so recht, was ich mir mehr wünschen sollte, dass dem Maler das Bild von Cornelia gefallen und er es kaufen würde oder dass ich es behalten könnte. Letztlich aber ging es doch um die Frage, ob ich mein Lehrgeld zahlen und in Amsterdam bleiben konnte oder nicht. Ich würde ein weiteres Bild von Cornelia malen – ein noch schöneres.

Der Tag war heiß und schwül. Vermutlich würde gegen Abend ein Gewitter kommen. Aus den Grachten stieg ein strenger Geruch von Fäulnis auf, gegen den auch der Duft der Sommerblumen in den Gärten nichts ausrichten konnte. Viel zu lange schon stand das Wasser in den Kanälen. Blühende Algen hatten seine sonst achatgrüne Farbe in Korallenrot verwandelt.

Vor dem Eingang des großen, prächtigen Hauses, das genau an der Ecke von Rozen- und Prinsengracht lag, wartete eine elegante Kutsche mit zwei weißen Pferden. Der Kutscher saß auf dem Bock und machte ein Nickerchen. Um sich vor der sengenden Sonne zu schützen, hatte er ein helles Tuch über seinen ausladenden Hut gebreitet, das ihn bis zu den Schultern verhüllte.

Ich klopfte an, und nach einer Weile hörte ich von innen das Geräusch schwerer Schritte. Die Frau, die mir öffnete, war mittleren Alters. Über der Nasenwurzel und um die Mundwinkel herum zeichneten sich scharfe Linien ab. Ihr hellgrünes Seidenkleid war von zurückhaltender Eleganz und zeugte von Geschmack.

«Was willst du?», fragte sie mit gerümpfter Nase und musterte mich argwöhnisch von oben bis unten.

«Ich möchte Meister Pieter ein Bild zeigen, das ich gemalt habe. Er hat gesagt, er möchte es sehen, wenn es fertig ist.»

Die Frau blieb zaudernd stehen. Ich hielt ihr den Leinensack mit dem Bild entgegen, um ihr meine rechtschaffene Absicht zu beweisen. Das überzeugte sie.

«Wie heißt du? Ich werde dich meinem Bruder melden.»

Im Haus war es angenehm kühl. Die Frau verschwand in den hinteren Teil der Diele, der mit einem malvenfarbenen Samtvorhang abgetrennt war. Von dort hörte ich die Stimme des Hausherrn.

«Bitte entschuldigt mich für einen winzigen Augenblick, meine Teuerste. Ich bin sofort wieder bei Euch und stehe dann ganz zu Eurer Verfügung.»

Mit ausgebreiteten Armen trat Pieter Leyster durch den Vorhang und kam auf mich zu. Eine Duftwolke aus Lavendel und orientalischen Gewürzen umgab ihn. Er trug weder Malerkittel noch Haube, wie ich es vom Meister gewöhnt war, sondern einen Hausmantel aus indigoblauem Taft. Die weiten Ärmel waren mit goldenen Blüten bestickt, ebenso seine Pantoffeln. Leyster sah so gar nicht aus wie ein Maler bei der Arbeit, eher wie jemand, der sich besonders elegant angezogen hat, um einen hohen Gast zu empfangen.

«Samuel Bol. Ich hatte gehofft, dass du kommst. Und zugleich befürchtet, du würdest meine Einladung verschmähen. Komm, setz dich hierher und mach es dir bequem. Ich muss mich für einen Augenblick noch um eine liebe Bekannte kümmern. Sie hat ein neues Bild in Auftrag gegeben.»

Er wies mir einen Armlehnstuhl zu, dessen geschnitzte Lehne einen Pfau darstellte, der ein Rad schlug. Als Pieter Leyster wieder hinter dem Vorhang verschwand, hatte ich

Ruhe und Muße, mich in der riesigen Diele umzusehen. Sie war Ausstellungs- und Verkaufsraum in einem.

Mein Blick fiel auf einen Schrank aus Ebenholz mit gedrechselten Säulen an allen vier Kanten. Blüten aus schillerndem Perlmutt zierten die Türen. Sicher war er kostbarer als alle Möbelstücke im Haus von Pastor Goltzius zusammen. An den Wänden, auf Truhen und auf dem Boden reihten sich Bilder von kunstvoll angeordneten Blumengebinden neben prunkvoll geschliffenen Gläsern, die mit dunkelrotem Wein gefüllt waren. Auf manchen Gemälden blinkten bronzene Kannen oder silberne Leuchter. Hin und wieder rahmten üppig gebauschte Stoffe, Säulen oder Vasen die Stillleben so ein, dass es schien, als seien die Blumen Schauspieler auf einer Bühne.

Nach einer Weile teilte sich der Vorhang. Meister Pieter erschien in Begleitung einer Frau von ungeheurer Körperfülle, die ihn um einen halben Kopf überragte. Sie sprach mit einer tiefen, temperamentvollen Stimme, musste zwischendurch aber immer wieder nach Luft ringen. Mit der rechten Hand stützte sie sich auf einen Stock mit silbernem Knauf, der die Form eines Hundekopfes hatte.

«Mein lieber Pieter, ich bin entzückt. Ihr habt bei den Blüten genau den richtigen Farbton getroffen, ein kräftiges, sinnliches Rosa. Ich liebe diese Farbe, ich kann mich an ihr einfach nicht satt sehen. Das neue Bild soll über dem Kamin in meinem Ankleidezimmer hängen. Ihr wisst schon, genau neben dem mit dem blassrosa Tulpenbouquet und dem venezianischen Spiegel.»

«Gnädigste haben ein außerordentliches Gespür für eine vollendete Einrichtung. Ich bin überzeugt, meine Bilder werden in Euren Räumen im besten Licht erscheinen.»

«Ich muss Euch etwas gestehen, lieber Freund. Letzthin habe ich mir von meinem Dienstmädchen die Leinenlaken für mein Bett rosa einfärben lassen. Und am liebsten würde ich sogar rosafarbene Kleider tragen. Oh, ich hoffe, ich habe Euch nicht schockiert. Aber ich begreife nicht, warum wir Holländer von Stand uns vorzugsweise in Schwarz kleiden. Diese Farbe hat etwas so Banales. Seien Sie ehrlich, lieber Pieter, harmoniert die Farbe der Nacht etwa mit dem rosigen Teint von uns Frauen? Lässt das Dunkel uns jünger oder begehrenswerter aussehen?»

«Meine Liebe», antwortete Pieter Leyster, ergriff die Hand seines Gegenübers und beugte sich tief darüber, «ganz gleich, was und in welcher Farbe Ihr es tragt, Ihr werdet immer einzigartig aussehen.»

Die Frau stieß ein hohes, girrendes Lachen aus und tätschelte dem Maler den Arm.

«Ihr versteht es, den Frauen zu schmeicheln. Bereitet einstweilen alles vor, ich werde das Bild morgen abholen lassen.»

Mit einer galanten Verbeugung verabschiedete der Maler seine Kundin. Durch die offene Haustür konnte ich beobachten, wie sie in die Kutsche vor dem Haus stieg. Mit einem rosafarbenen Taschentuch winkte sie dem Maler im Wegfahren zu.

Pieter Leyster drehte sich auf dem Absatz um und kam mit einem reumütigen Gesichtsausdruck auf mich zu.

«Ich bin vollkommen untröstlich, dass ich dich warten ließ, lieber Samuel. Aber die Frau des Admirals de Breuningh ist meine beste Kundin. Sie verkehrt in den allerersten Kreisen und hat schon viele ihrer Cousinen und Freundinnen zu mir geschickt. Solche Käufer erwarten eine überaus pflegliche Behandlung.»

Ich stand auf, klemmte mir das Bild unter den Arm und wusste nicht so recht, wie ich das Gespräch beginnen sollte. Leyster kam mir zuvor.

«Du hast also das Porträt dabei. Ich möchte es mir jedoch später ansehen und die Vorfreude noch etwas verlängern. Zunächst will ich dir meine Bilder zeigen und danach die Werkstatt, wo meine Schüler arbeiten. Ich allein könnte die vielen Aufträge gar nicht bewältigen. Sag, wie gefällt dir das, was du hier ausgestellt siehst?»

Während ich noch zögerte und nach der richtigen Antwort suchte, drückte Meister Pieter aufmunternd meinen Arm.

«Du kannst ganz offen und ohne Scheu antworten. Ich kenne Rembrandt schon seit vielen Jahren und weiß sehr gut, wie er über Stillleben denkt.»

Ich überlegte, wie ich ihm erklären sollte, dass mir seine Bilder zwar gut gefielen, dass ich aber die Tiefe vermisste, wie nur die Abbildung von Menschen sie ermöglichte. Weil ich nicht unhöflich erscheinen wollte, wählte ich meine Worte sehr sorgfältig.

«Eure Werke sind von höchster Qualität und ausgesuchter Farbigkeit. Allerdings habe ich bemerkt, dass Ihr auf manchen Bildern Blumen kombiniert, die in Wirklichkeit zu ganz unterschiedlichen Zeiten blühen. So ist hier vorne eine weiß und rot gestreifte Gallica-Rose zu sehen. Doch sie ist längst verblüht, wenn sich die ersten Knospen dieser purpurfarbenen Paeonie entfalten. Wogegen die Weizenähre gleich daneben eine Herbstbotin ist.»

Pieter Leyster hob die Brauen und sah mich mit einem anerkennenden Lächeln an.

«Du besitzt eine scharfe Beobachtungsgabe, Samuel Bol. Woher kennst du dich in Botanik so gut aus?»

«Mein Vater ist Blumenzüchter und handelt mit Tulpenzwiebeln. Er hat uns Kinder von klein auf alles über Pflanzen gelehrt.»

«Diese Erziehung trägt bereits die schönsten Früchte. Aber dann frage ich mich, warum du ausgerechnet bei einem Meister des Porträts dein Handwerk erlernst. Warum folgst du nicht deinem Stern und wirst Stilllebenmaler?»

Stockend suchte ich nach den richtigen Worten. Erneut kam mir der Maler zuvor.

«Ich habe dich letztens beobachtet, als ich bei deinem Meister war und wir über die Gattungen in der Malerei diskutiert haben. So wie du an seinen Lippen gehangen hast, musst du Rembrandt sehr verehren. Du willst unbedingt auch Bildnismaler werden, habe ich Recht?»

Ich nickte und war froh, dass ich diese Antwort nicht selbst hatte geben müssen. Leyster lächelte nachsichtig und legte vertraulich einen Arm um meine Schultern.

«Lass mich dir wenigstens erklären, warum ich Blumen nebeneinander male, die zu ganz unterschiedlichen Zeiten blühen. Zwar achte ich die Schönheit der Natur, aber ich möchte mir durch ihre Gesetze keinerlei Grenzen auferlegen. Ich will die Zeit besiegen. Und sie gleichzeitig festhalten. Mit der Überwindung des Gegenwärtigen erhalten die Dinge im Bild ewige Gültigkeit.»

«Ich werde zu Hause in Ruhe über Eure Ausführungen nachdenken», antwortete ich verlegen und fühlte mich dumm und ungebildet. Dieser Mann war auf seinem Gebiet offensichtlich ein gefragter Maler, und ein wohlhabender dazu, wie an seiner kostbaren Kleidung und dem vornehmen Haus zu erkennen war.

«Geertghe, bring uns eine kleine Erfrischung ins Kabinett!», rief er in den hinteren Teil der Diele. «Komm mit, Samuel, ich zeige dir jetzt das Atelier.»

Wir gingen die Treppe hinauf in das zweite Stockwerk. Die Werkstatt war hell und groß, mindestens doppelt so groß wie die des Meisters. Vor jedem der vier Fenster war eine Staffelei aufgestellt. Zwei der Schüler kopierten Werke, die augenscheinlich von dem Meister selbst stammten. Die beiden anderen waren damit beschäftigt, auf einem Tisch, den ein kostbarer Damaststoff zierte, eine Karaffe mit Wein, eine Efeuranke und ein Blumengebinde kunstvoll anzuordnen.

Die Schüler warfen sich bedeutungsvolle Blicke zu und blickten argwöhnisch zu mir herüber, setzten aber ihre Arbeit gleich wieder fort. Sie mochten ungefähr in meinem Alter sein, trugen alle dieselben dunkelvioletten Malerkittel und weiße Hauben. Pieter Leyster ging zu jedem von ihnen hin, gab hier einen Ratschlag, nahm dort den Pinsel selbst in die Hand und erschien mir mit seinen liebevollen Erklärungen wie ein fürsorglicher Vater.

Einige Minuten später stiegen wir wieder hinunter in den ersten Stock und gelangten in einen Raum, der ganz im chinesischen Stil eingerichtet war. An den Wänden glänzten schwarz-goldene, mit Intarsien verzierte Holztäfelungen, die Landschaften und Tiere zeigten. Zwei zierliche Stühle, eine Kommode und ein kleiner runder Tisch mit jadefarbenen Edelsteineinlagen waren die einzigen Möbelstücke.

«Komm, setz dich», forderte Leyster mich auf, «du bist doch sicher durstig. Um diese Zeit nehme ich immer einen Tee zu mir. Hast du schon einmal welchen getrunken?»

Ich verneinte. Von diesem neuen Getränk hatte ich bisher nur gehört. Ich wusste, dass es aus Indien und China stammte und man dafür einen hohen Preis zahlen musste. Der Maler schenkte uns aus einer zierlichen weißen Porzellankanne ein, die ringsum mit Blumen und fliegenden Vögeln bemalt war. Die Tasse war in derselben Manier gearbeitet. Sie lag so leicht in der Hand, dass ich fürchtete, sie könnte vom Druck meiner Finger zerbrechen. Die Farbe des Tees erinnerte mich an dunklen Honig. Meister Pieter reichte mir eine Silberschale mit Kandisstücken.

«Du musst einen Kandis in den Mund nehmen und darauf den heißen Tee trinken. Einfach köstlich, wie der Zucker langsam auf der Zunge schmilzt.»

Der Tee hatte einen kräftigen, würzigen Duft, aber ich hätte nicht sagen können, dass er mir wirklich schmeckte. Ich nahm noch ein weiteres Stückchen Zucker, um den bitteren Geschmack im Mund loszuwerden.

Offensichtlich hatte die sommerliche Hitze jetzt auch das Innere des Hauses erreicht. Auf meiner Stirn fühlte ich Schweißperlen. Pieter Leyster holte einen Fächer mit Pfauenfedern aus seinem Hausmantel und fächelte sich mit einer nachlässigen Handbewegung Luft zu.

«Jetzt bin ich genau in der richtigen Stimmung, um mir dein Bild anzusehen», sagte er und blickte mich erwartungsvoll an. Ich holte Cornelias Porträt hervor und zitterte ein wenig bei dem Gedanken, dass er es für misslungen halten könnte.

Behutsam strich er mit den Fingern über die Leinwand. Seine stechenden Augen blickten mich durchdringend an, und ich war aufs Neue verwirrt.

«Was für eine delikate Ausführung. Ja, das Bild gefällt mir, besonders die duftigen Blumen lassen mein Herz höher schlagen. Ich wäre sehr glücklich, wenn du es mir überlassen würdest. Welchen Preis verlangst du, Samuel?»

Mit einer solchen Frage hatte ich nicht gerechnet. Was konnte ein einfacher Malerschüler wie ich überhaupt für so ein Gesellenstück verlangen? Von Pastor Goltzius wusste ich, dass sich der Preis eines Bildes nach der Berühmtheit des Malers richtete.

Noch bevor ich etwas sagen konnte, beugte Leyster sich vor und berührte zart meine Hand.

«Aber vielleicht sagst du mir zuerst, wofür du das Geld verwenden möchtest. Wir werden uns schon einigen.»

Diesmal brauchte ich nicht lange zu überlegen. Die Worte kamen mir schnell und leicht über die Lippen.

«Mein Vater kann nur noch bis Oktober das Lehrgeld für mich bezahlen. Dann muss ich wieder nach Hause zurück. Aber ich will in Amsterdam bleiben und weiterhin bei meinem Meister lernen.»

Der Maler klappte seinen Fächer zu und seufzte.

«Bildnismaler! Was für eine Vergeudung für so ein Talent, das außerdem noch der Sohn eines Blumenzüchters ist und auf exquisite Art Pflanzen malen kann … Also gut, ich zahle dir so viel, wie du für zwei weitere Jahre bei Rembrandt benötigst. Zweihundert Gulden.»

Ich erschrak. Diese Summe war ein Vermögen, und so viel konnte mein Bild doch niemals wert sein.

«Das kann ich nicht annehmen», stammelte ich, «das Bild war eigentlich nur eine Übung, ich habe erst vor wenigen Monaten mit meiner Ausbildung begonnen …»

«Keine Widerrede. Ich bin Sammler, und wenn mir etwas gefällt, dann will ich es auch haben. Hier», er öffnete eine kleine Schublade, die sich unter der Tischplatte befand, und holte eine bernsteinfarbene Tabakdose heraus, in der Münzen klimperten. «Du sollst für deine Leistung angemessen bezahlt werden.»

Unter wirren Dankesworten steckte ich die Dose in meine Gürteltasche und zwickte mich dabei heimlich in den Handrücken, um sicher zu sein, dass dies alles kein Traum war.

Der Maler erhob sich und klappte den Deckel der Kommode hoch. Aus ihrem Inneren erschien wie von Zauberhand ein Tablett mit grün schillernden Gläsern und einer Karaffe, deren Henkel mit einer silbernen Efeuranke verziert war.

«Und jetzt wollen wir auf das erfolgreich abgeschlossene Geschäft anstoßen. Auf dein Wohl, Samuel.»

Der dunkle Rotwein war süß und schwer, und weil mir heiß war, trank ich das ganze Glas in einem Zug leer.

«So ist es recht, aber auf einem Bein ist schlecht stehen», befand der Maler und füllte das Glas erneut. Er steckte sich eine lange, tönerne Pfeife an, deren aromatischer Duft den ganzen Raum erfüllte. Ganz tief atmete ich den Qualm ein, der träge Spiralen durch die Luft zog, und fühlte mich auf seltsame Weise schwerelos.

Pieter Leyster wechselte das Thema und befragte mich zu meiner Familie und meiner Kindheit in Muiderkamp. Er legte eine solche Anteilnahme an den Tag, dass ich allmählich meine Scheu verlor und mit freiem Herzen und gelöster Zunge erzählte. Bald redeten wir miteinander, als würden wir uns schon seit vielen Jahren kennen.

Er klopfte seine Pfeife aus und rückte seinen Stuhl näher zu mir heran.

«Ich will dir ein Geheimnis verraten, Samuel. Alle Welt nennt mich den ‹Blumen-Leyster›. Aber früher habe ich eine Zeit lang auch Bildnisse gemalt. Als ich allerdings feststellen musste, dass ich damit keinen Erfolg hatte und die Leute viel lieber Stillleben kaufen wollten, habe ich das Genre gewechselt. Mit Erfolg, wie du siehst. Trotzdem male ich auch heute gelegentlich noch Porträts. Allerdings nur zu meinem eigenen Vergnügen. Ich möchte dir gerne meine Bilder zeigen. Noch niemals hat sie ein anderer zu Gesicht bekommen.»

Neugierig horchte ich auf. Die Überraschungen wollten offenbar nicht enden. Pieter Leyster ging wieder zur Kommode und drehte an einem silbernen Knauf direkt darüber. An der gegenüberliegenden Wand öffnete sich eine Tür, die in der Täfelung verborgen gewesen war.

«Komm», sagte er und fasste meine Hand. Der Boden unter meinen Füßen schwankte. Wir gingen durch einen schmalen, lang gestreckten Korridor, an dessen Ende sich ein Fenster befand. Die Wände waren mit Seide in dunklem Purpur bespannt. Überall hingen Bilder, die von gekonnter Hand und in ausgesuchter Farbigkeit ausgeführt waren. Doch alle hatten ein einziges Motiv. Junge Männer, sitzend, stehend, liegend, kniend, im Sprung über einen Bach oder an eine Säule gelehnt, und alle waren sie, bis auf ein schmales Tuch um die Hüften, nackt.

Verstört senkte ich den Blick. Was für befremdliche Bildwerke. Sie ähnelten den Skulpturen griechischer Götter und Helden, wie ich sie aus den Almanachen von Pastor Goltzius und aus der Sammlung meines Meisters kannte. Nur dass diese hier nicht die strengen Profile antiker Heroen aufwiesen, sondern diejenigen holländischer Jungen und Männer. Einige erinnerten mich sogar an Meister Pieters Schüler.

«Was sagst du? Gefallen dir die Bilder?», fragte er und warf mir einen unsicheren, fast bittenden Blick zu.

«Ihr habt ein gutes Auge für die Proportionen des menschlichen Körpers», sagte ich vorsichtig. Ich hoffte, dass diese ausweichende Antwort Meister Pieter genügen würde. Diesem Mann, der sich mir gegenüber als so großzügig erwiesen hatte, wollte ich meine zwiespältigen Gefühle nicht so unvermittelt zeigen. Außerdem war mir, als würde die Farbe auf den Bildern hin und wieder verschwimmen.

«Dieselbe Schönheit und Vollendung, mit der die Natur eine einzelne Blume ausstattet, findet ihre Entsprechung in der Gestalt eines jungen, erblühenden Menschen. Ich liebe die Anmut eines vollkommenen Körpers. Du gefällst mir, Samuel. Du gefällst mir sehr.»

Es lag wohl an dem süßen Wein, der meine Sinne betäubt hatte, dass ich Leysters Worte kaum begriff. Ich presste die Hände gegen meine pochenden Schläfen und wünschte mir wieder mehr Klarheit in meinem bleischweren Kopf.

«Ich will dich malen, Samuel Bol. Gleich hier. Jetzt.»

Pieter Leyster streichelte meine Wange und ließ seine Hand ganz langsam über die Knöpfe an meinem Wams hinuntergleiten. Ich schüttelte heftig den Kopf. Was für ein Ansinnen! Jemanden unbekleidet darzustellen war etwas ganz und gar Ungehöriges. Eine antike Marmorfigur zu zeichnen, oder einen Toten für ein anatomisches Studienblatt, mochte angehen, aber es war schließlich etwas anderes, ein Porträt nach einem lebenden Modell zu malen.

Als Meister Pieter mich an sich zu ziehen versuchte, riss ich mich erschrocken los und rannte zur Tür. Doch er war schneller und stellte sich mir direkt in den Weg. Er lachte leise. Ich duckte mich und wollte Richtung Fenster entfliehen. Im selben Moment umfassten die kräftigen Arme des Malers mich von hinten. Ich roch sein Parfum und seinen Schweiß, sein heißer Atem streifte meinen Nacken.

«Du bist ehrgeizig, Samuel, das gefällt mir. Warum willst du nicht bei mir als Schüler anfangen? Bei mir brauchst du auch kein Lehrgeld zu zahlen. Ich verlange nichts von dir, fast nichts …»

Verzweifelt versuchte ich, mich aus der Umklammerung zu befreien, doch der Meister presste mich nur noch fester an sich. Was war nur in ihn gefahren? So ungestüm hätte nicht einmal der wildeste Bursche aus Muiderkamp sein Mädchen beim Kirmestanz umarmt. Und dabei war ich ein Mann wie er. Als ich merkte, dass mir mein Widerstand nichts nützte, verharrte ich starr und still wie eine Maus, die sich Auge in Auge mit der Katze sieht.

«Na also, warum nicht gleich so?», flüsterte der Maler triumphierend, fuhr mit seinen Fingern durch mein Haar und spielte mit einer Locke. Ich riss den Kopf zur Seite und biss ihm in die Hand. Er stöhnte leise auf. Ich erschrak, dass ich mich zu einer solchen Tat hatte hinreißen lassen. Meinen Leichtsinn verfluchend, wollte ich mich gerade bei ihm entschuldigen, als ein Geräusch mich zusammenzucken ließ.

«Meister Pieter, ich habe Euch überall gesucht. Ihr wolltet doch unsere Vorzeichnungen prüfen.»

In der Türöffnung stand einer der vier Schüler. Seine Palette war zu Boden gefallen, die Farben flossen auf den schwarz-weißen Marmorfliesen bunt ineinander. Mit offenem Mund starrte er uns an.

Abrupt ließ Pieter Leyster mich los. Er ordnete seine Kleider, hob die Schultern und warf dem Schüler ein schiefes Lächeln zu. Ich dankte dem Allmächtigen dafür, dass er mich aus dieser verzwickten Lage befreit hatte. Wie der Blitz rannte ich zur Tür und stieß dabei aus Versehen mit dem Schüler zusammen. Unsere Blicke trafen sich. In seinen Augen lag Hass.

Obwohl es auf der Straße unerträglich heiß war, fröstelte ich. Die Luft flimmerte vor meinen Augen. Taumelnd lief ich über die Brücke die Rozengracht zurück, wobei ich mich an den Hauswänden festhielt, um nicht zu stolpern. Und da hatte ich immer angenommen, dass man nur auf einem Schiff seekrank werden könnte. Rebekka öffnete mir mit vorwurfsvollen Blicken. Ich lief in den Garten und tauchte meinen Kopf einige Male in die Zisterne mit dem Regenwasser, bis ich nach Luft schnappen musste. Allmählich fühlte ich mich wieder besser.

Gleich morgen würde ich meinen Eltern schreiben, sie sollten sich wegen meiner Lehre keine Gedanken machen. Und dass ich mit Gottes Hilfe so viel Geld verdient hätte, dass ich zwei weitere Jahre bei Meister Rembrandt in Amsterdam bleiben könnte.

Zur Abendmahlzeit verzichtete ich auf das Bier und trank stattdessen nur Buttermilch. Als ich den schweren, klobigen Becher zum Mund führte, stellte ich mir vor, wie ich später einmal aus goldverzierten, dünnwandigen Porzellantassen trinken würde und aus silbrig schillernden Glaspokalen.

Vor dem Zubettgehen öffnete ich die Tabakdose und zählte die Münzen nach. Ich spürte ihr Gewicht in meinen Händen und schloss die Augen. Unter dem Deckel war auf der Innenseite eine Szene verborgen, wie ich sie von den Darstellungen griechischer Vasenbilder in Pastor Goltzius' Almanachen kannte. Dargestellt waren zwei Männer, die nackt miteinander kämpften. Aber vielleicht tanzten sie auch.

Nachdenklich legte ich die Dose zuunterst in die Truhe neben meinem Bett, in der sich meine wenigen Habseligkeiten befanden. Ich beschloss, in Zukunft lieber einen Umweg zu machen und das Haus von Pieter Leyster zu meiden.

August 1669

DAS BILDNIS des Professors nahm immer mehr Gestalt an. Der Meister war voller Tatendrang und arbeitete fast ununterbrochen. Inzwischen hatte er auch den Leichnam vollendet, den ich nicht anschauen konnte, ohne an die Hinrichtung auf dem Marktplatz denken zu müssen oder an die Vorlesung des Professors. Jedes Mal erschauerte ich aufs Neue.

Um die bläuliche Blässe des toten Körpers möglichst genau zu treffen, verwendete der Meister ein Bleiweiß, das er mit Lampenrußschwarz, Rot- und Goldocker sowie einer Spur Zinnober mischte. Die von der Kälte geröteten Hände und Gesichter der lebenden Ärzte standen ganz im Gegensatz zu der blassen, wächsernen Haut des Toten, dessen Körpermitte von einem weißen Tuch verdeckt war.

Der Bildvordergrund war dergestalt angeschnitten, dass man das Gefühl hatte, unmittelbar in die Szene hineingezogen zu werden, wie ein stummer Zeuge. Um dieser Wirkung willen hatte der Meister den Leichnam in einer Schräge zur Bildebene angeordnet. Er hatte den Winkel so geschickt gewählt, dass der Tote den Blick des Betrachters auf sich zog. Der Tisch, auf dem der Leichnam lag, war eigentümlich schief. Der Betrachter blickte gleichzeitig von oben und seitlich darauf.

Dies war jedoch keineswegs ein Mangel, sondern zeugte von dem überragenden Können des Meisters. Ihm ging es darum, einen Vordergrund zu schaffen, auf dem der wächserne Leichnam umso deutlicher hervortrat. Daher schien es ihm nötig, die richtige Perspektive zu missachten – eine Methode, die das alleinige Vorrecht eines Genies ist. Denn es bedarf unbedingter Meisterschaft, bevor man die Realität der Wirkung wegen außer Acht lassen darf.

Bis jetzt hatte der Meister noch offen gelassen, an welche Stelle er das Mikroskop setzen würde. Wir sprachen miteinander über den rechten Platz, und der Meister fragte mich nach meiner Meinung. Ich schlug ihm vor, am rechten Bildrand, direkt hinter dem Rücken des Medicus, einen Tisch einzufügen. Dort sollten, wie bei einem Stillleben, das Mikroskop, einige chirurgische Instrumente und eine Sanduhr zu sehen sein, wie wir sie im Arbeitszimmer des Professors auf seinem Schreibtisch gesehen hatten.

In dem Moment, als ich diesen Gedanken vortrug, spürte ich, dass es noch eine andere, bessere Lösung geben musste. Auch der Meister schien mit meiner Antwort nicht zufrieden. Er runzelte die Stirn und malte einstweilen an den Füßen des Toten weiter, dessen Knochen und Sehnen freilagen. Ich bat den Meister, mir einen Tag Bedenkzeit zu geben, weil ich das Problem noch einmal überschlafen wollte.

In der Nacht zog das Bild im Traum an mir vorbei. Jedem einzelnen Quadratzentimeter spürte ich so lange nach, bis ich eine Stelle entdeckt hatte, an der ich ein Ungleichgewicht bemerkte.

«Du siehst heute gar nicht ausgeruht aus, Samuel», meinte der Meister, als ich am nächsten Morgen ins Atelier kam und mir den Schlaf aus den Augen rieb.

«Ich möchte Euch eine Idee vortragen, Meister Rembrandt. Wie wäre es, Ihr würdet rechts hinter den Medicus, an der Stelle, wo der Raum ganz leer ist, den Saaldiener malen? Er könnte aus dem dunklen Hintergrund auftauchen und das Instrument hereintragen. Die Aufmerksamkeit des

Betrachters würde weiterhin auf dem vortragenden Professor ruhen. Das Mikroskop wäre erst auf den zweiten Blick erkennbar und würde trotzdem, wegen der räumlichen Nähe zum Medicus, direkt mit ihm in Verbindung gebracht werden.»

Der Meister runzelte die Stirn und hielt einen kurzen Moment beim Malen inne. Dann pfiff er leise und mahnend durch die Zähne.

«Und was ist mit der ausgeprägten Wahrheitsliebe des Herrn Adriaen van Campen? Die scheinst du wohl ganz vergessen zu haben. Was, glaubst du eigentlich, würde der Professor zu einer Szene sagen, die sich während seiner Vorlesung so überhaupt nicht zugetragen hat? Ich werde eine andere Lösung suchen müssen.»

Enttäuscht senkte ich den Kopf. Es stimmte, was der Meister sagte. Ich hatte nur noch an eine möglichst spannungsvolle Komposition gedacht und nicht mehr an die strengen Anordnungen des Professors. Drei Tage später stellte ich fest, dass der Meister an dem Bild etwas verändert hatte. Rechts im Hintergrund tauchte schemenhaft eine Gestalt auf. Es war der Saaldiener mit dem Mikroskop.

Wegen der Größe des Gemäldes hatte der Meister schon zahlreiche Pinsel verbraucht. Ich begleitete ihn zu einem Händler in der Zandstraat, wo er gleich ein ganzes Dutzend neuer auf Vorrat kaufte. Der portugiesische Inhaber war ein schmaler, dunkelhaariger Mann mit einem gezwirbelten Schnurrbart. Er zeigte sich erfreut, den Meister nach langer Zeit wiederzusehen. Die beiden Männer kannten sich seit vielen Jahren und begannen augenblicklich, über die Qualität von Marder- und Wildschweinborsten zu fachsimpeln. Der Händler erkundigte sich nach Cornelia und erinnerte sich lachend daran, wie sie ihn als kleines Mädchen einmal gefragt hatte, ob man für die Herstellung von Pinseln Schnurrbarthaare verwenden würde. Als wir uns verabschiedeten, bot der Kaufmann an, neues Material von seinem Laufburschen bringen zu lassen, sollte der Meister einmal nicht genügend Zeit haben, persönlich vorbeizukommen.

Der Rückweg führte uns an dem Wirtshaus «Admiral Potter» vorbei, aus dessen offen stehenden Fenstern Tanzmusik ertönte. Der Meister verlangsamte seinen Schritt und summte ein paar Takte mit.

«Ich glaube, ich sollte meinen Augen einmal etwas anderes gönnen als ehrfürchtig dreinblickende Doctores. Lass uns hineingehen und etwas trinken. Mir ist nach ein paar bodenständigen Menschen zumute, die zechen und tanzen.»

Wir setzten uns an einen freien Tisch am Fenster, wo es heller war und die Luft nicht so stickig wie weiter hinten im Raum. Der Meister holte sogleich seinen Skizzenblock hervor und zeichnete eine Gruppe von Männern, die an einem der Nachbartische saßen. Sie rauchten Pfeife und spielten dabei «Roemsteken», dass die Karten nur so über die Tischplatte flogen.

Ein paar Frauen sangen zu den Melodien des Orchesters, das aus zwei Geigen und einem Rommelpot bestand. Man hätte kaum sagen können, wer die falscheren Töne erzeugte, die Musiker oder die Sängerinnen. Die tanzenden Paare schien das nicht zu kümmern. Sie vollführten eine Mischung aus «Heb den Fuß» und «Sieben Sprünge», bis sie sich johlend in immer schnelleren Kreisen drehten.

Ein Junge, etwa im selben Alter wie mein jüngster Bruder, schlich sich an den Nebentisch an und nutzte die Unaufmerksamkeit der Kartenspieler aus, indem er heimlich aus ihren Bechern trank. Seine Schwester saß auf einem

Schemel in der Ecke und suchte einen mageren Hund mit struppigem Fell nach Flöhen ab.

«Mein lieber Freund! Welche Überraschung, Euch ausgerechnet an einem solchen Ort anzutreffen! Was hat Euch denn dazu veranlasst, plötzlich die Gesellschaft von Menschen zu suchen?»

Ich roch Lavendel. Draußen, auf dem Gehweg, stand Pieter Leyster und schaute durch das offene Fenster in die Gaststube. Er lüftete den Hut und machte eine leichte Verbeugung. Als er sich wieder aufrichtete, hatte ich das Gefühl, als würden seine Blicke durch meine Kleidung hindurch auf den Grund meiner Seele dringen. Ich errötete. Noch ehe mir eine glaubhafte Ausrede für eine Flucht eingefallen war, stand er auch schon an unserem Tisch und setzte sich neben mich auf die Bank, dem Meister gegenüber. Dieser nickte ihm nur flüchtig zu und machte mit einem Handzeichen deutlich, dass er soeben noch seine Studie fertig skizzieren wollte.

«Wie ich sehe, demonstriert Ihr Eurem Schüler die Fingerfertigkeit des trinkenden, Karten spielenden Volkes.»

Leyster hatte sich über den Tisch gebeugt und warf einen Blick auf die Skizze.

«Vortrefflich. Das gründliche Beobachten eines Objektes in seiner natürlichen Umgebung ist eine wesentliche Voraussetzung für die Überzeugungskraft eines Bildes.»

Leyster winkte die Dienstmagd zu sich und bestellte drei Gläser alten französischen Branntwein.

«Fühlt euch als meine Gäste. Nein, keinen Widerspruch. Ich habe vor einer Stunde ein halbes Dutzend Bilder an den Herzog von Brabant verkauft. Nun ist mir nach Feiern unter Freunden zumute.»

Pieter Leyster spreizte seine rechte Hand. Unterhalb des goldenen Wappenrings war auf dem Handrücken eine etwa drei Zentimeter lange Narbe zu sehen, die er wie zufällig mit der Linken streichelte. Mit einem sanften Augenaufschlag blickte er mich von der Seite an. Er schien nicht im Geringsten verärgert zu sein über die Wunde, die ich ihm bei meinem Besuch zugefügt hatte.

Der Meister legte Stift und Heft zur Seite und prostete seinem Gegenüber zu.

«Danke für die Einladung, trinken wir also auf Euer Wohl, Pieter. Ich freue mich über Euren Erfolg, wenngleich ich nach wie vor der Meinung bin, dass Ihr Euch für das falsche Sujet entschieden habt.»

«Ganz im Gegenteil, mein lieber Rembrandt, mein Erfolg ist der beste Beweis dafür, dass ich das richtige Genre gewählt habe.»

Als hätten die beiden Männer nur darauf gewartet, das Gespräch von neulich fortzusetzen, befanden sie sich augenblicklich wieder in einem heftigen Meinungsstreit.

«Nichts ist so vielfältig wie die Darstellung des Menschen», erklärte der Meister entschieden und erhob seine Stimme, da die Musikanten zu einem neuerlichen Spiel anhoben. «Daher ist es auch kein Zufall, dass es so viele verschiedene Arten von Porträts gibt. Denkt nur an das historische Bildnis, das eine Gestalt aus der griechischen oder römischen Sagenwelt darstellt. Oder nehmt die politischen Repräsentanten aus der ruhmreichen Vergangenheit unseres Landes. Besonders wichtig ist weiterhin das biblische Porträt, wobei hier zusätzlich noch zwischen Altem und Neuem Testament zu unterscheiden ist. Dann sind da noch das Gruppenbildnis mit mehreren Personen sowie das Selbstbildnis. Von der letzten Sorte habe ich seit meiner Jugend so viele gemalt, dass ich sie überhaupt nicht mehr alle aufzählen könnte.»

Pieter Leyster machte eine Handbewegung, als würde er einen unsichtbaren Gegenstand über die Schulter werfen. Der Meister tat, als hätte er diese Geste nicht bemerkt, und fuhr beharrlich fort.

«Des Weiteren gibt es das Porträt nach einem lebenden Modell. Dabei kann es sich um einen reichen Kaufmann, einen aussätzigen Bettler oder um eine junge, hübsche Frau handeln, deren Verlobter ein Hochzeitsbildnis in Auftrag gegeben hat. Und vergesst nicht die Bildnisse, die einen der fünf Sinne symbolisieren. Den Lautenspieler etwa, der auf das Gehör verweist, oder den Weintrinker, der den Geschmackssinn veranschaulicht.»

Pieter Leyster zeigte sich unbeeindruckt. Er bestellte eine weitere Runde Branntwein und prostete seinem Nachbarn selbstgewiss zu. Ich nippte nur an meinem Glas und schüttete den Rest auf den Fußboden. Schließlich wollte ich kein zweites Mal in Anwesenheit von Meister Pieter meinen klaren Kopf riskieren. Beide Männer hatten zum Glück nichts davon mitbekommen.

«Eure Argumente verblassen gegenüber dem Stillleben, mein lieber Rembrandt, denn es ist unendlich vielseitig und fordert die Aufmerksamkeit des Betrachters bei weitem mehr heraus. So kann ich zum Beispiel einen reich gedeckten Tisch malen mit kostbarem Tafelgeschirr und Silber. Oder ein Bild mit Büchern, Schreibzeug oder Musikinstrumenten. Vielleicht will ich aber auch die unermesslichen Schätze des Meeres preisen und wähle hierfür Fische, Muscheln und Hummer als Motive. Wenn ich einen Totenschädel neben einer Sanduhr und einer brennenden Pfeife abbilde, so erinnere ich die Betrachter zugleich an die Vergänglichkeit irdischen Lebens.»

«Eben weil der Mensch endlich ist, halte ich ihn in einem bestimmten Augenblick seines Lebens fest. Er altert fortan nicht mehr. Im Bild überwindet er die Zeit und wird unsterblich.»

«Die Zukunft ist eine ungewisse Größe. Wir sollten uns vielmehr um die Gegenwart kümmern, lieber Freund, und die ist voller Zauber und Schönheit. Ich jedenfalls fühle mich dazu berufen, Blumen darzustellen. Wobei ich zugeben muss, dass ich derartige Motive vor allem deswegen male, weil es das Publikum verlangt und mir meine Auftraggeber eine Menge Geld dafür zahlen. Doch vielleicht ist es sogar das Beste, Ihr bleibt bei Euren Menschendarstellungen. Dann müssen wir uns wenigstens nicht die Kunden und den Ruhm teilen.»

Allmählich kühlten sich die Gemüter der beiden Männer wieder ab, und sie wechselten das Thema. Pieter Leyster erzählte sehr anschaulich von seiner Zeit in Italien und der heiteren Lebensart der Menschen. Während er sprach, rutschte er Zentimeter für Zentimeter näher an mich heran. Ich wollte ihm ausweichen, doch rechts neben mir war schon die Wand. Plötzlich spürte ich eine Hand, die zuerst mein eines, dann mein anderes Knie in sanft kreisenden Bewegungen streichelte. Langsam und behutsam tastete die Hand sich meinen Oberschenkel hoch, wurde fester und fordernder.

Als hätte er mein Erschrecken nicht bemerkt, fuhr der Maler mit seinem Spiel fort, lehnte sich dabei wie zufällig gegen meine Schulter und plauderte in harmlosem Tonfall weiter. Mir wurde heiß. Wie sollte ich nur entkommen, ohne Aufmerksamkeit zu erregen oder Meister Pieter erneut zu brüskieren?

Hilfe suchend sah ich mich um. Da bemerkte ich zwei Männer, die gerade das Gasthaus verließen. Sie brachten mich auf die rettende Idee. Ich sprang so hastig von meinem Sitz auf, dass ich dabei fast den Tisch umgeworfen hätte.

«Bitte entschuldigt mich, Meister Rembrandt und Meister Pieter. Dort hinten habe ich gerade einen Vetter meines Vaters entdeckt. Ich will ihn nur rasch begrüßen und fragen, ob es Neuigkeiten in Muiderkamp gibt.»

Während ich über die Bank kletterte, flüsterte Pieter Leyster an meinem Ohr: «Ich lass dich nicht entkommen, Samuel Bol.»

Mit langen Schritten lief ich den beiden Männern hinterher und folgte ihnen ein Stück die Straße hinab. Dann suchte ich hinter einem Karren Deckung und beobachtete von diesem sicheren Posten aus den Eingang zum Wirtshaus. Nach einer Weile trat Pieter Leyster auf die Straße, spähte in alle Himmelsrichtungen und ging schließlich schulterzuckend in die entgegengesetzte Richtung davon.

Ich atmete auf und kehrte zur Schänke zurück. In der Tür begegnete mir der Meister.

«Und, hast du mit deinem Verwandten gesprochen? Ist bei deiner Familie alles in Ordnung?», wollte er wissen.

«Ich habe mich geirrt, Meister Rembrandt. Der Mann war gar nicht der Vetter meines Vaters», gab ich zu und vermied es, ihm direkt in die Augen zu sehen.

«Du scheinst unserem Nachbarn nicht so recht über den Weg zu trauen», sagte der Meister. «Er ist ein seltsamer Kauz, und es wird allerlei über ihn gemunkelt. Allerdings habe ich mich noch niemals um das Geschwätz der Leute gekümmert. Wir sind zwar unterschiedlicher Meinung, trotzdem ist Pieter Leyster immer ein Freund gewesen.

Vielleicht ist er sogar der einzige, der mir noch geblieben ist.»

Die letzten Worte sprach er sehr leise. Ich schaute in sein Gesicht. Der Meister sah alt und müde aus.

September 1669

DIE MEISTEN Betrachter hätten das Gruppenbildnis mit der Anatomievorlesung vermutlich als vollendet angesehen. Doch noch immer fand der Meister etwas zu verbessern, hier eine Stofffalte zu vertiefen, da ein Glanzlicht in einen Augapfel oder auf eine Haarlocke zu setzen. Die Szene war so lebendig und mit so großem Können ausgeführt, dass im Verborgenen blieb, wie viel Mühe er auf diese Wirkung verwendet hatte.

Eine Vielzahl geheimnisvoller Effekte entstand aus dem meisterlichen Zusammenspiel von Licht und Schatten, von Hell und Dunkel. Die Konturen des Anatomiesaals im Hintergrund blieben im Dunkeln, ebenso wie der eintretende Diener mit dem Mikroskop. Die Zuschauer in den ersten Reihen glichen bräunlichen Farbschatten. Das Licht kam von oben, von einer Quelle außerhalb des Bildes. Es umfing die Figuren im Vordergrund, auf die sich das Augenmerk des Betrachters richtete, und verlieh ihnen Körperlichkeit.

In dem scharf ausgeleuchteten Gesicht des ganz links stehenden Medicus warf der Kneifer auf der Nase feine Schattenlinien auf die Haut. Der Handrücken des Medicus Thomas Block wies an einigen Stellen eine raue Oberfläche auf, die seiner Haut eine fast spürbare Beschaffenheit verlieh. Zu den Knöcheln hin lief ein Schleier von rosigen Farbnuancen und Grautönen. Eine der eindrucksvollsten Passagen bildete der Ärmel des Professors, in dem sich die Farbe in Klumpen und Schollen aus der Oberfläche erhob und das Licht zurückwarf.

Aufmerksam beobachtete ich, wie der Meister die aufgeschlagenen Seiten des Lehrbuches zuerst mit dick aufgetragener Ockerfarbe formte und anschließend mit dem Pinselstiel Furchen in die noch feuchte Farbe zog. Dann forderte er mich auf, ein Stück zurückzutreten.

«Noch einen Schritt weiter weg. Halt, Samuel, das ist genug. Von genau diesem Standpunkt aus muss ein Betrachter sich meine Bilder anschauen. Das menschliche Auge ist erst auf eine gewisse Entfernung dazu fähig, Pinselstriche und Farben miteinander zu vereinen.»

«Verratet mir das Geheimnis von Licht und Schatten, Meister Rembrandt», bat ich ihn.

Er griff nach einem flacheren Pinsel. «Es gibt kein Geheimnis, Samuel. Malen ist Handwerk. Alles, was ein Maler braucht, ist ein geübtes Auge und eine geschmeidige Hand. Komm her, ich kann es dir beweisen.»

Ich trat neben ihn. Mit dem Malstock deutete er auf die Leinwand.

«Licht und Schatten stehen in einem ständigen Wechsel. Eine beleuchtete Form kann Lichtreflexe in der Schattenzone einer anderen Form erzeugen, wie auch umgekehrt. Betrachte die Figur des Medicus Thomas Block. Siehst du, wie das Weiß des Kragens sein Licht auf die verschattete Wange wirft und auf die Unterkante der Nase?»

Er mischte etwas Bleiweiß mit Ocker und Zinnober und fuhr mit dem Pinsel mehrmals zart über diese Partien. Beim Zurücktreten war ich verblüfft, wie diese nur geringfügige Änderung das Gesicht des Medicus noch mehr belebte. Der Meister mischte ein wenig Ultramarin unter die Farbe und setzte einen leichten Schatten neben das Kinn.

«Diese Luftspiegelung bewirkt außerdem, dass die Farbe der Haut in der unteren Gesichtshälfte kühler erscheint als in der oberen», erklärte er. Nach einem prüfenden Blick legte er Pinsel und Palette zur Seite und setzte sich in seinen Armlehnstuhl. Er zündete sich eine Pfeife an und sah zufrieden auf sein Werk.

Immer wieder hatte der Meister davon gesprochen, dass handwerkliche Technik und Geschicklichkeit die alleinigen Grundlagen seiner Malerei seien. Trotzdem war ich fest davon überzeugt, dass noch mehr dahinter stecken musste. Denn was der Meister auf die Leinwand brachte, war nicht nur das bloße Abbild einer Person. Es war die sichtbar gewordene Tiefe seines Charakters, seine Seele. Rembrandt van Rijn besaß die Gabe, unter die Haut seines Gegenübers zu kriechen und zu verstehen, was der Porträtierte vielleicht nicht einmal selbst über sich wusste.

Die Herbstkirmes war ein Ereignis, dem in Amsterdam genauso entgegengefiebert wurde wie bei uns auf dem Land. Schon Tage zuvor hatten Torwächter, Trommler und Ausrufer überall in der Stadt das Fest angekündigt. Es dauerte acht Tage und begann am letzten Sonntag im September um halb eins mit einem halbstündigen Glockenläuten vom Stadhuisturm.

Cornelia und ich gingen zum Dam und sahen dem Aufzug der Bürgerwehren zu, die der Reihe nach in ihrer farbenprächtigen Festtagskleidung aufmarschierten. Allen voran kamen die Bogenschützen als älteste Gilde, danach die Schützen mit der Armbrust und zum Schluss die Kompanie der Büchsenschützen, die ihre blank polierten Feuerwaffen präsentierten. Sie hatte der Meister einmal in einem großartigen Gruppenbildnis dargestellt, in dem die Kompanie des Hauptmanns Frans Banningh Cocq und seines Leutnants Willem van Ruytenburgh sich zum Ausmarsch formierte.[15]

Neben der Koopmansbeurs hatte man einen Pfahl errichtet, auf dem ein hölzerner Vogel saß. Hier übten sich die Bogenschützen im Schießen. Wer es schaffte, den Vogel mit einem Pfeil herunterzuholen, würde zum Schützenkönig ernannt werden. Ein junger, dicklicher Mann mit teigigen Gesichtszügen schaffte es schließlich. Unter dem Beifall der Umstehenden wurde ihm ein mit Federn geschmückter Hut als Ehrenzeichen aufgesetzt.

Breitbeinig schritt er an den Zuschauerreihen vorbei, um sich ein hübsches Mädchen auszuwählen, das ihn während der Kirmeswoche begleiten sollte. Mit einem Mal blickte er frech grinsend in unsere Richtung. Schnell zog ich Cornelia weiter, denn ich wollte nicht, dass sie mit jemand anderem ausging. Und erst recht nicht mit diesem widerlichen Schützenkönig.

«Sieh mal da vorne, der kleine Hund!», versuchte ich sie abzulenken.

Auf einem Podest führte ein schwarz-weiß gefleckter Hund Kunststücke vor. Er sprang durch einen Reifen, tanzte auf den Hinterpfoten und machte einen Salto rückwärts. Ich hatte richtig gewettet, Cornelia war sofort gefesselt und klatschte bei jeder Nummer laut Beifall.

«So einen möchte ich am liebsten auch haben. Ich glaube, Vater würde es mir sogar erlauben. Aber Paulintje kann Hunde nicht ausstehen. Vorige Woche habe ich gesehen, wie der Pudel von unseren Nachbarn mit blutender Nase vor ihr davongelaufen ist. Magst du eigentlich Hunde, Samuel?»

«Ja, ich hatte einmal einen, als ich zehn Jahre alt war. Einen kleinen schwarzen, er hieß Hondje. Er ist von einem Fuhrwerk überfahren worden.»

«Oh, das tut mir Leid. Hast du ihn sehr gemocht?»

Ich nickte stumm. Die Erinnerung an diesen Freund meiner Kindheit hatte mich traurig gemacht. Cornelia nahm meine Hand, und wir zwängten uns weiter durch die Menschenmenge. Es war kaum möglich, ein paar Schritte zu gehen, ohne angerempelt oder getreten zu werden. Auf dem Marktplatz und in den angrenzenden Straßen hatten Händler Verkaufsstände und Zelte aufgebaut. Glasbläser zeigten ihre Kunst und fertigten vor den Augen der staunenden Zuschauer Trinkschalen und Flakons. Stoffhändler priesen schimmernde Seide, golddurchwirkten Brokat und feinstes Wolltuch an. Hölzernes Kinderspielzeug wurde neben Diamanten dargeboten, Schuhwerk neben Gemälden.

Bei einem Altkleiderhändler entdeckte ich ein wunderschön gearbeitetes kobaltblaues Wams mit Samtknöpfen. Es war genau in meiner Größe und hätte nicht einmal geändert werden müssen. Ich spürte den weichen Stoff zwischen meinen Fingern. Zu gern hätte ich es mir gekauft, da ich doch jetzt durch den Verkauf von Cornelias Porträt eine hübsche Summe beisammenhatte.

Aber dann dachte ich daran, dass ich ja alles Geld für meine Lehrzeit brauchen würde und sparsam sein musste. Außerdem wusste ich, dass meine Mutter uns niemals gebrauchte Kleider gekauft hatte, selbst in der größten Not nicht. Keiner konnte schließlich wissen, ob sie nicht einmal einem Menschen gehört hatten, der an der Pest gestorben war. Mit leisem Bedauern schloss ich zu Cornelia auf.

Über der Mitte der Stadt lag eine Dunstglocke, die sich aus den unterschiedlichsten Düften und Gerüchen zusammensetzte. Überall gab es zu essen oder zu trinken: geräucherten Fisch, Fleischsuppe, Pfannkuchen oder Bier. Ganze Ochsen und Schweine wurden gebraten, und kaum dass ein Tier verzehrt war, wurde auch schon für Nachschub gesorgt. Obwohl der Pastor in seiner Predigt vor Völlerei und übermäßigem Alkoholgenuss gewarnt hatte, waren bereits am frühen Nachmittag vereinzelt Männer und Frauen zu sehen, die sich am Straßenrand übergaben oder mit glasigen Augen vor den Eingängen der Schänken hockten.

«Wer will die Kuh mit den zwei Schwänzen sehen oder das Pferd mit sechs Beinen?», polterte dröhnend eine Männerstimme. «Kommt alle zu mir und staunt, welche Absonderlichkeiten die Natur zustande bringt! Und wer mir eine Katze mit blauem Fell oder ein Kaninchen mit roten Punkten bringen kann, der braucht auch keinen Eintritt zu zahlen.»

Erschrocken machte Cornelia einen Schritt zurück, als sie einen schwarzhäutigen Mann entdeckte, der wie ein eingesperrtes Tier in einem Käfig saß. Er wurde von einem Zwerg bewacht, der dem Bedauernswerten ein Stück rohes Fleisch zwischen die Gitterstäbe warf. Auf allen vieren stürzte der Schwarze sich darauf und verschlang es wie ein Hund.

«Dieser Mann hier war sieben Jahre lang Sklave bei den Türken», rief der Zwerg in die Zuschauermenge und hielt die entsprechende Anzahl Finger in die Luft. «Wer seine Geschichte hören will, soll etwas Anständiges zu essen und zu trinken herbringen. Er wird von den abscheulichsten Dingen erfahren, wie sie noch nie ein Mensch zuvor erlebt hat.»

«Wie schrecklich, der arme Mann! Lass uns lieber zu den Clowns gehen», rief Cornelia und zog mich hinter sich her.

Vor dem Stadhuis hatte eine Wandertruppe eine Bühne aufgebaut. Zwei Vorhänge dienten als Kulisse. Ein Hanswurst drehte Pirouetten und schlug Purzelbäume. Mit wilden Grimassen und übertriebenen Handzeichen äffte er zwei würdig einherschreitende Edelleute nach, die um eine hübsche Frau buhlten.

Einige junge Männer im Publikum fühlten sich durch das Spiel auf der Bühne angespornt und pöbelten ein paar vornehme Bürgersleute an, die sich empört abwandten. Überhaupt schienen an dem Fest vor allem Menschen aus dem Volk teilzunehmen. Die reichen Bürger und Handelsherren blieben im Hintergrund für sich. Sie kamen lediglich als Zuschauer, die sich an dem Treiben der einfachen Leute ergötzten.

«Cornelia, warum hast du mir nicht gesagt, dass du auf der Kirmes bist? Wir hätten doch zusammen gehen können.»

Wie aus dem Boden geschossen stand auf einmal Gerrit vor uns, der Sohn des Fischhändlers von nebenan, der Cornelia freundlich anlächelte. Für mich hatte er nur ein schiefes Feixen übrig. Er überragte uns beide um einen Kopf.

«Guten Tag, Gerrit, daran habe ich überhaupt nicht gedacht. Aber Samuel kommt aus einem kleinen Dorf. Ich wollte ihm einmal zeigen, was es heißt, eine richtige Kirmes zu feiern.»

Cornelia blinzelte mich schräg von der Seite an und schien es zu genießen, mich verlegen zu sehen. Sie wusste, dass ich stolz auf meine Heimat war und es nicht leiden konnte, wenn man mich damit aufzog.

«Hier, das ist für dich. Mach es aber erst zu Hause auf.»

Gerrit drückte Cornelia eine Schachtel in die Hand, die mit Tulpen bemalt war, und sah sie erwartungsvoll an.

«Was ist, willst du morgen mit mir ausgehen? Ich habe gehört, dass Elefanten aus Afrika gezeigt werden sollen. Sie sind erst vorhin mit dem Schiff angekommen.»

«Ja sicher, gerne. Ich werde Rebekka sagen, dass ich ihr erst übermorgen beim Wäscheflicken helfen kann.» Als Cornelia meine Verstimmung bemerkte, fügte sie schnell hinzu: «Samuel kann leider nicht mitkommen, er muss für meinen Vater Farben reiben.»

Gerrit drehte sich um und winkte uns im Fortgehen fröhlich zu. Als er außer Sichtweite war, öffnete Cornelia neugierig die Schachtel und stieß einen überraschten Laut aus. Innen lag ein flacher, ovaler Kuchen, der mit weißem Zuckerguss glasiert war. Eingerahmt von kandierten Früchten prangte in roter Farbe eine Inschrift: «Von ganzem Herzen.»

Am nächsten Morgen stand ich schon früh auf und ging direkt von meiner Kammer ins Atelier, während die anderen unten in der Stube beim Frühstück saßen. Den ganzen Tag über war ich schlecht gelaunt. Zum Glück bekam der Meister davon nichts mit. Er war viel zu sehr in seine Arbeit vertieft. Ich stellte mir vor, wie Cornelia mit diesem langen, unausstehlichen Gerrit durch die Straßen ging, wie er dabei vielleicht seinen Arm um ihre Hüfte legte, wie neulich, beim Geburtstag des Meisters, und wie sie lachend die Köpfe zusammensteckten. Ich schwang den «Läufer» und zerrieb die Pigmente mit solcher Wut, dass ich am Abend so viele Farben zubereitet hatte wie sonst in drei Tagen.

Es dämmerte bereits, als ich noch einmal mit einem Eimer zur Gracht ging, um frisches Wasser zum Auswaschen der Pinsel zu holen. Vor dem Haus kam mir Cornelia entgegen. Ihre Wangen waren gerötet, ein paar Haarsträhnen hatten sich aus der Haube gelöst und hingen in feinen Spiralen bis auf die Schultern.

«Du bist mir ein feiner Freund, Samuel! Lässt mich mit

diesem kreuzdummen Gerrit allein zur Kirmes gehen, bloß, weil dir deine Farben wichtiger sind als ich!»

Mit offenem Mund blickte ich ihr hinterher, wie sie zornig und mit weiten Schritten ins Haus stapfte.

Als ich mich nach dem Abendgebet in mein Bett legen wollte, spürte ich unter meiner Bettdecke etwas Hartes. Ich zündete eine Kerze an und sah im Lichtschein eine winzig kleine Holzfigur. Es war ein schwarzer Hund, der fast genauso aussah wie mein Hondje.

Bis zum Amtsjubiläum des Professors blieben nur noch drei Wochen. Wie jeden Morgen legte ich die frisch gereinigten Pinsel der Größe und Breite nach zurecht, suchte Spachtel, Farben und Palette heraus. Da kam der Meister ins Atelier, setzte sich in seinen Armlehnstuhl und zog einen Brief aus seinem Kittel.

«Hier, Samuel, lies einmal. Das Schreiben geht vor allem dich etwas an.»

Einen Augenblick lang fürchtete ich, es könnte sich vielleicht um eine schlechte Nachricht von zu Hause handeln – aber dann hätte der Meister den Brief ganz sicher nicht geöffnet. Das Papier roch nach Lavendel, die Worte waren mit malvenfarbener Tinte und in einer verschlungen-zierlichen Handschrift verfasst.

«Mein lieber Freund Rembrandt, bitte verzeiht mir, dass ich Euch auf diesem Wege mein Anliegen vortrage. Aber dringende Geschäfte halten mich derzeit davon ab, Euch persönlich aufzusuchen, und so wähle ich den Weg des geschriebenen Wortes. Mir ist vor wenigen Tagen ein großer und äußerst wichtiger Auftrag übertragen worden. Ein verhängnisvolles Schicksal wollte es jedoch, dass zwei meiner Schüler erkrankt sind. Somit sehe ich mich außerstande, meine Aufgabe in der mir zur Verfügung stehenden Zeit zu erfüllen. Ich weiß aus Eurem Munde, dass Euer Anatomiestück unmittelbar vor der Vollendung steht, ein Werk, mit dem Ihr Euren Ruhm in der Nachwelt festigt. Es wäre daher ein Zeichen äußersten Entgegenkommens, wenn Ihr Euren Schüler Samuel Bol, der sich in der Darstellung von Blumen bereits als überaus geschickt erwiesen hat, für einige Wochen zu mir schicken könntet. Dies soll keinesfalls zu Eurem Nachteil geschehen, lieber Freund, ich werde Euch Eure Großzügigkeit nicht minder großzügig vergelten. Am morgigen Tag wird eine Versteigerung im Haus des Bankiers van Houten stattfinden, bei der Ihr sicherlich zugegen sein werdet, wie ich Euch kenne. Der Weg dorthin führt direkt an meiner Haustür vorbei, und Ihr werdet mir, so hoffe ich, dann Eure Zusage geben können. Euer sehr ergebener Freund Pieter Leyster. Amsterdam, den 27. September, Anno 1669.»

Ich muss wohl eine ganze Weile verdutzt auf den Brief in meiner Hand gestarrt haben. Der Meister trommelte schon ungeduldig mit den Fingern auf der Armlehne.

«Also, was ist, Samuel? Willst du für eine Weile bei ihm arbeiten? Das Bild für den Professor ist fast fertig, ich könnte dich also entbehren. Außerdem käme mir das Geld im Augenblick sehr gelegen. Der Vorschuss des Medicus reichte nur für das Nötigste, und das restliche Honorar wird erst in einigen Wochen kommen.»

«Ihr wollt mich also … verkaufen?», fragte ich empört und fühlte ein merkwürdiges Gefühl in der Magengegend bei dem Gedanken, dass Pieter Leyster die Erkrankung seiner Schüler vielleicht nur zum Vorwand genommen hatte, um mir erneut nachzustellen.

«So war es nicht gemeint.» Beschwichtigend legte der

Meister seine Hand auf meinen Arm. «Natürlich kannst du weiterhin hier wohnen bleiben und würdest nur gelegentlich aushelfen. Du würdest eine Menge über die Malerei lernen. Vor allem, wie man Kontakte zu den richtigen Leuten pflegt und sie für die Arbeit nutzbar macht. Eine Fertigkeit, die ich dich jedenfalls nicht lehren kann», setzte er bedrückt hinzu und richtete seinen ziellosen Blick aus dem Fenster, sodass ich schon fürchtete, der Meister würde wieder in Schwermut verfallen.

Ich holte tief Luft und war selbst erstaunt darüber, wie laut und energisch meine Stimme klang.

«Ich will kein Pflanzenmaler werden, Meister Rembrandt. Ich will Porträtmaler werden. Seit langem träume ich von nichts anderem, und deswegen bin ich auch zu Euch gekommen. Als Ihr die Skizzen in der Chirurgengilde angefertigt habt, war ich an Eurer Seite. Später habe ich die Leinwand grundiert und Euch jeden Tag die Farben frisch hergerichtet. Deswegen möchte ich auch neben Euch stehen, wenn Ihr den letzten Pinselstrich setzt, und danach für Euch den Firnis anrühren. Was das Geld angeht, so kann ich Euch auf der Stelle zweihundert Gulden im Voraus für meine nächsten Lehrjahre bezahlen. Wartet, ich hole sie gleich.»

«Nein, Samuel, es tut mir Leid. Ich weiß jetzt, wie du darüber denkst. Morgen werde ich zu Pieter Leyster gehen und ihm sagen, dass ich auf meinen Schüler nicht eine Minute lang verzichten kann.»

Zwischenruf des Verfassers

ICH MUSS müde blinzeln, und sofort sehe ich das Atelier wieder vor mir, jede kleinste Einzelheit. Ich höre die volltönende Stimme des Meisters, fühle den «Läufer» unter meinen Händen, rieche das Leinöl und spüre den Geschmack von Essig auf der Zunge, mit dem ich das Bleiweiß angesetzt habe.

Meine Hand ist erschöpft, aber sie zittert nicht. Sie ist fast so ruhig wie damals, als ich die Münzen aus dem Verkauf meines ersten Bildes zwischen den Fingern spürte und darin das Fundament für eine glanzvolle Zukunft sah. Was ich jedoch nicht sehen konnte, war der Pfad, auf den es mich führen sollte.

Morgen, am Tag des Herrn, werde ich mich ausruhen. Danach will ich ein neues Heft zur Hand nehmen und meine Geschichte zu Ende bringen.

DRITTES HEFT

1. Oktober 1669

«EIN MANN will Euch sprechen, Mijnheer, ein gewisser Bredenrock oder so ähnlich», keuchte Rebekka. «Er sagt, er sei Händler und wolle sich Eure Bilder anschauen. Wenn Ihr mich fragt, das ist einer, mit dem ist nicht gut Kirschen essen.» Das Treppensteigen ins Atelier hinauf hatte sie angestrengt, und sie stemmte die Hände in die schmerzenden Hüften. Schon den ganzen Morgen über war sie schlecht gelaunt gewesen. Erst hatte der Kamin gerußt, dann war die Milch sauer geworden, und zu guter Letzt war ihr ein Becher aus der Hand gerutscht und auf den Küchenfliesen zersprungen.

Der Meister überlegte kurz.

«Nein, diesen Namen kenne ich nicht. Aber wenn einer etwas kaufen möchte, soll er nur hereinkommen. Schick ihn hoch, Rebekka.»

Der Mann war klein, schmächtig und hatte einen Buckel. Seine altmodischen, schmutzigen Kleider rochen nach vermodertem Gras. Er lispelte durch eine breite, faulige Zahnlücke.

«Meister Rembrandt, ich habe schon viel von Euch gehört. Es ist mir eine besondere Ehre, den berühmten Maler endlich einmal persönlich kennen zu lernen. Mein Name ist Pieter van Brederode, ich sammle Bilder, Antiquitäten und Raritäten.»

«Sehr erfreut, Mijnheer. Dann wollen wir sehen, ob Ihr etwas bei mir findet, das Euren Vorstellungen entspricht.»

«Ausgezeichnet, diese vielen Gemälde überall an den

Wänden, Meister Rembrandt. Ihr müsst Tag und Nacht daran gearbeitet haben.»

«Nicht alle Bilder, die Ihr hier seht, sind verkäuflich, nur diejenigen, die von meiner Hand stammen. Die anderen gehören zu meiner Kunstsammlung, die ich fortlaufend ergänze.»

Der Meister zog die Staubvorhänge zur Seite und zeigte dem Buckligen zuerst seine Bilder von Philosophen, Orientalen und Historien aus der Bibel. Danach holte er die Folianten mit den Handzeichnungen und Radierungen aus der Truhe hervor. Der Händler begutachtete alles sorgfältig mit einem Vergrößerungsglas und machte sich eifrig Notizen in ein dickes Heft mit fleckigen Seiten.

«So weit ganz schön. Aber könnt Ihr mir nicht noch mehr zeigen? Am liebsten würde ich alle Eure Werke sehen.»

Der Meister wurde zusehends ungeduldig. Er hasste es, wenn man ihn von der Arbeit abhielt. Dennoch zwang er sich zu einem Lächeln und führte den Händler die Stiege hinauf in die Dachkammer. Nach einer Weile hörten wir ein lautes Poltern. Die beiden Männer kamen wieder herunter.

«Ich habe es bereits mehrmals gesagt, Mijnheer», hörte ich die erregte Stimme des Meisters. «Ich verkaufe nichts aus meiner Sammlung. Wenn Euch keins meiner Bilder gefallen hat, dann muss ich Euch ersuchen, wieder zu gehen.»

Der Händler scharrte mit den Füßen und machte seinen Buckel noch runder. Sein Tonfall wurde ganz unterwürfig.

«Verehrter Meister Rembrandt, was bedeutet schon so ein einzelnes Objekt angesichts der vielen anderen hervorragenden Stücke, die Ihr in Eurer Sammlung habt? Ich bin mir ganz sicher, dass der Helm einmal Gerard van Velsen, dem furchtlosen Ritter des Mittelalters, gehört hat. Ich habe es gleich an dem Wappen über der Stirn erkannt. Seit mehr als drei Jahren bin ich auf der Suche nach diesem Schatz. Vor einigen Monaten hatte ich seine Fährte plötzlich verloren. Und genau zu diesem Zeitpunkt seid Ihr mir bedauerlicherweise zuvorgekommen. Jetzt, wo ich ihn endlich gefunden habe, werde ich darum kämpfen, ihn auch zu besitzen.»

«Mir ist es einerlei, wem der Helm irgendwann einmal gehört hat. Jetzt gehört er mir, und ich werde ihn auch behalten. Er dient mir als Inspiration für meine Malerei.»

«Und wenn ich Euch das Doppelte dessen zahlen würde, was er wert ist? Ihr könntet Euch einen ähnlichen Helm kaufen und noch so mancherlei anderes dazu. Überlegt es Euch gut, verehrter Meister, aber entscheidet Euch schnell. Nein, wartet, ich zahle sogar das Dreifache.»

Abrupt drehte der Meister dem Händler den Rücken zu und trat vor die Leinwand. Er nahm den Pinsel zur Hand und setzte seine Arbeit an der Stelle fort, an der er durch den ungebetenen Besucher unterbrochen worden war.

«Samuel, Mijnheer van Brederode möchte gehen», sagte er eisig. «Bitte begleite ihn hinaus.»

Die Enttäuschung war dem Händler deutlich anzumerken. Während er hinter mir die Treppe hinabstieg, murmelte er unverständliche Worte. Ich hatte die Haustür beinahe schon hinter ihm geschlossen, als er sich noch einmal umdrehte. Seine Augenlider zuckten nervös.

«Guter Junge, du siehst aus wie einer, der sich ein paar Stuiver verdienen will. Wenn du deinen Lehrer dazu überreden kannst, dass er mir den Helm doch noch verkauft, dann soll das nicht zu deinem Nachteil sein. Ich zahle dir den zehnten Teil dessen, was der Meister von mir verlangt.»

Wütend warf ich einfach die Tür ins Schloss und ging wieder ins Atelier zurück. Der Mann hatte sich vergeblich bemüht. Meinen Meister würde ich niemals hintergehen.

2. Oktober 1669

MIT REGEN und Stürmen war der Herbst gekommen. Die Blätter der Lindenbäume, die die Rozengracht säumten, fielen auf die Wasseroberfläche und trieben in wirbelnden Kreisen davon. Der Meister hatte eine Menge Schwarz für die Kleider der Doctores verbraucht und benötigte neues Elfenbein sowie Bleiweiß für die letzten Glanzlichter. Mit dem Auftrag, neue Farben zu kaufen, schickte er mich zur Apotheke. Sie lag in der Zandstraat, wo auch der portugiesische Händler mit dem Schnurrbart sein Geschäft hatte, bei dem der Meister seine Rahmen und Pinsel kaufte. Aus seiner Zeit in der Jodenbreestraat war er den Händlern in diesem Viertel treu geblieben.

Um nicht an dem Haus von Pieter Leyster vorbeigehen zu müssen, machte ich einen kleinen Umweg über die Bloemstraat. Als ich die Mitte der Brücke über die Prinsengracht erreicht hatte, blieb ich einen Augenblick stehen und schaute auf den Kanal. Frachtkähne lagen vor den eleganten Kaufmannshäusern. Von den überspringenden Giebeln wurden Lasthaken heruntergelassen, mit denen Teppichrollen, Kisten und Fässer von Bord geholt oder an Bord befördert wurden. Schuten fuhren vorbei, voll beladen mit Kohlköpfen, Blumen, Baumstämmen und Mehlsäcken.

Ein Leichenzug marschierte an mir vorbei. Er war vermutlich auf dem Weg zur Westerkerk. Hinter dem Sarg mit sechs Trägern schritten langsam die Trauernden in Zweierreihen. Sie trugen lange schwarze Mäntel. Keiner von ihnen sagte ein Wort. Mir fiel ein, dass dies vielleicht ein böses Vorzeichen sein könnte, und ich ging schnell weiter.

Schon von weitem konnte ich das Ladenschild mit dem Krokodil über der Eingangstür sehen. Der Apotheker war Frans Goltzius, der Vetter des Pastors aus Muiderkamp. Er sah diesem zum Verwechseln ähnlich und schien überrascht, dass der Meister nicht persönlich gekommen war. Die beiden Männer kannten sich gut und pflegten nach dem Geschäftlichen meist noch bei einem Gläschen Holunderschnaps miteinander zu plaudern. So hatte es mir der Meister einmal anvertraut und war augenzwinkernd mitten im Satz verstummt, weil Rebekka in diesem Moment an die Tür zum Atelier geklopft hatte.

«Dann bist du also der Schneidergeselle aus Muiderkamp, dem mein Vetter Jan eine große Zukunft als Maler voraussagt?», begrüßte mich der Apotheker.

«Mein Name ist Samuel Bol, Mijnheer Goltzius. Der Meister lässt Euch herzlich grüßen, aber er ist im Augenblick sehr mit seinem Auftrag beschäftigt. Ich soll Blei, Roterde und afrikanisches Elfenbein besorgen. Dasselbe, das er auch schon beim letzten Mal gekauft hat.»

«Ja, ich weiß Bescheid, Samuel. Meister Rembrandt kauft immer nur allererste Qualität. Deswegen kommt er auch zu mir. Bei mir gibt es die besten Pigmente in der ganzen Stadt.»

Er kletterte auf eine Leiter, die an einem dunkelbraunen Holzregal lehnte.

Es reichte vom Boden bis zur Decke und war voll mit Flaschen, Schalen und irdenen Gefäßen der verschiedensten Art, alle sorgsam beschriftet. In der Luft hing ein Geruch, der mich vage an vermoderndes Moos im Wald erinnerte, über einem Tierkadaver. Dieser Geruch überlagerte einen anderen, mir sehr vertrauten, den ich erst jetzt bestimmen konnte – Leinöl.

Frans Goltzius stieg die Leiter wieder herunter und stellte drei bräunliche Tiegel auf die Ladentheke.

«Wie gefällt es dir bei Meister Rembrandt, mein Junge? Wie lange bist du schon bei ihm? Er soll ein guter Lehrer sein, heißt es. Machst du auch tüchtige Fortschritte?»

Ich erzählte dem Apotheker von meiner Zeit in der Rozengracht und dass ich wohl keinen besseren Lehrer hätte finden können. Mit einigem Stolz fügte ich hinzu, dass ich in wenigen Wochen mein zweites Lehrjahr beginnen würde.

«Das freut mich zu hören, Samuel. Dann haben sich die Dinge für dich also günstig entwickelt. Ich bin gespannt, wie die Öffentlichkeit auf das neue Gruppenbildnis reagieren wird, von dem mir dein Lehrer berichtet hat. Es gibt niemanden in ganz Holland, der es in der Menschendarstellung mit ihm aufnehmen könnte.»

Ich packte die Tiegel in den Weidenkorb, den Rebekka sonst für ihre Einkäufe benutzte.

«Grüße den Meister von mir und richte ihm aus, ich würde alles anschreiben. Und beim nächsten Mal soll er mir sagen, wie er mit der Lieferung von Krappwurzeln zufrieden gewesen ist. Ich habe übrigens auch wieder frischen Holunderschnaps angesetzt.»

Draußen hatte der Wind aufgefrischt. Ich knöpfte meinen Rock bis obenhin zu, zog meine Kappe tiefer über die Ohren und machte mich auf den Heimweg. Vor dem Stadhuis spielte sich, wie an jedem Wochentag, das eigentliche Leben Amsterdams ab. Ein paar Leute standen vor den vergitterten Fenstern und schauten in das Innere des Gebäudes. Ich wollte wissen, was es zu bestaunen gäbe, und stellte mich dazu. Ratsherren hatten sich an einem Tisch versammelt und redeten lebhaft miteinander. Ein Amtsdiener schrieb das Gesagte eifrig mit. In einer Ecke sah ich einen Mann mit gesenktem Kopf und zusammengebundenen Händen. Er wurde von zwei weiteren Dienstmännern bewacht.

«Das ist doch alles nur Augenwischerei. Was nutzt es, wenn das Volk den Richtern auf die Finger schauen kann? Es kann trotzdem nicht hören, ob sie tatsächlich Recht sprechen», empörte sich eine alte Frau, und ein paar Umstehende pflichteten ihr bei.

«Die da drinnen sind doch nichts als reiche Maulhelden, die sich einen Dreck um das Wohl der armen Leute scheren. Die wollen bloß schnell ein Urteil sprechen, damit sie rechtzeitig ins Wirtshaus kommen und ihren fetten Braten kriegen», schimpfte eine andere, jüngere und zog verächtlich die Mundwinkel nach unten.

Inmitten des Gewühls stand ein kahl geschorener Mann in einem weißen, bodenlangen Büßergewand auf einem Holzkarren und redete den Leuten laut und eindringlich ins Gewissen. Blicke und Hände hatte er zum Himmel erhoben. Einige Männer und Frauen waren stehen geblieben und lauschten andächtig seinen Worten.

«O vanitas vanitatum. Eitelkeit ist der Untergang der Menschheit. Es wird der Tag kommen, da werdet ihr Rechenschaft ablegen vor dem Allmächtigen und für all das zur Verantwortung gezogen werden, was ihr in eurem Leben Böses getan habt. Denn wisset, der Teufel ist allgegenwärtig. Er kommt einher in Gestalt einer schönen Frau, er verhärtet die Herzen der Menschen, deren Götze das Geld ist und die sich in Völlerei, Prasserei und Hurerei ergehen.»

Ein paar Kinder hüpften um den Prediger herum und schnitten Grimassen, die ihn von seinen Worten ablenken sollten. Sie streckten ihm die Zunge heraus, formten mit Zeigefinger und Daumen der einen Hand einen Kreis, in den sie den Zeigefinger der anderen Hand steckten. Einige Erwachsene erhoben drohend die Hand und scheuchten sie weg.

Ungeachtet dieses Zwischenfalls fuhr der Mann mit seiner Predigt fort, legte nur noch zusätzliche Kraft in seine Stimme und Gestik.

«Das Böse sitzt in euren Gallen, in euren ruchlosen Händen, in euren tauben Ohren. Bald schon werden die Verfluchten eingehen in das ewige Feuer, das der Teufel ihnen bereitet hat. Darum sage ich euch: Lasset ab von dem Bösen und widersteht der Versuchung.»

Im Weitergehen bemerkte ich, wie die Kinder sich erneut anschlichen und ihr boshaftes Treiben fortsetzten. Ich überlegte, ob mir wohl noch Zeit für einen Abstecher in die Westerkerk blieb, denn ich liebte die Harmonien und Choräle der Orgel, die um diese Tageszeit immer zu hören waren.

Vor mir auf dem Weg schritt ein hoch gewachsener, schlanker Mann im pelzbesetzten Umhang einher. Es musste sich um eine Persönlichkeit von Rang und Stand handeln, denn die Leute, die ihm entgegenkamen, machten ehrerbietig Platz. Die Männer zogen den Hut und verbeugten sich. In gebührendem Abstand folgte ich dem Mann, weil ich wissen wollte, wie jemand, dem so viel Achtung entgegengebracht wurde, von vorne aussah.

Da spürte ich unter meiner Schuhsohle etwas, das weich und fest zugleich war. Ich bückte mich und hob es auf. Es war ein sandfarbener Geldbeutel aus feinstem Leder, nachgiebig und geschmeidig wie ein Stück Samt. Sicher war er aus Kalbsleder, wenn nicht sogar aus Rehleder. Nur ein einziges Mal zuvor hatte ich in der Werkstatt meines Onkels ein so edles Stück Leder in den Händen gehalten. Einer der reichen Kaufleute, die im Gasthof «Het Gouden Anker» einkehrten, hatte uns seinen Handschuh gebracht mit einem winzigen Loch, das mein Onkel mit größter Sorgfalt flickte.

Der Geldbeutel roch nach türkischem Rosenwasser, wie es die Reichen verwendeten, um den strengen Geruch gegerbten Leders zu überdecken. Dieses exquisite Täschchen war ein Musterbeispiel feinster Näharbeit, das Garn hatte denselben Farbton wie das Leder, jeder Stich saß genau in Linie und hatte die richtige Länge. In der Mitte prangte ein Wappen mit den beiden ineinander verschlungenen Buchstaben A und R.

Während ich dieses kleine Kunstwerk in meiner Hand noch bestaunte, drang wie Donnerhall eine Männerstimme an mein Ohr: «Haltet den Dieb! Er hat mein Geld gestohlen!»

Ich blickte auf und sah, wie der Mann mit dem Umhang auf mich zueilte und dabei aufgeregt mit dem Finger auf mich deutete. Zwei Passanten blickten fragend zwischen dem Mann und mir hin und her. Erst in diesem Moment begriff ich, dass der Mann mich meinte. Dass er mich für einen Dieb hielt, weil ich seinen Geldbeutel an meine Brust gedrückt hielt.

Ich erstarrte vor Schreck. Im selben Moment drehte ich mich um und rannte davon. Rannte, so schnell ich konnte, zur Westerkerk. Die Schritte und Rufe der Leute dröhnten in meinem Kopf.

«Festhalten! Wir dürfen ihn nicht aus den Augen verlieren!»

Hinter der Kirche bog ich nach rechts ab und rannte ein Stück Richtung Norden, danach auf die andere Seite der Prinsengracht in die Westerstraat. Den vielen Stimmen nach zu urteilen, hatte inzwischen eine ganze Horde von Männern die Verfolgung aufgenommen. Sie waren mir dicht auf den Fersen. Wie ein Hase lief ich wieder nach links, zwischen den Häuserreihen hindurch, in die Egelantiersgracht, und gleich wieder nach rechts. Es musste mir unbedingt gelingen, die Männer abzuschütteln.

Mein Herz raste, ich rang nach Luft. Ich wusste nicht, wie lange ich meinen Vorsprung halten konnte. Es würde bald anfangen zu dämmern, und ich musste noch die Bloemgracht überqueren. Wenn die Zugbrücke am Ende des Kanals hochgezogen war, saß ich in der Falle. Da hörte ich schon den Brückenwärter rufen.

«Halt! Stehen bleiben!»

Von rechts sah ich einen Frachtkahn kommen und wusste, was nun geschehen würde. Unter mir spürte ich ein Schwanken und Beben. Ich jagte über die Brücke, stieß mich ab, sprang, so weit ich konnte, bis ich wieder festen Boden unter den Füßen fühlte. Genau in diesem Moment klappte hinter mir die Brücke hoch. Noch im Weiterlaufen hörte ich die Flüche meiner Verfolger, dann wurden ihre Stimmen immer leiser.

Es wurde höchste Zeit, nach Hause zu kommen, bevor eine Wache mich anhalten und ermahnen würde, weil ich ohne Laterne in der Dämmerung unterwegs war. Ganz dicht schlich ich an den Hauswänden entlang und erreichte endlich die Rozengracht. Ein schwacher Rest von Tageslicht ließ die Umrisse der Häuser und Bäume wie Schemen erscheinen.

Ich schlüpfte ins Haus und war in Sicherheit. Noch immer spürte ich mein Herz klopfen. Voller Erleichterung dankte ich dem Herrn für meine Rettung. Als ich meinen Rock ausziehen wollte, merkte ich plötzlich, dass ich noch immer den ledernen Geldbeutel festhielt. Neugierig schaute ich hinein. Eingebettet in ein rotbraunes Seidenfutter lagen mehrere Münzen, insgesamt fünfundzwanzig Gulden. Ich versteckte den Beutel unter der Decke am Fußende meines Bettes.

Während der Abendmahlzeit beobachtete ich aus den Augenwinkeln Cornelia, die mir direkt gegenübersaß. Wie sie einzelne Brotstücke abbiss, den Becher zum Mund führte und zwischendurch Paulintje unter dem Tisch ein Stückchen Stockfisch zuwarf. Ihre Bewegungen waren weich und graziös, wie die ihrer Katze. Morgen wollte ich sie fragen, ob sie mir noch einmal Modell sitzen würde.

Der Vorfall vom Nachmittag ließ mir aber keine Ruhe. Ich hatte viele Fragen und suchte nach einer Antwort. Wie hätte ich dem Mann mit dem Umhang klarmachen sollen, dass ich mir seinen ledernen Beutel nur anschauen wollte? Und dass ich ihn nicht gestohlen, sondern dass er ihn verloren hatte? Hätte er einem einfachen Jungen wie mir geglaubt? Wohl kaum, danach sah er nicht aus. Jedenfalls nicht in dem Moment, als er plötzlich mit drohend ausgestrecktem Finger auf mich zukam. Und gleich darauf hatten diese Männer die Verfolgung aufgenommen. Ob mich wohl irgendeiner von ihnen auf der Straße wiedererkennen würde? Aber viele junge Männer sahen aus wie ich, trugen dieselbe Kleidung, hatten dieselbe Größe und Figur. Außerdem war es schon fast dunkel gewesen.

Noch lange lag ich wach und konnte keinen Schlaf finden. Um zehn Uhr hörte ich den Trommelappell und das laute Stiefelschlagen der Schutzmänner. Erst als diese sich wieder entfernten und das Geräusch in der Ferne verhallte, fielen mir die Augen zu. In dieser Nacht schlief ich tief, fest und traumlos.

3. Oktober 1669

AM NÄCHSTEN Morgen wachte ich ausgeruht und voller Zuversicht auf. Mit einem Mal schienen mir die Ereignisse des gestrigen Tages unbedeutend. Warum sollte ich mir Gedanken machen? Der Beutel mit den Münzen befand sich an einem sicheren Ort. Die Summe, so viel, wie ein Malerschüler für ein Vierteljahr Lehre zahlen musste, würde einen reichen Mann nicht arm machen. Und sollte ich eines Tages den Besitzer herausfinden, würde ich ihm das ganze Geld umgehend auf unverdächtige Weise wieder zukommen lassen.

Der Meister hatte einen Brief von Anna Huijbrecht erhalten, Magdalenas Mutter, den sie von einer Nachbarin hatte schreiben lassen. Ihre Tochter sei sehr schwach und könne sich nur unter großen Mühen um die kleine Titia kümmern. Sie selbst sei ebenfalls kränklich und könne ihrer Tochter nicht zur Seite stehen. Ob der Meister vielleicht Cornelia für einen Tag zu ihnen schicken könne, damit Magdalena ein wenig Abwechslung hätte.

«Wie schrecklich. Ich will gleich heute hingehen und sehen, was ich für die drei tun kann», entschied Cornelia und zog sich mit Rebekka in die Küche zurück, um ein paar Leckereien einzupacken.

«Samuel könnte dich doch begleiten, vier Hände schaffen mehr als zwei», meinte der Meister und kam meiner Frage zuvor. «Nein, heute brauche ich keine Hilfe im Atelier. Es sind noch genügend Farbvorräte da.»

Mein Herz schlug schneller. Was für eine verlockende

Vorstellung, wieder einmal alleine mit Cornelia unterwegs zu sein! Einen winzigen Moment dachte ich daran, dass mich vielleicht einer meiner Verfolger von gestern wiedererkennen würde. Doch sofort schob ich diesen Gedanken beiseite. Alles war so blitzschnell gegangen. Außerdem besaß ich noch eine zweite Kappe aus rotem Filz, die ich mir einmal selbst genäht hatte, und einen Schal in derselben Farbe. Wenn mich damit jemand in Begleitung Cornelias sehen würde, würde er mich wohl kaum mit dem vermeintlichen Dieb vom Vortag in Verbindung bringen.

Im Gleichschritt gingen wir nebeneinanderher. Mit Erstaunen, aber auch mit einem gewissen Wohlgefallen stellte ich fest, wie vertraut mir Cornelias Gang inzwischen geworden war. Sie lächelte mir von der Seite zu und schien heute ganz arglos, ohne Lust auf irgendwelche Neckereien, wie sonst so häufig. Sie nahm meine Hand, die unter dem sanften Druck zu kribbeln begann.

«Magdalena und Titia bedeuten mir viel, Samuel. Außer Vater sind sie die einzigen Verwandten, die mir noch geblieben sind. Da hast du es besser, du hast jedenfalls eine große Familie.»

Nachdenklich hielt ich ihre Hand. Cornelia hatte Recht. Außer meinen Eltern hatte ich noch meine Geschwister, weiterhin fünf Onkel, sechs Tanten und viele Vettern und Cousinen. Am schönsten war es, wenn wir alle zu Taufen oder Hochzeiten zusammenkamen und gemeinsam feierten, auch wenn es manchmal Prügeleien unter den Kindern oder Unstimmigkeiten zwischen den Erwachsenen gab. Besonders dann, wenn sie schon mehrere Gläser Branntwein oder Schnaps getrunken hatten. Ein Leben ohne meine Familie konnte ich mir überhaupt nicht vorstellen.

Das letzte Mal hatte ich Magdalena beim Geburtstag

des Meisters gesehen. Sie war inzwischen noch zarter und zerbrechlicher geworden. Glücklicherweise schien Titia, die jetzt ein halbes Jahr alt war, ein kräftiges und fröhliches Kind zu sein.

«Ich bin so froh, dass ihr gekommen seid», sagte Magdalena, umarmte Cornelia herzlich und drückte meine Hand.

«Entschuldigt, dass es hier nicht ordentlicher aussieht. Seit zwei Wochen quäle ich mich mit Schwindelanfällen. Ich kann mich kaum richtig um die Kleine kümmern.»

Anna Huijbrecht saß aufrecht im Bett, gestützt von dicken Kissen in ihrem Rücken. Sie hatte eingefallene Wangen und knochige Hände. Ihre spärlichen grauen Haare waren zu einem dünnen Zopf geflochten, der wie ein Kranz um ihren Kopf gesteckt war und unter dem Rand ihrer Schlafhaube hervorschaute. Die alte Frau hörte schwer, dennoch nickte sie fortwährend und lächelte freundlich und zahnlos zu uns herüber.

«Was kann ich tun, Magdalena?» Cornelia krempelte die Ärmel ihrer Bluse hoch und legte eine Schürze um. «Heute sollst du dich ausruhen. Ich werde für euch kochen. Braucht deine Mutter eine Medizin?»

Schon wirbelte sie durch das Haus, stellte Tisch und Stühle nach draußen und wusch sie ab, schrubbte die Böden, wechselte Titias Windeln und hängte Wäsche auf. Mich schickte sie in die Apotheke, wo ich für Magdalenas Mutter Arnikatinktur und Kräutertee einkaufte. Später hackte ich hinter dem Haus Holz, wie ich es auch von zu Hause kannte. Bald würde es herbstlich kalt werden, und der Kamin in der Stube würde schon nach dem Aufstehen angefacht werden müssen. Ich stapelte die Scheite unter dem vorgezogenen Dach eines Schuppens, wo sie vor der

Witterung geschützt waren. Mit diesem Vorrat würden die beiden Frauen sicher mehrere Wochen lang auskommen.

Zum Mittagessen hatte Cornelia braune Bohnen und gebratene Zwiebeln gemacht, zum Nachtisch gab es Reisbrei mit Pflaumensauce. Weil Anna Huijbrecht nicht aufstehen und sich zu uns an den Tisch setzen konnte, stellte Cornelia das Essen auf ein Tischchen neben ihr Bett. Die alte Frau lächelte und streichelte dankbar ihre Hand. Magdalena aß tapfer ihren Teller leer, obwohl man ihr anmerkte, wie schwer es ihr fiel.

«Ich will mit Vater reden, ob ich für ein paar Tage zu euch kommen und so lange bleiben kann, bis du wieder bei Kräften bist», schlug Cornelia ihrer Schwägerin vor, während sie das Geschirr abwusch.

«Du bist lieb, Cornelia. Wenn ich mich ein bisschen schonen kann und nicht mehr waschen oder einkaufen muss, wird es mir bestimmt bald wieder besser gehen. Sieh doch mal, Titia lacht dich an. Sie hat dich schon ins Herz geschlossen.»

Magdalena reichte Cornelia das Kind, das fröhlich die Ärmchen ausstreckte. Cornelia drückte ihre kleine Nichte an sich, wiegte sie in den Armen und summte ein Kinderlied. Als Titia irgendwann eingeschlafen war, hauchte Cornelia ihr einen Abschiedskuss auf die Stirn und legte sie in das Kinderbett unter dem Fenster. Mit einem weichen Wolltuch deckte sie die Kleine behutsam zu. Stumm, damit Titia nicht wieder aufwachte, umarmte sie Magdalena und deren Mutter. Auf Zehenspitzen schlichen wir uns aus dem Haus.

Am Nachmittag kamen wir wieder an der Rozengracht an. Ich war gespannt, welche Verfeinerungen der Meister im Laufe des Tages an dem Bild vorgenommen hätte. Mir blieb noch genügend Zeit, um neue Farben für den morgigen Tag zu reiben. Außerdem hatte der Meister versprochen, dass er mit mir über Proportionslehre sprechen wollte.

«Wirst du mich vermissen, wenn ich für ein paar Tage fort bin?» Cornelias Frage kam unvermittelt. Ich hielt sie für eine Neckerei. Manchmal hatte sie großen Spaß daran, mich zu verunsichern. Dann blitzten ihre Augen und die Nasenflügel bebten. Weil aber ihre Miene diesmal ernst war und ich keinerlei Spottlust darin erkennen konnte, antwortete ich ehrlich und geradeheraus.

«Du wirst mir fehlen, Cornelia. Ich weiß überhaupt nicht, wie ich die Zeit ohne dich aushalten soll.»

«Hm, wahrscheinlich werde ich am meisten Paulintje vermissen.»

Doch ihre zuckenden Mundwinkel und das Flattern ihrer hellen, dichten Wimpern ließen erkennen, dass sie es keineswegs ernst meinte. Sie setzte ihre Haube ab und schüttelte den Kopf. Ein Zopf über ihrer Schläfe löste sich. Ich streckte meine Hand nach der Haarsträhne aus, die ihr in sanftem Schwung über die Schulter fiel und sich auf dem blauen Wollstoff ihres Kleides wellte.

Cornelia machte einen Schritt auf mich zu und legte ihre Arme um meinen Hals. Ich atmete den feinen Duft von Chinaäpfeln, der aus ihren Kleidern stieg, tief ein. Vorsichtig zog ich sie an mich. Spürte die zarte Haut ihrer Wange an meiner Wange, ihren schlanken, anschmiegsamen Körper an meinem. Ihr Herz schlug an meiner Brust, in demselben, rasenden Tempo wie meines. Auf einmal wusste ich, dass ich diese Berührung schon lange herbeigesehnt hatte, eigentlich seit dem ersten Tag. Wie berauscht schloss ich die Augen und hoffte, dass unsere Umarmung niemals aufhören würde.

«Es stimmt nicht, was ich gerade gesagt habe. Ich werde dich auch vermissen, Samuel, sehr sogar», flüsterte sie dicht an meinem Ohr. Ganz fest schlang ich meine Arme um ihre Taille, rieb meine Wange an ihrem Haar, das sich so weich anfühlte wie Seide. Von der Küche her hörte ich schlurfende Schritte. Nur widerstrebend löste ich meine Arme. Cornelia legte einen Finger auf ihre Lippen und drückte ihn sanft gegen meinen Mund. Ihre Augen funkelten mich an.

Der Meister war gerade dabei, Pinsel und Palette aus der Hand zu legen, als ich zu ihm ins Atelier kam.

«Genug für heute, Samuel. Ich bin müde und will mich ein wenig ausruhen. Für das Gewand von Thomas Block brauche ich allerdings noch etwas Goldocker und eine größere Menge Schwarz.»

Der Meister setzte sich in seinen Armlehnstuhl und entzündete seine Pfeife, deren würziger Duft sich nach und nach im Atelier ausbreitete. Unterdessen wusch ich die Pinsel aus und machte mich an das Reiben der Farben. Mit der Zunge fuhr ich über meine Lippen, auf denen ich noch immer die Berührung von Cornelias Finger spürte. Rebekkas schwerfällige Schritte auf der Treppe ließen uns aufhorchen.

«Mijnheer, Besuch für Euch. Der Professor von dem Bild ist gekommen, er will Euch umgehend in einer wichtigen Angelegenheit sprechen. Er wartet schon ganz ungeduldig in der Diele. Ein unangenehmer Mensch, wenn Ihr meine Meinung wissen wollt. Da ist mir die gemalte Person auf der Leinwand bei weitem angenehmer.»

«Bitte ihn zu mir, Rebekka, und sieh einmal nach, ob wir noch etwas Kräuterlikör im Haus haben, von dem wir dem Medicus ein Glas anbieten können.»

Der Professor atmete schwer, als er oben bei uns ankam, und wischte sich mit einem weißen Spitzentuch den Schweiß von der Stirn. Mit einer schwungvollen Geste warf er seinen Umhang über die linke Schulter und ging dem Meister mit ausgestreckter Hand entgegen.

«Lieber, verehrter Meister Rembrandt, Ihr mögt es mir nachsehen, dass ich unangekündigt bei Euch erscheine. Ich komme gerade von einer Bürgerversammlung direkt in der Nachbarschaft. Es ist eine Woche her, dass ich mit überwältigender Mehrheit zum neuen Bürgermeister dieser Stadt gewählt worden bin. Und da dachte ich mir, es wäre doch eine gute Gelegenheit, einmal zu schauen, wie weit mein Auftrag gediehen ist.»

«Willkommen, werter Professor. Das Licht um diese Tageszeit ist zwar nicht mehr das günstigste. Einen Eindruck von dem Bildnis werdet Ihr aber dennoch gewinnen können.»

Schon wollte der Professor direkt vor die Staffelei treten, als der Meister ihn mit einer leisen Handbewegung zurückhielt.

«Wartet einen Augenblick. Besser, Ihr tretet nicht zu nah an das Bild heran. Die Farbe ist noch frisch, und ihr Geruch könnte Euch unangenehm sein.»

Äußerst geschickt hatte der Meister vermieden, dass der Professor das Porträt aus zu großer Nähe betrachtete und sich an dem unregelmäßigen Farbauftrag störte.

Der Medicus machte zuerst einen Schritt zurück und dann einen zur Seite. Er begutachtete die Leinwand mit großer Sorgfalt und wippte dabei mit den Fersen auf und ab. Schließlich räusperte er sich.

«Nun also, die Komposition scheint mir recht gelungen. Ja, ich würde sagen, man erkennt die Bedeutung des Geschehens. Recht hübsch übrigens der Einfall mit dem Diener, der das Mikroskop bringt. So steht dieses Instrument nicht allzu sehr im Vordergrund und weist dennoch darauf hin, dass ich auf meinem Fachgebiet mit den modernsten technischen Mitteln arbeite.»

Ich freute mich über die Worte des Professors, jedoch nicht so sehr, weil die Figur des Dieners meiner Eingebung entsprungen war. Ich freute mich vielmehr darüber, dass der Meister, trotz seiner anfänglichen Skepsis, diese Person doch noch ins Bild gesetzt hatte.

Nachdenklich rieb sich der Medicus das Kinn und verschränkte die Arme vor der Brust.

«Allerdings, verehrter Meister, erscheint mir vieles noch, wie soll ich sagen … unfertig.»

«Ein Bild ist fertig, wenn der Maler seine Absicht in ihm verwirklicht hat.» Der Meister sprach mit ruhiger und fester Stimme. Dennoch konnte ich ihm anmerken, dass seine Gelassenheit nur äußerlich war. Der Professor hob beschwichtigend beide Hände.

«Selbstredend, selbstredend. Bedenkt aber das Datum meiner Jubiläumsfeierlichkeiten. Bis zum siebzehnten Oktober bleiben nicht mehr als zwei Wochen Zeit.»

«Verlasst Euch auf mich. Das Porträt wird rechtzeitig fertig werden.»

Der Meister holte seinen Armlehnstuhl aus der Fensterecke, schob ihn vor die Leinwand und ließ seinen Besucher darin Platz nehmen. Breitbeinig saß der Professor da, stützte die Ellenbogen auf die Armlehnen und neigte den Kopf zur Seite.

«Ich erwähnte vorhin, verehrter Meister, dass die Bürger von Amsterdam mich zu ihrem neuen Bürgermeister gewählt haben. Aus Respekt vor dieser Entscheidung möchte ich Euch bitten, nachträglich noch meine goldene Amtskette in das Bild einzufügen.»

«Wie Ihr wünscht.»

«Schön, sehr schön.» Der Medicus rutschte auf die Vorderkante des Stuhls, kniff die Augen mehrere Male zusammen und legte die Stirn in Falten.

«Auch bin ich der Ansicht, dass mein Name auf dem Buchumschlag deutlicher zu lesen sein sollte. Vergrößert die Buchstaben auf das Doppelte. In der zweiten Zeile folgt dann der Titel ‹De humani pedis fabrica› und ganz unten die Angabe ‹Amsterdam, 1669›. Ihr müsst wissen, dass Professor Nicolaes Tulp, mein geschätzter Vorgänger im Amt, sich insbesondere auf die Erkenntnisse des großen Vesalius bezogen hat. Wohingegen ich aus meinem eigenen Werk unterrichte.»

«Wie Ihr meint», brummte der Meister und machte sich daran, die frisch gewaschenen Pinsel für den nächsten Tag zu sortieren, was üblicherweise zu meinen Aufgaben gehörte. Vermutlich wollte er sich mit irgendetwas beschäftigen, um sich nicht anmerken zu lassen, wie sehr er sich über die Forderungen des Professors ärgerte. Ich kannte meinen Lehrer inzwischen gut genug, um zu spüren, wenn ihm etwas nicht behagte.

Unterdessen war ich mit dem Reiben fertig geworden und mischte die Pigmente mit einigen Tropfen Leinöl. Von meiner Ecke im hinteren Teil des Ateliers aus konnte ich die beiden Männer ungestört beobachten. Wie bei allen unseren früheren Begegnungen schien der Medicus auch heute nichts von meiner Anwesenheit zu bemerken. Er sah durch mich hindurch wie durch eine blank geputzte Glasscheibe.

«‹Die anatomische Vorlesung des Doktor Adriaen van Campen›, unter diesem Titel soll mein Bild in die Geschichte eingehen. Noch in Hunderten von Jahren wird die Nachwelt mich und meine Forschung rühmen», sagte der Professor zufrieden und verschränkte seine hellen, fleischigen Finger vor der Brust.

Der Meister hüstelte und wandte sich jählings und mit versteinerter Miene an mich.

«Samuel, sieh einmal nach, wie weit Rebekka mit ihren Vorbereitungen ist. Sie hätte doch schon längst anklopfen sollen.»

«Na endlich», rief Rebekka mir entgegen, als ich in die Küche kam, «ich dachte schon, du kommst überhaupt nicht mehr. Es ist alles fertig. Der Meister muss aber nicht annehmen, dass ich da hinaufgehe, solange dieser unerträgliche Mensch noch in der Werkstatt ist.»

«Aber Rebekka, das ist Professor van Campen, der berühmteste Anatom von Amsterdam, wahrscheinlich von ganz Europa. Er ist ein sehr vornehmer und gebildeter Mann und stammt aus einer reichen Familie. Hast du gesehen, wie herrlich die Seide seines Anzugs fällt? Die bestickte Taftschärpe mit Fransen ist bestimmt nach der neuesten französischen Mode. Ganz sicher hat der Medicus den besten Schneider der Stadt.»

Es erschien mir erforderlich, den Professor Rebekka gegenüber in Schutz zu nehmen. Ich konnte mir nicht vorstellen, was die Magd gegen einen Mann eingenommen hatte, der seit kurzem sogar der erste Bürger von Amsterdam war und für alle anderen ein Vorbild.

«Pah, Seidenstoffe, teure Schneider. Alles nur Putz. Ich kenne solche Wichtigtuer», knurrte Rebekka, als sie mir das Zinntablett mit dem Schälchen Mandelzwieback, der Karaffe Kräuterschnaps und zwei Gläsern reichte. Ihre Stimme wurde lauter, ihr Blick zornig.

«Ich habe als junges Mädchen bei einem Bankier gearbeitet. Das war lange bevor ich bei dem Meister und seiner seligen Frau in den Dienst trat. Solche Leute glauben wirklich, dass sie die Welt kaufen können, bloß weil sie zufällig in eine wohlhabende Familie hineingeboren wurden und nicht in die von armen Torfstechern. Doch am Jüngsten Tag wird unser Herrgott keinen Unterschied machen zwischen einem Edelmann und einem Bettler.»

Bereits auf dem oberen Treppenabsatz konnte ich die hohe, energische Stimme des Professors hören. Es war unnachahmlich, wie er es verstand, seine Gedanken überzeugend vorzutragen.

«... die Zeitung war voll davon, bestimmt habt Ihr davon gelesen. Es wurde höchste Zeit, dass in Amsterdam andere Sitten eingeführt wurden. Wegen ihrer allzu nachlässigen Strafverfolgung hatte der Ruf der Stadt in Europa bereits an Ansehen verloren. Was nicht zuletzt die Schuld unseres damaligen Polizeihauptmanns war. Dieser Mensch hielt sich lieber in Haarlem im eleganten Palais einer französischen Kokotte auf und zeigte sich mit ihr in aller Öffentlichkeit, als hier, an seinem eigentlichen Platz, für Recht und Ordnung zu sorgen.»

Der Meister nahm mir das Tablett aus der Hand und stellte es auf das Tischchen mit dem Werkzeug.

«Ich bedaure, Professor, aber um solche Nachrichten kümmere ich mich nicht. Das Zeitunglesen würde mich allzu sehr von der Arbeit abhalten. Sehr zum Wohl, der Kräuterlikör ist übrigens ein altes Familienrezept aus Leiden.»

«Auf das Eurige, verehrter Meister. Hm, köstlich, ich werde veranlassen, dass man bei der nächsten Versammlung unserer Gilde anstelle von Wein auch einmal so etwas serviert.»

Weil der Meister nicht untätig herumstehen wollte, begab er sich wieder an die Staffelei. Unterdessen lehnte sich der Professor bequem im Stuhl zurück und schlug die Beine übereinander. Erst jetzt bemerkte ich, dass der Medicus Schuhe mit einer kräftigen Holzsohle und erhöhtem Absatz trug.

«Sein Nachfolger hat die Zahl der Wachleute in der Stadt verdreifacht», fuhr der Professor mit seinem Vortrag fort. «Seit seinem Amtsantritt im März gab es kaum noch Straftaten. Nie waren im Rasphuis mehr Insassen als jetzt, und nie im Spinhuis mehr Landstreicherinnen und Diebinnen. Im Übrigen, der neue Polizeihauptmann ist zufällig auch mein Schwager. Im vergangenen Herbst hat er sich mit meiner jüngsten Schwester verheiratet.»

Mir fiel wieder ein, dass ich den Professor einmal in Begleitung seines Schwagers gesehen hatte, als sie zusammen aus der Schänke «De Zeven Fleschjes» kamen. Im Sommer war das gewesen, als Cornelia und ich von unserem Spaziergang am Amsteldijk zurückkamen.

Der Meister schien nicht richtig zuzuhören, sondern war gänzlich auf seine Arbeit konzentriert. Nur gelegentlich warf er dem Medicus von der Seite einen Blick zu oder nickte beiläufig.

«Als Bürgermeister werde ich die Polizei mit ihrer neuen Strategie der entschiedenen Strenge unterstützen, jede Straftat muss umgehend verfolgt werden. Härte und Unerbittlichkeit, das ist die einzige Sprache, die das Volk versteht.»

«Volkes Stimme ist Gottes Wort», murmelte der Meister gedankenverloren. Doch dem Professor schien diese Unaufmerksamkeit überhaupt nicht aufgefallen zu sein. Er trug seine Ansichten mit einer solchen Inbrunst vor, dass man meinen konnte, er würde vor einem großen Publikum sprechen.

«Das Gesetz muss respektiert werden, nicht, weil es gerecht ist, sondern weil es Gesetz ist. Daher bin ich der Ansicht, dass Abschreckung zwar drastisch, aber nicht unmäßig sein sollte. Stellt Euch vor, es gäbe überhaupt keine Verbrechen mehr. Woher sollte ich dann die Leichen für meine Forschungen nehmen?»

Der Meister hielt inne und hob verwirrt den Kopf. «Bitte entschuldigt, Professor, aber ich verstehe nicht, wovon Ihr redet.»

«Zerbrecht Euch deswegen nicht den Kopf, Meister Rembrandt. Bitter genug, dass ich mich wegen meiner Vorlesung so lange im Zustand der Unsicherheit befunden habe. Doch zum Glück hat sich alles so gefügt, dass rechtzeitig ein Leichnam eintraf und Ihr mit meinem Bildnis beginnen konntet. Ich werde es an meinem Festtag eigenhändig vor den Augen der Öffentlichkeit enthüllen.»

Wie immer klang es klug und vernünftig, was der Professor sagte. Trotzdem beschlich mich ein eigenartiges Gefühl des Unbehagens. Auch der Meister schien nachdenklich, über seiner Nase sah ich eine steile Falte.

«Erlaubt mir eine Frage, die ich mir schon öfter gestellt habe. Was hat eigentlich dieser Mann, dessen Leichnam Ihr während Eurer Vorlesung seziert habt, getan? Was war sein Verschulden?»

Der Professor stand auf, nahm die Schultern zurück und hob das Kinn. Er wirkte gleichzeitig anklagend und trotzig.

«Dieser Mensch war ein Verbrecher. Er hat hinterhältig und feige einem ehrlichen Bäcker drei Laibe Brot gestohlen.»

Im Atelier war es so still, dass ich meinte, mein Herz schlagen zu hören. Dann machte der Meister eine Kopfbewegung, als wolle er etwas, das ihm lästig war, abschütteln.

«Was sagtet Ihr soeben, was hat er getan?»

«Er hat drei Laibe Brot gestohlen. Und er hat sein Vergehen gesühnt.»

Mir wurde abwechselnd heiß und kalt. Auf meiner Stirn fühlte ich Schweiß, meine Hand, die eine Flasche mit Leinöl hielt, zitterte. Ich hatte also doch richtig gehört.

«Das kann ich nicht glauben», sagte der Meister und gab sich keinerlei Mühe, sein Entsetzen zu unterdrücken. «Dann ist dieser Mensch also dafür hingerichtet worden, dass er Hunger hatte? Nur, weil Ihr eine Leiche für Eure Vorlesung brauchtet? Und ich habe diese Schmach auch noch im Bild verewigt.»

«Aber verehrter Meister Rembrandt, Ihr solltet vielmehr daran denken, dass dieser Mensch große Schuld auf sich geladen hat. Seine Sünde hat ihn in den Tod getrieben. Dessen ungeachtet gab ich ihm die Möglichkeit, seine Schuld gegenüber der Gesellschaft zurückzuzahlen, indem ich seine sterbliche Hülle zum Zwecke der Forschung verwendete. Im Übrigen bin ich der Ansicht, dass man mit allen Verbrechern auf diese Weise verfahren sollte. In meiner Forderung weiß ich mich von der Polizeibehörde voll unterstützt.»

Ich war fassungslos. Wie konnte ein Mann wie der Medicus, gebildet und von vornehmer Herkunft, ein liebevoller Vater und als Forscher mit allen europäischen Größen auf seinem Fachgebiet im Kontakt, wie konnte so ein Mensch dermaßen unmenschlich sein? Gott der Herr wäre gütiger gewesen, er hätte dem Sünder vergeben, der nur aus Hunger zum Dieb geworden war.

Wie betäubt legte der Meister Pinsel und Palette zur Seite und sackte kraftlos auf den frei gewordenen Stuhl. Sein Atem ging schnell, seine Stimme war kaum mehr als ein heiseres Krächzen.

«Ich frage Euch, Professor van Campen, wo bleibt Eure Verantwortung als Wissenschaftler? Wo Eure christliche Achtung vor der Würde des Menschen?»

Der Medicus lachte nur kurz auf, es war ein verächtliches, hämisches Lachen.

«Für mich zählen vor allem die Freiheit und die Würde der Wissenschaft, auch wenn diese gelegentlich Opfer fordert. Vergesst nicht, dass diesem Sünder auf meinem Bildnis Unsterblichkeit zuteil wird.»

Ganz still verharrte ich in meiner Ecke hinter dem Reibeblock und wagte kaum zu atmen. Der Meister presste die Lippen zusammen und starrte den Medicus aus weiten Augen an. Dann lehnte er sich in den Stuhl zurück, erschöpft, wie nach einer übermenschlichen Anstrengung.

Das Geräusch von klirrendem Glas ließ uns zusammenzucken. Ein Fenster war zerborsten, Glassplitter und ein dicker Stein lagen auf den Holzdielen des Ateliers. Mit großer Anstrengung stemmte der Meister sich hoch und humpelte zum Fenster. Kindergeschrei ertönte, das aber augenblicklich verstummte, als er sich aus dem Fenster lehnte. Dann war nur noch das Klappern von Holzschuhen auf dem Gehweg zu hören, das sich entfernte und immer leiser wurde. Müde hob der Meister die Hand und ließ sie wieder sinken.

«Unerhört!» Der Professor war neben den Meister getreten und spähte nach unten auf die Straße. «Vielleicht galt dieser Anschlag in Wirklichkeit mir? Irgendjemand, der mir meine neue Position neidet, hat vielleicht gesehen, wie ich Euer Haus betreten habe, und wollte mir Schaden zufügen.

Ich werde veranlassen, dass bedeutende Persönlichkeiten künftig nicht mehr ohne Schutzleute in die Öffentlichkeit gehen. Stellt Euch nur vor, was meinem Schwager gestern passiert ist. Ihm wurde der Geldbeutel gestohlen. Mitten auf der Straße, am helllichten Tag. Wenn wir diesen dreisten Dieb zu fassen kriegen …»

Mir war, als würden die Wände des Ateliers auf mich zustürzen. Ich beugte mich über den Reibeblock und hielt mich wie ein Ertrinkender mit klammen Händen daran fest. Mein Mund war wie ausgetrocknet, meine Zunge klebte am Gaumen. Ich betete, dass ich jetzt nicht das Bewusstsein verlieren und dadurch die Aufmerksamkeit des Medicus auf mich lenken würde.

Alle Gedanken, die mir in diesem Moment durch den Kopf gingen, währten wohl nicht länger als eine Sekunde. Noch einmal sah ich die Geschehnisse des gestrigen Tages an mir vorüberziehen. Ich versuchte, Klarheit in das Wirrwarr in meinem Kopf zu bekommen, und kam zu folgenden Ergebnissen:

Erstens: Der Mann, der gestern sein Geld auf der Straße verloren hatte, war der Polizeihauptmann Albert Rip, der Schwager des Professors. Die verschlungenen Buchstaben A und R auf dem Lederbeutel stellten seine Initialen dar.

Zweitens: Der Polizeihauptmann würde niemals glauben, dass ich mir den Beutel nur deswegen angeschaut hatte, weil das Leder so wunderbar verarbeitet war. Er hatte mich einen Dieb geschimpft, und er würde mich jagen.

Drittens: Bisher hatte der Polizeihauptmann jede Straftat erbarmungslos verfolgt; ein Mensch war wegen drei Laiben Brot hingerichtet worden. Wodurch dem ungeduldig wartenden Professor eine Leiche als Bildvorlage zur Verfügung gestanden hatte.

Viertens: Der Professor hatte in seinem Schwager einen Verbündeten. Sobald der Polizeihauptmann mich überführt hätte, würde ich auf dem Seziertisch des Medicus liegen. Er würde in mein totes Fleisch schneiden und triumphierend einem gaffenden Publikum meine Sehnen präsentieren.

Ein leises Fiepen schreckte mich auf. Dicht an meinen Füßen huschte Paulintje vorbei, die sich unbemerkt ins Atelier geschlichen hatte. Sie jagte eine Maus vor sich her, die sie nach einem weiten Satz zwischen ihren Krallen hielt. Ich war starr vor Schreck. Vielleicht sollte das ein Zeichen sein, und das Schicksal der Maus war nunmehr auch das meine.

Der Kehle des Meisters entfuhr ein Laut, der mich eher an ein leidendes Tier als an einen Menschen erinnerte.

«Samuel, ich bin erschöpft. Ich brauche dringend Ruhe. Bitte, begleite den Professor hinaus.»

Der Medicus, der offenbar nicht begriff, dass den Meister etwas quälte, beschloss nun eilig seinen Abgang.

«Ihr entschuldigt mich bitte, verehrter Meister Rembrandt, aber ich habe heute noch einige wichtige Termine. Deswegen muss ich mich jetzt leider von Euch verabschieden. Ich hoffe, Ihr werdet meine Anweisungen rasch in die Tat umsetzen. Doch lasst es mich wissen, wenn Ihr weitere Ratschläge benötigt.»

Weil der Meister nicht antwortete, sondern nur schwach die Hand hob, beeilte sich der Medicus hinzuzufügen: «Ich vertraue auf Euch. Wenn das Bildnis rechtzeitig fertig wird und ich mit dem Ergebnis zufrieden bin, werde ich das Honorar verdoppeln.»

Der Professor lüftete den Hut und wandte sich zum Gehen. Ich lief vor ihm die Treppe hinunter in die Diele und hielt ihm weit die Haustür auf. Der Medicus ging an mir vorbei, den Blick starr nach vorne gerichtet. Für einen kurzen Moment blieb er in der Tür stehen, rückte seinen Hut gerade und zischelte etwas, das sich anhörte wie: «Kein Verbrecher wird in dieser Stadt seiner gerechten Strafe entgehen.»

Als ich ins Atelier zurückkam, saß der Meister noch immer reglos in seinem Stuhl. Sein Gesicht war aschfahl, die sonst vollen Züge wirkten eingefallen. Ich beugte mich zu ihm hinunter und berührte seinen Arm.

«Was habt Ihr, Meister Rembrandt, fühlt Ihr Euch nicht wohl? Soll ich Rebekka rufen?»

Kaum merklich schüttelte er den Kopf und umklammerte mit beiden Händen so fest die Stuhllehne, dass die Knöchel weiß hervortraten.

«Es ist nur ... ich bin entsetzlich müde.»

Ich trat einen Schritt zurück und strich nervös mein Wams glatt, obwohl es untadelig saß. Nach einigem Zögern atmete ich tief durch und erzählte dem Meister, was ich ihm wohl schon tags zuvor hätte anvertrauen sollen.

«Ich muss Euch etwas sagen, Meister Rembrandt. Erinnert Ihr Euch, wie der Professor vorhin erzählte, dass seinem Schwager der Geldbeutel gestohlen wurde?»

Der Meister nickte stumm.

«Das Geld wurde nicht gestohlen. Der Polizeihauptmann hat es auf der Straße verloren. Zufällig ging ich in diesem Moment hinter ihm und wäre beinahe über den Beutel gestolpert. Ich habe ihn aufgehoben. Weil er aus so feinem Leder war, habe ich ihn mir einen Augenblick angeschaut. Da hat der Mann sich plötzlich umgedreht und mich einen Dieb genannt. Mir fiel nichts anderes ein, als schnell wegzulaufen. Erst als ich wieder in meiner Kammer war, habe ich gemerkt, dass ich den Geldbeutel noch immer festhielt.»

Der Meister schlug sich an die Brust, stöhnte auf und schüttelte fassungslos den Kopf.

«Du auch, Samuel? Niemals hätte ich so etwas von dir gedacht. Ich habe dich immer für einen ehrlichen Jungen gehalten.»

«Aber es stimmt, was ich sage, Meister Rembrandt. Der Polizeihauptmann hat erst nicht bemerkt, dass ihm das Geld aus dem Umhang gefallen war, und dann ...»

«Spar dir deine Worte. Ich habe heute schon genug Heuchelei erlebt. Mir ist übel.»

Was war nur in den Meister gefahren? Wieso glaubte er mir nicht? Fieberhaft überlegte ich, wie ich ihn von meiner Unschuld überzeugen könnte.

«Warum, glaubt Ihr, sollte ich einem vornehmen Bürger, den ich nicht einmal kenne, Geld stehlen? Ich habe doch überhaupt keinen Grund dazu.»

«O doch, ich kann dir sogar mehrere Gründe nennen, Samuel. Du bist arm, du bist ehrgeizig, du willst einmal reich und berühmt werden, und du lässt dich von Äußerlichkeiten blenden. Du hast nur auf eine günstige Gelegenheit gewartet, um den Nächstbesten zu bestehlen. Wie dumm nur, dass du dich ausgerechnet für den Polizeihauptmann entschieden hast.»

Ich stand wie versteinert. So also dachte der Meister über mich! Mein Lehrer, den ich über alles verehrte! Womit hatte ich diese aussichtslose Situation nur heraufbeschworen? In meinen Schläfen pochte das Blut. Jetzt hatte ich nicht nur zwei der mächtigsten Männer von Amsterdam gegen mich, sondern auch noch meinen Meister, der mir nicht glaubte. Und das war bei weitem das Schlimmste. Ich schlug die Hände vor das Gesicht und rang nach Luft.

«Gib dir keine Mühe, Samuel. Vor mir brauchst du dich

nicht mehr zu verstellen. Hast du nicht erst vor ein paar Tagen davon gesprochen, dass du zweihundert Gulden besitzt? Eine ziemlich hohe Summe für einen Malerschüler, der aus einfachen Verhältnissen stammt, findest du nicht? Wahrscheinlich Diebesbeute.»

«Nein, Meister Rembrandt, sagt so etwas bitte nicht. Das Geld habe ich selbst verdient. Pieter Leyster hat es mir für das kleine Gemälde von Cornelia gezahlt.»

«Zweihundert Gulden? Niemals. Leyster mag zwar ein Verrückter sein, aber er ist kein Narr.»

Nie zuvor hatte ich mich verlorener gefühlt. Mir war sterbenselend zumute. Ich sank auf die Knie und hielt die Stuhllehne fest umklammert.

«Bitte, Ihr müsst mir glauben. Ich schwöre bei allem, was mir heilig ist, beim Leben meines Vaters und meiner Mutter, meiner Geschwister ...»

Der Meister beugte sich vor und sah mir in die Augen, zuerst bohrend, dann zweifelnd.

«Dann ist tatsächlich alles so, wie du sagst?»

«Ja, Meister Rembrandt, es ist die Wahrheit. Auch wenn es keinen Beweis für meine Worte gibt.»

«Steh auf, Samuel, ich kann das nicht länger mit ansehen. Du erinnerst mich an Judas. An Judas im Tempel, den ich vor vielen Jahren einmal gemalt habe.»[16]

Das Bild des Meisters erschien vor meinen Augen. Judas, wie er dem Hohen Priester die Silberlinge zurückbringt. Mit zerrissenen Kleidern und wirrem Blick kniet er vor ihm. Er ringt die Hände, wie um eine Vergebung zu erflehen, von der er weiß, dass er sie niemals erlangen wird. Ich wollte aufstehen, doch meine Knie versagten. Alle Kraft schien aus meinem Körper gewichen zu sein. Behutsam legte der Meister seine Hand auf meinen Arm.

«Aber du bist kein Judas. Wenn du es schwörst, dann muss ich dir glauben. Bitte verzeih mir, Samuel. Was bin ich nur für ein alter, misstrauischer Mann geworden. Aber schau dir die Menschen an. Wie soll ich da nicht befürchten, dass du auch nicht anders bist als sie?»

Ganz in sich gekehrt, saß der Meister in seinem Stuhl. Draußen brach die Dämmerung an, durch das Loch im Fenster wehte ein kühler Wind. In der Ferne hörte ich die Turmuhr der Westerkerk siebenmal schlagen.

«Dieses Bild werde ich nicht zu Ende malen», sagte der Meister plötzlich. Es dauerte eine Weile, bis ich mich von meinem Schrecken erholt hatte. Dann sprang ich auf und wollte heftig Einspruch erheben. Mit einer gebieterischen Handbewegung, die keinerlei Widerspruch duldete, befahl mir der Meister zu schweigen. Er stand auf und ging schlurfend die Stiege zum Dachboden hinauf in die Kammer seines verstorbenen Sohnes.

Wenig später standen Cornelia und ich vor dem Haus an der Rozengracht. Ich war niedergeschlagen und wusste mir keinen Rat.

«Er darf jetzt nicht aufgeben. Irgendwie muss ich ihn dazu bringen, dass er das Bild vollendet. Es ist das beste, das er jemals gemalt hat.»

«Mach dir deswegen keine Gedanken. Er wird sich bald wieder beruhigen, Samuel.» Obwohl Cornelia sehr bestimmt sprach, hatte ich doch den Eindruck, als wolle sie sich selbst Mut machen. «Ich habe schon oft erlebt, dass er enttäuscht war und einen Auftrag nicht zu Ende bringen wollte. Mein Vater war schon immer ein Eigenbrötler. Richtig schlimm ist es nach seinem Konkurs vor zehn Jahren geworden. Du weißt, er hatte eine sehr wertvolle Sammlung. Irgendjemand hat sie einmal auf mehr als zwanzigtausend Gulden geschätzt. Aber die Versteigerung brachte kaum mehr als dreitausend Gulden. Vater vermutet dahinter immer noch irgendwelche Machenschaften. Seither misstraut er den Menschen. Und mit Titus ist ein weiterer Teil von ihm gestorben.»

Der Mond spiegelte sich in dem glatten, glitzernden Wasser der Gracht. Etwas Großes, Dunkles schwamm im schwachen Lichtkegel vorbei, es sah aus wie der aufgedunsene Kadaver eines Pferdes. Von irgendwoher erklangen die Schreie miteinander kämpfender Katzen, die mich immer an das Wehklagen kleiner Kinder erinnerten.

«Sieh nur, die Sterne sind ganz klar heute», sagte Cornelia und lehnte ihren Kopf gegen meine Schulter, als gehörte er dorthin. «Glaubst du, dass da oben die Seelen der Verstorbenen leuchten?»

Ich schlang meine Arme um ihre Taille. Eine Locke kitzelte meine Nase. Meine Lippen berührten die seidenen Haare, ich roch und schmeckte ihren Duft. Cornelia verschränkte ihre Hände in meinem Nacken. Noch dichter zog ich sie an mich.

«So genau weiß ich das nicht», murmelte ich, rieb meine Wange an ihrer und war dankbar, dass sie diese Nähe zuließ, die mein Herz zum Rasen brachte. Die Wärme, die ihr Körper verströmte, gab mir Trost und Geborgenheit. «Aber es ist eine sehr schöne Vorstellung.»

«Früher habe ich manchmal mit Titus an dieser Stelle gestanden, und wir haben die Sternschnuppen gezählt. Immer wenn eine aufgetaucht ist, haben wir uns ganz schnell etwas gewünscht.»

«Schade, dass heute keine zu sehen sind. Ich würde mir jetzt gerne etwas wünschen.» Meine Lippen wanderten von ihrem Haar hinunter zur Halsbeuge.

«Lass mich raten, was.»

Cornelia nahm meine Hände, legte sie auf ihre Hüften und führte sie langsam seitlich an ihrem Körper nach oben, bis meine zitternden Finger wie von selbst an ihrem Mieder Halt fanden. Direkt über ihrem Kopf leuchtete der Mond, vor den sich eine Wolke schob.

4. Oktober 1669

DAS GERÄUSCH knarrender Dielen riss mich aus dem Schlaf. Eine Ratte!, dachte ich zuerst, aber dann bemerkte ich einen schwachen Lichtschein unter meiner Tür. Er konnte nur aus dem Atelier kommen. Ich zog mich an und sah nach.

Um das Bildnis des Professors waren auf dem Boden in einem Halbkreis Öllampen aufgestellt. Sie tauchten den Raum in ein gespenstisches Licht. In der Mitte des Kreises saß der Meister und starrte gebannt auf die Leinwand. Auf seiner Stirn glänzten Schweißperlen.

«Was macht Ihr denn hier um diese Zeit?», fragte ich dumpf. Als er aufblickte, flackerten seine Augen eigenartig. Angst überfiel mich. Der Meister antwortete nicht. Erst als ich seinen Arm berührte, zuckte er leicht zusammen.

«Du bist es, Samuel. Ich konnte keine Ruhe finden. Ich wollte mir noch einmal das Bild ansehen. Dieses Bild, das mein Untergang ist.»

«Ganz im Gegenteil, Meister Rembrandt! Von allen Euren Bildern, die ich kenne, ist dieses hier das großartigste.»

«Ich habe den Auftrag dazu angenommen, weil ich Geld brauchte. Götzendiener sind wir alle. Hätte ich damals doch nur abgelehnt.»

«Wenn Ihr Euch nicht wohl fühlt, werde ich Euch zur Hand gehen. Es fehlt nicht mehr viel an dem Bild. Sagt mir, was ich tun soll.»

Der Meister presste seine Hände gegen die Schläfen und wiegte den Kopf.

«Nein, Samuel, du verstehst mich nicht. Ich werde niemals mehr einen Pinsel anrühren.»

«So etwas dürft Ihr nicht sagen, Meister Rembrandt! Ihr seid der größte Maler, den Amsterdam je gesehen hat. Euer Ruhm wird durch dieses Bild noch größer werden.»

Der Meister seufzte tief und gequält. «Es wird meinen Ruf zerstören. Für dieses Bild ist ein Mensch gehängt worden. Ich fühle mich schuldig an seinem Tod. Mein Name ist beschmutzt.»

Nur zu gut konnte ich den Schmerz des Meisters verstehen. Ich wusste um seine Unbestechlichkeit und ahnte, wie sehr ihn die Enthüllung des Professors getroffen haben musste. Doch inzwischen ging es um weitaus mehr. Es ging um ein Meisterwerk, wie es nie zuvor geschaffen worden war und wie es vielleicht kein weiteres geben würde. Wie sollte ich den Meister davon nur überzeugen?

«Nein, so dürft Ihr nicht sprechen. Ihr habt von den Methoden des Medicus nichts ahnen können. Somit trifft Euch auch keine Schuld. In Eurer Darstellung habt Ihr dem Toten seine Würde zurückgegeben.»

Der Meister atmete schwer, sein Brustkorb hob und senkte sich in großen Abständen.

«Der Tote auf dem Bild bleibt namenlos. Aber der Name des Professors ist auf dem Buchtitel verewigt. Von ihm wird man auch in hundert Jahren noch sprechen. Ich habe nicht früh genug erkannt, was für einen schändlichen Charakter der Medicus hat, und ihn durch meine Malerei sogar noch verherrlicht. Das ist es, was der Nachwelt in Erinnerung bleiben wird. Rembrandt van Rijn, der Sohn eines ehrenhaften Müllers aus Leiden als Porträtist eines … eines Mörders. Auch wenn der Medicus nicht selbst Hand angelegt hat, so hat er doch einen Menschen getötet.» Der Meister schlug die Hände vors Gesicht, sein ganzer Körper bebte. «Ich habe viele Dinge in meinem Leben falsch gemacht, und man wird mir manches vorwerfen können. Meine Sammelleidenschaft, meine Selbstsucht, dass ich nie zu Kompromissen bereit gewesen bin ... Ich war sicher kein umgänglicher Mensch. Aber ich habe die Malerei geliebt und ihr alles geopfert. Ich will, dass die Nachwelt mich nicht nur als einen ordentlichen Handwerker in Erinnerung behält, sondern auch als einen ehrbaren und aufrechten Menschen.»

Der Meister wischte sich mit dem Ärmel den Schweiß von der Stirn und rang rasselnd nach Luft. Schnell lief ich in meine Schlafkammer. Dort stand immer ein Krug mit frischem Bier für die Nacht bereit. Ich brachte dem Meister einen Becher, und er trank gierig, Einige Tropfen rannen über sein Kinn und fielen auf den Malerkittel.

«Es war allein meine Schuld. Ich hätte mich auf dieses Bild niemals einlassen dürfen. Vielleicht würde dieser unglückselige Mensch heute noch leben.»

Es kostete den Meister viel Kraft, diese Worte hervorzupressen. Ich verspürte einen stechenden Schmerz in der Herzgegend, als ich den Meister so bitter reden hörte. Doch was geschehen war, konnte nicht ungeschehen gemacht werden. Wenn schon nicht der Gehenkte gerettet werden konnte, dann sollte zumindest das Werk des Meisters gerettet werden. Mir blieb noch ein letzter Versuch. Ich besann mich auf eine andere Situation, in der ich einmal erfolgreich gewesen war.

«Meister Rembrandt, ich habe gesehen, wie viel Anstrengung und Fleiß Euch dieses Bild gekostet hat. Erinnert Euch an die Worte des Professors. Er versprach, das Honorar zu verdoppeln, wenn das Bild rechtzeitig fertig wird. Geld, mit dem Ihr die schönsten und seltensten Stücke für Eure Kunstsammlung kaufen könnt. Rebekka wird jeden Tag Fleisch kochen, Cornelia neue Kleider tragen und goldene Ketten und Ringe … ich flehe Euch an, Meister Rembrandt, Ihr müsst das Bild zu Ende malen.»

Der Meister stützte sich auf die Lehne und erhob sich schwerfällig aus seinem Stuhl. Er schwankte, und ich reichte ihm meinen Arm. In seinen Augen lag bittere Entschlossenheit.

«Ich will das Geld nicht. An diesem Geld klebt Blut. Blut, das für einen gewissenlosen, selbstherrlichen Forscher vergossen wurde.»

Der Meister starrte mit entrücktem Blick auf die Leinwand. Er flüsterte etwas. Ich beugte mich zu ihm, um ihn besser zu verstehen.

«Ich wünschte, das Bild könnte zu Staub zerfallen. Dann gäbe es keine Spuren mehr. Alle Erinnerungen wären für immer erloschen.»

Plötzlich knickten seine Beine weg, er sank auf den Stuhl zurück, griff sich röchelnd an die Brust und verdrehte die Augen.

Panisch stürzte ich die Treppe hinunter ins Erdgeschoss und weckte Rebekka und Cornelia. Dann rannte ich zur Westerkerk, bog hinter der Prinsengracht nach rechts ab und gleich wieder nach links in die Reestraat. Zu dieser frühen Morgenstunde waren die Straßen noch fast menschenleer. Ein paar Enten, die es sich über Nacht auf einer Holzkiste unter den Lindenbäumen bequem gemacht hatten, flatterten aufgeregt quakend zur Gracht davon.

Doktor de Witte war noch im Schlafrock, als er durch den Türspalt blinzelte. Brummig fragte er mich, welchen Grund es gäbe, einen ehrbaren Menschen zu einer solch unchristlichen Zeit aus dem Bett zu scheuchen.

«Schnell, Mijnheer Medicus, Ihr müsst sofort kommen, der Meister …»

In Windeseile zog der Arzt sich an, klemmte seine Tasche unter den Arm und hastete schnaufend hinter mir her zur Rozengracht.

Die Tür stand offen. Im Haus herrschte eine beängstigende Stille. Auf Zehenspitzen schlichen wir die Treppe zum Atelier hinauf. Die Öllampen auf dem Boden waren gelöscht. Der Meister saß in seinem Armlehnstuhl, der Kopf war ihm seitlich auf die Schulter gesunken. Er saß genauso da, wie ich ihn verlassen hatte. Neben ihm knieten Cornelia und Rebekka und hielten seine Hände fest. Als sie uns kommen hörte, wandte Cornelia den Kopf und blickte mich mit tränenüberströmtem Gesicht an. Der Meister war tot.

Am Mittag war die Stube bis auf das Bett leer geräumt. Die Spiegel im Haus waren verhüllt, alle Bilder zur Wand gedreht, sämtliche Fenster geschlossen. Einige Nachbarn kamen, um Abschied zu nehmen. Jeder betete leise und für sich. Der Meister lag in seinem Bett, der Kopf ruhte auf zwei dicken Kissen. Er trug einen frischen Malerkittel und eine weiße, frisch gestärkte Malerhaube.

Rebekka werkelte unterdessen in der Küche und stellte Bier, Reisbrei und Brot für die Gäste bereit. Immer wieder schnäuzte sie sich und wischte sich mit dem Zipfel ihrer Schürze über die Augen.

«Wir brauchen einen Prediger und sechs Sargträger. Und das Grab muss auch bestellt werden. Hat schon jemand dem Tischler Bescheid gesagt? Wer soll das nur alles bezahlen? Und was wird aus uns? Herrje, was für ein Elend.»

Wenig später klopfte Christiaen Dusart an die Tür, Cornelias Vormund. Gerrit, der Sohn des Fischhändlers, war zu ihm gelaufen und hatte ihm die schreckliche Nachricht überbracht. Dusart war ein alter Freund des Meisters und ein tatkräftiger Mann. Auf der Geburtstagsfeier vor drei Monaten hatte ich mich eine Weile mit ihm unterhalten.

Er nahm Cornelia tröstend in den Arm und drückte Rebekka beruhigend die Hand.

«Macht Euch keine Gedanken, Rebekka. Ich werde mich zuerst um das Begräbnis kümmern und später dann um den Nachlass. Rembrandt war mein Freund, und als Vormund seiner Tochter werde ich Euch in dieser schweren Stunde zur Seite stehen. Das bin ich ihm schuldig. Gleich, als mich vorhin die traurige Mitteilung erreichte, habe ich eine Anzeige vorbereitet.»

Er setzte sich zu uns an den Tisch und holte ein Blatt Papier aus seinem Mantel, auf dem die Sätze mit flüchtiger Handschrift festgehalten waren.

«Gott dem Allmächtigen hat es in seiner ewigen und unerschütterlichen Weisheit gefallen, meinen lieben Vater Rembrandt van Rijn, Maler in Amsterdam, geboren als Sohn eines Müllers in Leiden, aus dieser irdischen Welt zu sich in die gesegneten Freuden seines ewigen Reiches zu rufen, am heutigen Tage um acht Uhr morgens. In seinen letzten Jahren hatte er manche Krankheit zu erdulden, doch seine unbändige Willenskraft hielt ihn aufrecht, sodass sein Schaffen unbeeinträchtigt blieb. Nun folgt er meinem Bruder, seinem geliebten Sohn Titus, in die Ewigkeit. Mag auch viel Leid die Frommen treffen, der Herr wird sie aus aller Not befreien. Cornelia van Rijn. Amsterdam, den 4. Oktober 1669.»

Die Worte rührten uns alle ans Herz. Jeder hing seinen Gedanken nach, traurig und stumm.

Der Fischhändler und sein Sohn übernahmen die Totenwache. Ich saß in meiner Kammer auf dem Bett und fühlte tiefe Verzweiflung. Was sollte jetzt aus mir werden, ohne den Meister? Da öffnete sich die Tür einen Spalt, und Cornelia schlüpfte herein.

«Darf ich hier oben bei dir bleiben? Ich habe es bei den anderen nicht mehr ausgehalten. Es ist alles so schrecklich.»

Sie setzte sich neben mich, stützte das Gesicht in die Hände und schluchzte. Ich legte meinen Arm um ihre Schultern und zog sie an mich. Sie hatte nun fast ihre ganze Familie verloren. Zuerst die Mutter, vor einem Jahr den Bruder und heute auch noch ihren Vater, den sie so sehr geliebt hatte. Nur noch Magdalena und Titia waren übrig geblieben. Warum musste alles so kommen?

Bilder jagten durch meinen Kopf. Ich sah wieder den Mann mit dem Geldbeutel vor mir. Hörte die Rufe der Verfolger ganz dicht hinter mir. Vernahm voll Abscheu die Enthüllungen des Medicus. Spürte wie Nadelstiche das Misstrauen des Meisters. Sah die Hoffnungslosigkeit in seinen Augen, und wie er mit zur Seite gesunkenem Kopf dasaß …

Unvermittelt brachen die Worte aus mir heraus. Ich erzählte Cornelia alles, was in den vergangenen beiden Tagen geschehen war und wie ein Mühlstein auf meiner Seele lastete. Sie unterbrach mich kein einziges Mal, wirkte nur abwechselnd ungläubig und erschrocken. Für einen Moment war sie von ihrem eigenen Kummer abgelenkt und streichelte sachte meine Hand.

«Das sind so furchtbare Dinge, dass man sie am liebsten gar nicht glauben möchte. Ich weiß, dass mein Vater seine Arbeit und seinen Ruf über alles stellte. Wie oft war ich eifersüchtig auf seine Malerei, weil ich meinte, sie sei ihm wichtiger als ich. Es muss entsetzlich für ihn gewesen sein, als er erkannte, dass der Professor ihn nur für seine Zwecke benützt hatte. Vaters Herz war schon seit einer Weile angegriffen. Aber das war nun einfach zu viel für ihn.»

Irgendetwas zog mich ins Atelier. Es war weder ein Geräusch noch ein Lichtschein, nur ein unbestimmtes Gefühl. Ich stand auf, und Cornelia folgte mir. Das Bild auf der Staffelei leuchtete im Schein der Nachmittagssonne. Mein Blick schweifte über die Gruppe der Assistenten, glitt vom Kopf des Toten über das weiße Tuch bis zu seinen Füßen und verharrte auf der imposanten Figur des Medicus, der die rechte Bildhälfte vollkommen beherrschte.

Ich hatte mich täuschen lassen. Hatte geglaubt, das Äußere sei ein Spiegelbild der Seele. Doch es war eine Maske, die die Abgründe im Inneren der Menschen verdeckte. Was war ich für ein törichter Narr gewesen.

Ein Schleier hob sich von meinen Augen. Auf einmal sah ich die eisige Kälte im starren Blick des Professors, der mir gestern noch kühn erschienen war. Den hochmütig verzogenen Mund, den ich für edel gehalten hatte. Die äffisch gespreizten Finger, die auf das Lehrbuch zeigten. Die ganze Selbstgerechtigkeit und Überheblichkeit des Medicus sprangen mir überdeutlich entgegen.

Cornelia legte ihre warme, schmale Hand in meine. «Dieses Bild hätte seine Rettung sein sollen. Aber es wurde sein Untergang.»

Plötzlich konnte ich seine Stimme wieder hören, sein heiseres Flüstern: «Ich wünschte, das Bild könnte zu Staub zerfallen. Dann gäbe es keine Spuren mehr. Alle Erinnerungen wären für immer erloschen.»

«Was hast du gesagt?»

Cornelias Frage riss mich aus meinem Zustand. Laut wiederholte ich die Worte des Meisters, die letzten, die er zu mir gesprochen hatte. In die Stille des Ateliers drang ein zischendes Geräusch. Funken sprühten im Kamin. Mein Blick blieb an dem Tisch mit den antiken Büsten hängen. Auf der Kante lag der Dolch mit dem Ledergriff und den Türkisen. Die blank polierte Klinge mit dem eingravierten Drachen glänzte im Schein des Feuers. Die Spitze zeigte genau auf mich. Unsichtbare Fäden zogen mich an den Tisch. Meine Hand griff wie von selbst nach dem Dolch, ganz ohne mein Zutun. Ich drehte mich wieder um und trat vor die Staffelei. Das verächtliche Lachen des Professors erklang in meinen Ohren. Dann stach ich zu. Stach ihm mitten ins Herz, in die Augen, in den Bauch.

«Was tust du da, Samuel?», schrie Cornelia und fiel mir in den Arm. Doch ich schüttelte sie ab, bearbeitete die Leinwand weiter mit dem Dolch, schlitzte die Figur des Medicus heraus, ebenso sein Buch.

Nein. Dieser Adriaen van Campen hatte nicht das Recht, sein Bild jemals öffentlich auszustellen. Er war verantwortlich für den Tod eines Bettlers, und nun war er auch verantwortlich für den Tod des Meisters. Ich, Samuel Bol, der kleine Malerschüler, durch den der Professor stets hindurchgeblickt hatte, ich würde verhindern, dass dieser gewissenlose Anatom auf Kosten zweier Menschenleben über Jahrhunderte zu Ruhm und Ehre gelangen würde, während der Meister eines Tages vielleicht in Vergessenheit geriete. Seine Ehre stand auf dem Spiel. Ich würde das Ansehen meines verstorbenen Meisters retten, damit ich auch in Zukunft ohne Scham in den Spiegel blicken konnte.

Immer mehr Leinenstücke häuften sich auf dem Boden. Immer wütender und leidenschaftlicher hackte ich die Leinwand entzwei, erschauderte wohlig bei dem Geräusch des zerreißenden Stoffes. Cornelia stand wie erstarrt, dann begriff sie.

«Ja, du hast Recht. Vater hätte es so gewollt. Mach weiter, Samuel.»

Schließlich war auch das letzte Stückchen Leinwand aus dem Keilrahmen herausgerissen. Ich bückte mich, ergriff mit beiden Händen die Fetzen und schleuderte sie ins Feuer. Die Flammen züngelten hoch, fraßen sich durch das Gewebe, es roch nach verbranntem Leinöl. Cornelia kam mir zu Hilfe. Gemeinsam warfen wir das, was von dem Bildnis übrig geblieben war, in den Kamin und warteten, bis alles verglüht war.

Jetzt gab es keine Spuren mehr, keine Erinnerungen. Der letzte Wunsch des Meisters war erfüllt.

Ganz still standen wir da und schauten ins Feuer, das sich wieder beruhigt hatte. Unsere Fingerspitzen berührten einander. Wanderten den Arm hinauf bis zur Schulter, strichen scheu über Hals, Wange und Mund. Cornelia bog den Kopf zurück. Im Feuerschein sah ich die sanft geschwungene, pulsierende Linie an ihrem Hals.

Unsere Hände arbeiteten sich durch die Lagen der dicken, kratzigen Wollstoffe, suchten Knöpfe und Bänder. Vorsichtig löste ich Cornelias Zöpfe. Das Haar fiel ihr in roten Wellen bis auf die Taille. Wir fühlten die rauen Leinenhemden unter unseren zitternden Händen. Ich zog sie zu mir heran, bebend pressten wir uns aneinander. Kaum hörbar seufzte sie auf, suchte meinen Blick.

Als ich ihre Lippen gefunden hatte, spürte ich ein nie gekanntes Gefühl von Glück, von Verlangen. Cornelia antwortete zärtlich und glühend. Sehnsüchtig strichen unsere

Finger über weiche Haut, verharrten, kreisten. Eilten begierig weiter zu Orten, die den Blicken sonst verborgen blieben. Nur noch uns beide gab es auf der Welt. Niemanden sonst.

5. Oktober 1669

«DU MUSST von hier fort, Samuel», hörte ich Cornelia sagen. Ich spürte die sanfte Schwere ihres Kopfes an meiner Brust. Die Morgendämmerung drang durch das Fenster.

Ja, ich wusste es. Hatte es schon in dem Moment gewusst, als ich nach dem Dolch griff, um die Leinwand zu zerstückeln. Es konnte nicht mehr lange dauern, bis dem Professor die Nachricht vom Tod des Meisters zu Ohren käme. Ganz sicher würde er sofort sein Bild verlangen und außer sich sein, wenn man es nicht finden könnte. Überall würde er es suchen lassen – vergebens. Der Verdacht würde auf mich fallen, den Gehilfen des Malers. Einige Leute würden mich vielleicht als denjenigen wiedererkennen, der mit dem Geldbeutel des Polizeihauptmanns davongelaufen war. Man würde mich verurteilen und nach dem Mann mit der schwarzen Kapuze rufen. Und danach würde der Professor mich zum ersten Mal anschauen. Wenn ich vor ihm auf dem Seziertisch läge und er nach dem Skalpell griffe, um in mein bleiches, totes Fleisch zu schneiden. Bevor er aus meinem Fuß die Sehnen heraustrennte und sie einem gaffenden Publikum mit triumphierender Miene entgegenhielte …

Ich musste fliehen. Musste Amsterdam verlassen, mich in Sicherheit bringen. Ein letztes Mal entzündete ich die Kerze auf meiner Truhe und kleidete mich an. Die wenigen Habseligkeiten, die ich von zu Hause mitgebracht hatte, waren schnell in einem Korb verstaut: ein paar Kleidungsstücke, meine Bibel, ein Notizheft, Federkiel und Tinte.

Cornelia blickte zu mir auf. In ihren Augen lag unendliche Traurigkeit. Sie spiegelten meine Seele. Langsam erhob sie sich. Wir hielten uns aneinander fest wie Ertrinkende. Unsere Lippen spürten dem Geschmack des Verlangens nach. Ich fühlte noch einmal mein Herzklopfen und ihr Feuer, konnte den stummen Schrei der Verzweiflung in mir nicht länger zurückhalten.

Irgendwann riss ich mich los und taumelte zur Tür.

«Warte», hörte ich Cornelias erstickende Stimme. Sie band die Kette mit dem Medaillon ihrer Mutter los und hängte sie mir um den Hals. Ich presste meinen Mund auf das glänzende Metall, in dem ich die Glut ihres Körpers fühlte.

Irgendwie gelangte ich ins Freie, stolperte die Rozengracht entlang, duckte mich dicht an den Eingängen der schmalen, gedrungenen Häuser entlang. Lief hinter der Westerkerk über den Dam, auf dem die ersten Händler ihre Marktstände mit Waren füllten. Es war kalt, der Himmel spannte sich grau und abweisend über Amsterdam.

Immer weiter lief ich, vorbei am Hafen, bis zu dem großen Tor im Osten, durch das ich ein Jahr zuvor mit meinem Vater diese Stadt betreten hatte. Etwas Nasses rann über mein Gesicht, ein paar Regentropfen vielleicht. Oder Tränen.

Kurz bevor ich das Stadttor erreichte, sah ich einen Mann, der mit gebeugtem Rücken an einer Hauswand lehnte. Dabei stützte er sich auf einen Stock. Er trug einen durchlöcherten Umhang und zerschlissene Schuhe, die ihm viel zu groß waren. Anstelle von Beinlingen hatte er sich Streifen von Lumpen um die Beine gewickelt. Er wirkte erschöpft und wollte sich wohl für einen Moment ausruhen.

Als er mich erblickte, rappelte er sich erschrocken hoch und schwang seine Lazarusklapper, um mich zu warnen.

Das Geräusch der aneinander schlagenden Hölzer hatte eine Gruppe von Kindern aufmerksam gemacht. Sie waren gerade dabei, einen Haufen aus Laub und Pferdeäpfeln vor einer Haustür aufzuschichten. Sofort kamen sie schreiend angelaufen, hielten aber einige Meter Abstand, weil sie seinen Aussatz fürchteten. Sie spuckten auf den Boden, schnitten Grimassen und tanzten wie Kobolde umeinander.

«Klapperläufer, bleib stehn, darfst nicht durch meine Straße gehn, der Hund soll dich beißen, die Katz soll dich kratzen, scher dich weg!», sangen sie entsetzlich schrill und falsch.

Bisher hatte ich die Leprakranken immer gemieden. Aber diesmal wich ich nicht auf die andere Straßenseite aus, sondern ging direkt auf den Mann zu. Aus meiner Gürteltasche holte ich die fünfundzwanzig Gulden des Polizeihauptmanns. Ich drückte sie dem Aussätzigen in die Hand, an der er nur noch zwei gekrümmte Fingerstümpfe hatte. Argwöhnisch starrte der Mann auf die glänzenden Münzen, dann sank er auf die Knie. Er rief mir etwas hinterher, doch ich konnte ihn nicht mehr verstehen. Die dicken Mauern des Stadttores hatten seine Worte bereits geschluckt.

Über einen schmalen, holprigen Feldweg lief ich die Zuiderzee entlang Richtung Osten, ohne mich ein einziges Mal umzuschauen. Ein Gemüsehändler, der mit seinem Fuhrwerk auf dem Weg nach Hardenwijk war, nahm mich ein Stück mit. Am Mittag tauchte in der Ferne der Kirchturm von Muiderkamp auf, meinem Heimatdorf.

Muiderkamp, Juni 1670

MEINE ELTERN und Geschwister waren überrascht, aber auch glücklich, als sie mich wieder in die Arme schließen konnten. Fast ein Jahr lang war ich von zu Hause fort gewesen, doch es kam mir weitaus länger vor. Kurz vor meiner Rückkehr war Pastor Goltzius nach einem Fieberanfall gestorben. Sein Nachfolger war ein guter Prediger, wenn auch kein Kunstfreund.

Sonst hatte sich bei uns im Dorf nicht viel verändert. Ich ging wieder zu meinem Onkel in die Werkstatt, nähte Sonntagsröcke und Schürzen, plättete Hemden und Kragen. Nun war ich bereit, mich in mein Schicksal zu fügen, und gab mir große Mühe, ein tüchtiger Schneider zu sein. Mit meinem Lohn konnte ich dazu beitragen, dass unsere Familie einmal in der Woche Fleisch zu essen hatte und dass in unserer Stube in der kalten Jahreszeit von morgens bis abends das Feuer im Kamin brannte.

Die Zeit in Amsterdam hatte mich verändert. Als ich aus meinem Dorf fortgegangen war, hatte ich davon geträumt, ein berühmter Maler zu werden, ein Porträtist der Reichen und der Vornehmen. Jetzt aber kam mir dieser Traum nichtig und hohl vor. Ich hatte gelernt, dass die Menschen nicht das waren, als was sie erschienen. Unter einem seidenen Wams konnte ein kaltes Herz schlagen, hinter der milden Miene eines Gelehrten ein skrupelloser Forscher stecken.

Oftmals wanderte ich alleine durch die Gegend. Ging den kleinen Kanal, an dessen Ufer sich Schilfgräser im Herbstwind bogen, entlang hinauf auf den Deich. Von dort blickte ich auf die wogende Zuiderzee, auf der im Frühjahr wieder die Handelsschiffe der Verenigde Oostindische Compagnie zu sehen sein würden, wie sie zu einer weiten Reise aufbrachen oder von ihr zurückkehrten.

Als der Schnee geschmolzen war, begann die Zeit, in der mein Vater die Blumenfelder bestellen musste. An manchen Tagen half ich ihm dabei. Wenn sein Rücken schmerzte, nahm ich die Schaufel, grub die Erde um und lockerte sie danach mit dem Rechen auf. Dann lud ich Kompost, Tulpenzwiebeln und Sprösslinge auf eine Handkarre, damit er die Beete herrichten konnte. Fiel einmal nicht genügend Regen, schaffte ich Wasser aus dem kleinen Kanal heran, und wir gossen gemeinsam die Setzlinge.

Bald schon öffneten die ersten Blüten die Köpfe und offenbarten ihre Farbenpracht: Zinnerarien, Gloxinien und orientalischer Mohn. Früher war mir nie aufgefallen, wie verschiedenartig Blumen sind, wie viel Schönheit und Zauber in dem gezackten Blütenblatt einer Harlekintulpe steckt oder in dem stacheligen Stiel einer Rosa Alba Semiplena. Nun setzte ich mich häufig zwischen die Felder und betrachtete die Wunder der Natur: eine einzelne Iris, einen knospenden Rosenbusch oder die keimende Zwiebel einer Hyazinthe.

Ich betrachtete meine Hände. Die Finger waren rissig von den festen Zwirnfäden, die Kuppen von den Nähnadeln blutig zerstochen. Mit diesen Händen hatte ich das größte Werk meines Meisters zerstört. Und zugleich sein Ansehen bewahrt.

Ich hatte wieder die Auseinandersetzung im Ohr, die mein Lehrer mit Pieter Leyster geführt hatte. In meinem Kopf stritten sie über die Bedeutung von Porträt und Stillleben. Einst hatte ich nur die Meinung des Meisters geachtet und Pieter Leysters Worte gering geschätzt. Hierfür bitte ich ihn nachträglich um Verzeihung. Denn nunmehr musste ich mir eingestehen, dass auch die Natur etwas Erhabenes war. Sie zu betrachten verschaffte mir Ruhe und Genugtuung.

Leider hielten diese Gefühle nie lange an. Ich musste an Amsterdam denken und vermisste die Malerei so sehr, den Geruch von Leinöl und Bleiweiß, das Atelier an der Rozengracht, die täglichen Unterrichtsstunden. Aber am meisten fehlte mir – Cornelia, die ich in dem Augenblick verloren hatte, als die Ehre des Meisters gerettet war.

Wenn ich am Abend keinen Schlaf finden konnte vor Sehnsucht, spürte ich den Schmerz wie Messerstiche in meiner Brust. Dann sah ich sie wieder vor mir, wie sie mit geschmeidigen Bewegungen den Tisch deckte, sich nach Paulintje bückte und deren seidiges Fell streichelte. Sah ihre fliegenden Röcke, wenn sie die Treppe zum Atelier hinauflief. Hörte ihr Lachen. Roch den Duft ihres Haars, ihrer Kleider. Fühlte die Nähe unserer letzten gemeinsamen Stunden. Warum hatte das Schicksal uns getrennt? Ich betete und fand keine Antwort.

Am Nachmittag, nach der Arbeit, saß ich gerne auf der kleinen Bank unter der Linde, gleich neben dem Tulpenfeld. Mein Vater hatte die Bank vor einigen Jahren selbst gezimmert. Hier konnte er sich zwischendurch, wenn er müde wurde, immer einmal ausruhen. Johannes, mein kleiner Bruder, kam mit rot glänzenden Wangen aus dem Dorf angelaufen. Seine kurzen Beine waren hinter den Tulpenstängeln kaum zu erkennen.

«Samuel, ein Brief ist gekommen! Du bekommst doch sonst nie Post! Wer schreibt dir denn?»

Mit fahrigen Händen brach ich das Siegel auf. Schon auf den ersten Blick hatte ich erkannt, dass mein Name dem Schriftzug auf dem Taschentuch glich, das Cornelia mir einmal geschenkt hatte. Das Blut pochte in meinen Schläfen, meine Augen saugten sich an dem Papier fest, verschlangen die Worte.

«Lieber Samuel. Schon lange habe ich dir schreiben wollen. Seit dem Tag, an dem du aus Amsterdam fortgegangen bist, ist so vieles geschehen. Mein Herz ist schwer. Aber du sollst wissen, wie alles gekommen ist, damit du verstehst. Das schulde ich uns beiden.

Am 5. Oktober, einen Tag nach Vaters Tod, tauchte ein Händler bei uns an der Rozengracht auf. Sein Name war van Brederode, und er kam, um einen alten Helm abzuholen. Er sagte, es sei bereits alles mit meinem Vater vereinbart gewesen. Der Preis, den er mir nannte, war lächerlich, sicher nur ein geringer Teil dessen, was Vater einmal gezahlt hat. Mir war der Mann nicht sonderlich sympathisch, doch ich dachte an die Kosten für die Beerdigung. Und dass ich nicht wusste, wovon ich das Grab bezahlen sollte. Also gab ich ihm den Helm.

Drei Tage später, am 8. Oktober, haben wir meinen Vater in der Westerkerk beerdigt, Rebekka, Christiaen Dusart, Pieter Leyster, ein paar Nachbarn und ich. Magdalena konnte nicht kommen, sie fühlte sich zu schwach.

Es war eine kleine und bescheidene Beerdigung. Als der helle Holzsarg in die Gruft hinabgesenkt wurde, schickte ich eine Fürbitte zu unserem Herrn. Ich flehte ihn an, er möge meinem Vater einen Platz zwischen meiner Mutter und Titus geben und ihnen allen ewigen Frieden schenken.

Pieter Leyster gab den Sargträgern Geld für einen Humpen Bier. Ich glaube, er hat Vater sehr gemocht. Christiaen Dusart, mein Vormund, kümmerte sich später um den Verkauf der Bilder und der Kunstsammlung. Er verwaltet seither mein Erbe, aber ich glaube nicht, dass es viel wert ist. Er und seine Frau haben mich in ihrem Haus aufgenommen, wofür ich ihnen nicht genug danken kann.

Rebekka war nun ohne Bleibe. Sie ist zu ihrer Schwester nach Enkhuizen gezogen. Der Abschied fiel uns beiden schwer. Ich war noch ganz voller Trauer und Verzweiflung, als kurze Zeit später wieder eine Beerdigung anstand. Magdalena starb am 21. Oktober, ihre Mutter Anna Huijbrecht folgte ihr innerhalb nur einer Woche ins Grab. Für die kleine Titia sorgen seither der Juwelier Biljert und seine Frau. Ich war fünfzehn Jahre alt, und ich war ganz allein.

Aber es wäre nicht richtig zu klagen. Viel lieber will ich dir von anderen Dingen berichten, solchen, die für dich von größerem Interesse sind. Gleich nach Vaters Beerdigung erhielt der Notar Steemann einen eiligen Brief. Der Absender war Professor van Campen. Er bat den Notar, dass man ihm umgehend sein Anatomiebildnis aushändigen möge. Er würde es von einem anderen Maler vervollständigen lassen und das Honorar ihm, dem Notar, für die Erben Rembrandts übergeben.

Als das Bild nirgendwo gefunden werden konnte, wurde der Professor sehr zornig. Er bestand darauf, persönlich zur Rozengracht zu kommen und die Räume, die der Notar versiegelt hatte, in Augenschein zu nehmen. Steemann hat mir erzählt, wie der Professor getobt hat und abwechselnd blass und rot geworden ist vor Wut. Mich hat man übrigens nicht befragt. Vermutlich konnte sich niemand vorstellen, dass ich etwas von dem Verschwinden des Bildes weiß.

Vor drei Monaten hat der Professor wieder eine öffentliche Vorlesung gehalten. Nach der Leichenöffnung ist er an Wundbrand erkrankt und eine Woche später gestorben. Auch sein Schwager Albert Rip, der Polizeihauptmann, lebt nicht mehr. Man fand ihn eines Morgens im Hinterzimmer einer Schänke von höchst zweifelhaftem Ruf. Man hatte ihm die Kehle durchtrennt. Pieter Leyster bekam eine schwere Lungenkrankheit, von der er aber wieder genesen ist. Zu Ostern ist er nach Italien aufgebrochen, wo er für immer bleiben will. Zum Abschied hat er mir eins seiner Stillleben geschenkt.

Die vergangenen Monate habe ich wie in einem Traum verbracht. Ich fühlte mich dem Schicksal ausgeliefert, konnte selbst nichts tun oder entscheiden. Die Cornelia, die ich noch vor einem Jahr war, gibt es nicht mehr.

Christiaen Dusart und seine Frau meinten es gut mit mir. Von Anfang an war mir klar, dass ich nicht für immer bei ihnen bleiben konnte. Es ist für sie und die vier Kinder ohnehin zu wenig Platz in dem kleinen Haus. Zu Weihnachten haben sie mir einen jungen Maler vorgestellt, sein Name ist Cornelis van Suythof. Ich glaube, er ist ein anständiger Mann. Wir werden morgen heiraten. Wenn du diesen Brief in den Händen hältst, bin ich schon auf einem Schiff, auf dem Weg nach Batavia. Mit Gottes Hilfe wollen wir dort ein neues Leben anfangen.

Erinnerst du dich noch an die Worte der Zigeunerin, die uns beim Silvesterlauf die Zukunft vorausgesagt hat? Alles ist so gekommen, wie sie es uns aus der Hand gelesen hat. Der schwarz gekleidete Mann, das Messer, das Feuer und sogar der winkende Mann auf dem großen Schiff, das der aufgehenden Sonne entgegenfährt. Wir müssen unser Schicksal annehmen, so wie es der Herr uns auferlegt. Ich werde immer an dich denken, Samuel, solange ich lebe.

Cornelia van Rijn. Amsterdam, den 29. Mai, Anno 1670.»

Eine schmutzige kleine Hand legte sich vorsichtig auf meinen Arm.

«Was ist mit dir, Samuel, warum bist du so traurig? Ist jemand gestorben?»

Ich presste die Lippen aufeinander und nickte. Ja, in gewisser Weise hatte mein Bruder Recht. Es war etwas zu Ende gegangen. Ich hatte nicht gewusst, dass es so wehtun konnte, jemanden endgültig zu verlieren. Johannes kletterte hoch zu mir auf die Bank und streichelte meinen Kopf.

«Nicht weinen, Samuel, alles wird wieder gut.»

Schlusswort des Verfassers

AN JENEM Tag beschloss ich, mich wieder dem Malen zuzuwenden. Es aufzugeben war mir ohnehin unmöglich. Doch ich verspürte nicht mehr den Wunsch, Menschen zu porträtieren. Ich wollte mich mit meiner Malerei nicht zum Diener ihrer Eitelkeit und Überheblichkeit machen. Stattdessen würde ich nur noch die Natur darstellen, die makellose und vollkommene, bescheidene und genügsame Schöpfung Gottes.

Dank Pieter Leysters Geld konnte ich selbst für meine Ausbildung aufkommen. Also ließen meine Eltern mich gewähren. Mittlerweile hatten sie erkannt, dass ich niemals mit ganzem Herzen Schneider sein könnte.

Für einen kurzen Augenblick trug ich mich mit dem Gedanken, meine Lehre in Amsterdam fortzusetzen. Der Professor und der Polizeihauptmann waren tot, von ihnen hatte ich nichts mehr zu befürchten. Auch Pieter Leyster, der mich einige Male in Verlegenheit gebracht hatte, würde mir nicht mehr nachstellen. Nach Amsterdam zurückzukehren hätte aber auch geheißen, die Vergangenheit heraufzubeschwören. Unablässig wäre ich an mein Jahr, an die wundervolle Zeit im Haus an der Rozengracht erinnert worden. Den Boden dieser Stadt habe ich nie wieder betreten.

In Willem Claeszoon Heda, Stilllebenmaler in Haarlem, fand ich einen ebenso gewissenhaften wie gutmütigen Lehrmeister. Zwei Jahre lang war ich sein Schüler. Ich habe ihm viele handwerkliche Kenntnisse und Einsichten zu verdanken. Und doch muss ich bekennen, dass mein eigentlicher Meister Rembrandt van Rijn geblieben war.

Bei jedem Pinselstrich, den ich auf die Leinwand setzte, stellte ich mir vor, was der Meister dazu sagen würde. Wie ich es von ihm gelernt hatte, fertigte ich meine Kompositionen vom Hintergrund zum Vordergrund, vom Untergeordneten zum Hauptsächlichen. Aus Ton- und Farbschattierungen schuf ich die Form einer Vase, füllte sie mit Pfingstrosen oder Fackel-Lilien, stellte sie auf einen Tisch, den eine Damastdecke schmückte. Die Stängel der Pflanzen schraffierte ich mit dem Pinselstiel.

Wollte ich die kräftige Struktur eines frischen Weinblattes darstellen, drückte ich ein echtes Blatt in die noch feuchte Farbe, ganz so, wie der Meister Leinenbeutel auf die Leinwand gepresst hatte, um die Struktur eines Stoffes abzubilden. Ähnlich wie seine Werke sahen auch meine Bilder aus der Nähe betrachtet aus wie zufällige Farbkleckse. Erst mit einem gewissen Abstand war das eigentliche Gefüge zu erkennen.

Weil ich Wahrhaftigkeit in meine Bilder legen wollte, habe ich immer nur Blumen gemalt, die zur selben Zeit blühten: niemals einen Fingerhut neben einer Herbstanemone oder eine Akelei neben einer Kornblume. Ich habe darum gerungen, jede einzelne Pflanze, gleich welcher Art, mit derselben Ernsthaftigkeit anzuschauen, wie der Meister die Menschen gesehen hat. So wie er die Seele des Menschen auf die Leinwand gebannt hat, so wollte ich das Wesen der Blumen erfassen.

Fast vier Jahrzehnte habe ich in Haarlem gelebt. Meine Bilder wurden geschätzt, und ich habe es sogar zu einem gewissen Wohlstand gebracht. Man sagte über mich, ich sei der «Porträtist der Blumen». Ein größeres und schöneres Lob hätte ich mir nicht wünschen können.

Mit vierzig Jahren habe ich geheiratet und drei Söhne gezeugt, Willem, Jan und Cornelis. Lena war mir eine gute Ehefrau, ich habe sie geachtet. Nun habe ich seit über zehn Jahren kein Bild mehr gemalt. Der Geschmack der Leute hat sich geändert. Niemand hängt heutzutage mehr ein Blumenstillleben in seiner Stube auf.

Seestücke oder galante Szenen in französischer Manier sind in Mode. Vielleicht wird mein Name in einigen Jahren ganz vergessen sein.

Nach dem Tod meiner Frau bin ich zu meinem ältesten Sohn gezogen. Er wohnt mit seiner Familie in Muiderkamp, in derselben Straße, in der auch mein Elternhaus stand. Es ist im Jahr 1701 bei einem Feuer abgebrannt. Mein Sohn und seine Frau haben vier Kinder. Sie aufwachsen zu sehen ist meine größte Freude.

Wie schon als kleiner Junge gehe ich jeden Tag zum Deich und schaue auf die Zuiderzee. Manchmal sehe ich am Horizont die geblähten Segel der großen Handelsschiffe vorüberziehen, die dorthin fahren, wo auch sie einst hingefahren ist. Die Einzige, die ich jemals geliebt habe und die ich bis heute nicht vergessen kann. Cornelia. Ich weiß nicht, was aus ihr geworden ist. Noch immer trage ich das Medaillon mit den Buchstaben H und R um den Hals, das sie mir zum Abschied geschenkt hat. Niemals habe ich es abgelegt.

Jetzt, da ich meine Geschichte aufgeschrieben habe, ist mir leichter zumute. «Selig die, die reinen Herzens sind, denn sie werden Gott schauen», so steht es in der Bibel geschrieben. Ich übergebe mein Leben der Hand des Allmächtigen. Möge der Herr meiner Seele gnädig sein.

Samuel Bol, Muiderkamp,
den 9. Juli, Anno 1723

ENDE

Anmerkungen

1 Titus am Schreibpult, 1655, Rotterdam, Museum Boymans-van Breuningen.

2 Hendrickje in der offenen Tür, um 1656/57, Berlin, Staatliche Museen Preußischer Kulturbesitz, Gemäldegalerie.

3 Christus predigend, Radierung, 1655, Amsterdam, Rijksprentenkabinet.

4 Die Darstellung Christi im Tempel, 1631, Den Haag, Mauritshuis.

5 Die Anatomievorlesung des Doktor Nicolaes Tulp, 1632, Den Haag, Mauritshuis. – Die Anatomievorlesung des Doktor Jan Deyman, 1656, Amsterdam, Historisch Museum.

6 Dieses Gruppenbildnis erhielt am Ende des 18. Jahrhunderts, als die zahlreichen Firnisschichten nachgedunkelt waren und es wie eine Nachtszene erschien, die Bezeichnung «Nachtwache». 1642, Amsterdam, Rijksmuseum.

7 Aert Pietersz (ca. 1550–1612): Die Anatomievorlesung des Doktor Sebastiaen Egbertszoon de Vrij, 1603, Amsterdam, Historisch Museum.

8 Dieses Bild wurde 1723 bei einem Brand zum größten Teil vernichtet. Das erhalten gebliebene Fragment befindet sich heute im Historisch Museum, Amsterdam.

9 Nicolaes Eliasz, genannt Pickenoy (1590/91–um 1655): Die Anatomievorlesung des Doktor Johan Fonteijn, 1625–1626, Amsterdam, Historisch Museum.

10 Jacob Block ist derjenige Assistent, der mit weit vorgebeugtem Oberkörper die Demonstration der Armbeugesehnen durch Doktor Tulp aufmerksam beobachtet.

11 Rembrandt als Bettler, Radierung, um 1630, Berlin, Staatliche Museen Preußischer Kulturbesitz, Kupferstichkabinett.

12 Selbstbildnis, 1669, London, The National Gallery.

13 Minerva, 1634, Leningrad, Eremitage.
14 Saskia als Flora, 1635, London, The National Gallery.
15 Gemeint ist die so genannte «Nachtwache».
16 Judas bringt die Silberlinge zurück, 1629, Mulgrave Castle Yorkshire, Sammlung Hormanby.

Zeittafel

1606	Rembrandt Harmenszoon van Rijn wird am 15. Juli in Leiden geboren
1612–20	Besuch der Lateinschule in Leiden
1621–23	Schüler bei dem Historienmaler Jacob van Swanenburgh in Leiden
1924	Rembrandt ist ein halbes Jahr in Amsterdam bei Pieter Lastmann in der Lehre
1625	Rembrandt lässt sich zusammen mit seinem Freund Jan Lievens als selbständiger Maler in Leiden nieder
1628	von diesem Jahr an hat Rembrandt zahlreiche Schüler
1632	Rembrandt hält sich häufig in Amsterdam und Den Haag auf, er malt «Die Anatomievorlesung des Doktor Nicolaes Tulp»
1633	Verlobung mit Saskia van Uylenburgh
1634	Übersiedelung nach Amsterdam, Heirat mit Saskia
1635	Rembrandt mietet in der Nieuwe Doelenstraat ein eigenes Haus, Geburt des ersten Sohnes Rumbertus
1636	Tod des Sohnes
1638	Geburt und Tod der ersten Tochter Cornelia
1639	Kauf eines Hauses in der Jodenbreestraat
1640	Geburt und Tod der zweiten Tochter Cornelia
1641	Geburt des Sohnes Titus
1642	Vollendung der so genannten «Nachtwache», Saskia stirbt
1647	Hendrickje Stoffels kommt als Dienstmädchen zu Rembrandt
1653	Rembrandt wird ermahnt, die Restschuld für sein Haus zu zahlen, er leiht sich Geld
1654	Hendrickje Stoffels bringt unehelich eine Tochter Cornelia zur Welt

1656 «Die Anatomievorlesung des Doktor Jan Deyman», Rembrandt meldet Konkurs an, es wird ein Inventar seines Besitzes aufgestellt

1657–58 gerichtliche Verkäufe seiner Kunstsammlung und seines Hauses

1658 Umzug an die Rozengracht

1660 Rembrandt schließt mit seinem Sohn Titus und Hendrickje Stoffels einen Gesellschaftsvertrag über einen Kunsthandel

1663 Hendrickje Stoffels stirbt

1668 Titus heiratet Magdalena van Loo und stirbt wenige Monate später an der Pest

1669 Rembrandt ist Pate bei seiner Enkeltochter Titia, er stirbt am 4. Oktober und wird am 8. Oktober in einem Armengrab in der Westerkerk beigesetzt. Wenige Tage später sterben auch seine Schwiegertochter, Magdalena van Loo, und deren Mutter

1670 Cornelia heiratet im Mai den Maler Cornelis van Suythof und wandert mit ihm nach Batavia aus

Historische Personen

Rembrandt van Rijn	Maler in Amsterdam
Cornelia van Rijn	Rembrandts Tochter
Rebekka Willems	Magd im Haus von Rembrandt
Magdalena van Loo	Rembrandts Schwiegertochter, Ehefrau des verstorbenen Titus van Rijn, Mutter von Titia
Titia van Rijn	Rembrandts Enkelin
Anna Huijbrecht	Magdalena van Loos Mutter
Christian Dusaert	Maler in Amsterdam, Cornelias Vormund
Pieter van Brederode	Antiquar in Amsterdam

Zum Weiterlesen – eine Auswahl

Alpers, Svetlana: Rembrandt als Unternehmer, DuMont Buchverlag, Köln 2003.

Arendt de Gelder (1645–1727). Rembrandts Meisterschüler und Nachfolger, Ausstellungskatalog, Köln 1999.

Bauer, Hermann: Holländische Malerei des 17. Jahrhunderts, Heyne Verlag, München 1979.

Gerson, Horst: Rembrandts Gemälde, Emil Vollmer Verlag, Wiesbaden 1968.

Huizinga, Johan: Holländische Kultur im siebzehnten Jahrhundert, Suhrkamp Verlag, Frankfurt/Main 1977.

Kuhl, Isabel: Rembrandt, Prestel Verlag, München, Berlin, London, New York 2004.

Nicolaus, Knut: DuMonts Handbuch der Gemäldekunde, DuMont Literatur und Kunstverlag, Köln 2003.

Poortvliet, Rien: Auf den Spuren meiner Väter, Paul Parey, Hamburg und Berlin 1988.

Rembrandt. Der Meister und seine Werkstatt. Gemälde. Ausstellungskatalog Berlin 1991, Schirmer/Mosel, München, Paris, London 1991.

Schama, Simon: Überfluss und schöner Schein, Kindler Verlag, München 1988.

Schama, Simon: Rembrandts Augen, Siedler Verlag, Berlin 2000.

Schwartz, Gary: Rembrandt. Sämtliche Gemälde in Farbe, Belser Verlag, Stuttgart 1987.

Tümpel, Christian: Rembrandt, Rowohlt Monographien, Reinbek 1977.

Zumthor, Paul: Das Alltagsleben in Holland zur Zeit Rembrandts, Reclam-Verlag, Leipzig 1992.

Astrid Fritz
Der Ruf des Kondors

1852. Der 15-jährige Josef Scholz aus Hamburg sucht in Chile seinen Bruder Raimund. Bei einer Expedition in den Urwald findet Josef in dem Mapuche-Jungen Kayuantu einen guten Freund. Und die schöne Ayen hat ein Auge auf Josef geworfen. Doch seine Gefühle werden auf eine harte Probe gestellt. rororo 24511

Historische Romane
Geschichten und Geschichte

Brad Geagley
Das Jahr der Hyänen

Privatdetektiv Semerket wird beauftragt, den Mord an einer thebanischen Priesterin aufzuklären. Schnell dämmert ihm, dass mehr hinter der Geschichte steckt. Die Spur weist direkt zum Palast des Pharaos. Aber wollten Semerkets Auftraggeber überhaupt, dass der Fall gelöst wird? rororo 24198

Nicolas Remin
Schnee in Venedig

Venedig 1862: Ein hoher kaiserlicher Offizier wird ermordet aufgefunden. Commissario Tron ermittelt – doch schon bald wird ihm der Fall von der österreichischen Militärpolizei entzogen. Kaiserin Elisabeth von Österreich persönlich hat indes ihre Gründe, Tron bei seinen Nachforschungen tatkräftig zu unterstützen. rororo 23929

BW 17/2

Weitere Informationen in der Rowohlt Revue *oder unter* www.rororo.de